CHUREN
TOUDI

作者→方向

出人头地

中国广播电视出版社
CHINA RADIO & TELEVISION PUBLISHING HOUSE

图书在版编目（CIP）数据

出人头地 ／ 方向著． -- 北京 ：中国广播电视出版
社，2011.6
　ISBN 978 - 7 - 5043 - 6447 - 0

　Ⅰ．①出… Ⅱ．①方… Ⅲ．①长篇小说－中国－当代
Ⅳ．①I247.5

　中国版本图书馆CIP数据核字(2011)第108586号

出人头地
方向　著

责任编辑　景　辉
装帧设计　于　雷
··

出版发行　中国广播电视出版社
电　　话　010-86093580　010-86093583
社　　址　北京市西城区真武庙二条9号
邮　　编　100045
网　　址　www.crtp.com.cn
电子信箱　crtp8@sina.com
··

经　　销　全国各地新华书店
印　　刷　廊坊报业印务有限公司
··

开　　本　787毫米×1092毫米　1／16
字　　数　210（千）字
印　　张　13
版　　次　2011年6月第1版　2011年6月第1次印刷
··

书　　号　ISBN 978-7-5043-6447-0
定　　价　26.80元

社会青年中的绝大多数都像主人公一样没有骄人的学历；没有显赫的家庭；没有殷实的资金支持。但是小说主人公凭借着自己的坚韧和勤奋，凭着过人的智商和执着追求，在复杂的社会中成就了自己"不肯苟活"的梦想。

　　——张景岩（原中国青年出版社总社 社长 总编辑）

[前 言]

　　二十年前，最大的愿望就是成为一名作家，但由于贪财爱利，事业上南辕北辙，虽初衷时常泛起，但也只作为青春岁月的一个笑谈。

　　二十年后，上天给了我一段起伏跌宕、引人入胜的生活经历，给了我充沛的人生阅历，来解读我和我身边的人与事，旧梦重温那青春岁月的夙愿，激情再起，势不可挡。

　　在加拿大的春夏秋冬，无暇于各种娱乐交往，只是日日笔耕不辍，敲字不止。每每写完千把字，必有妻和女围拢于电脑前，大声朗读，和气融融。

　　偶有纠葛，实乃本人贪心所致，我问女儿："为父写得好不好？"

　　女儿答："好。"

　　我又问："真真的好？"

　　女儿说："真的很好。"

　　我得寸进尺，再问："比王朔如何？"

　　女儿迟疑，我露不快，女儿说："不好比？"

　　我仍不甘心，循循善诱说："我和王朔两本书，摆在你面前，你想先看谁的。"

　　女儿说："先看你的，因为你是我爸。但不一定你比他写得好。"

　　我又转向妻子说："我写的好不好？"

　　妻子大呼："好不要脸！"和女儿遁逃。

　　初稿完成，恰逢新生小儿两月，无限心悦想与他说，但见其无知所事的样子，只能作罢，独自静心细读，时哭时笑。

　　本书虽然取材于真人真事，但小说的创作特性决定了作者必须进行虚构和加工，或合并同类项，以突出其戏剧性。望读者切勿对号入座，自寻烦恼，更不要寻章摘句，望文生义，如有幸阅读，只当闲篇了了。

故事梗概

六十年代末出生的方唯一，自幼沉醉在革命英雄的世界里，英雄情结始终缠绕着他，后来因不断惹是生非，被学校勒令回家。

在独特的家牢生活中，他被一本本文学期刊开启了新的视窗，但并非正统的成长经历，使其在老师、父母及社会的"不"声中长大成人。

一个中专生凭借着个人奋斗，成为了证券公司的高管，可在缺乏公平和充满歧视的环境里，方唯一在叛逆性格的驱使下，毅然率众造反，和出身名校的天之骄子张宏伟联手开创理财和黄金公司。

他们依靠过人的勤奋和智商，白手起家，快速惊人地聚拢巨额财富。他们游走在法律的边缘，从初期的相互帮衬、相互依靠，到在后期追逐利益的过程中，彼此之间使出的倾轧手段层出不穷，令人眼花缭乱啼笑皆非，最终上演了一幕幕悲歌。

出人头地并没有给方唯一带来想象中的快乐，"他感到精神的愿望和现实的努力在慢慢脱节，它们仿佛是驶向两个方向的列车，现实中的成功在精神世界里找不到立足之地。"

在妻子和智慧情人的交错纠葛中，同样令方唯一狼狈不堪，出人意料的因果，在笑声中浸泡着苦涩悲情。

最后，张宏伟两年里搏出的亿万身家，在短短一个月内，荡然无存，并负债8000万。

方唯一带着情人的遗书和对英雄梦想的幻灭，远走加拿大。

主要人物：

方唯一、张宏伟。（两个一无所有的创富者；两个有梦想充满自由意志的人；两个都想逞强的英雄；两个互为嫉妒充满攻击性的男人。）

童言：方唯一的情人，一个智慧美好的女性，有着钗黛合一的魅力，有着难言的苦衷。

时间背景：

2003年—2008年的北京金融圈。

主要事件：

以2008年夏季震动全国的黄金爆仓案的真实事件为背景，演绎了其背后鲜为人知的沟沟坎坎

第一章

（一）

方唯一出生于1969年的北京，父母是小学教师，因只想要他一个孩子，所以起名唯一。

唯一孩童时代，文革尚未结束，他在懵懂之间，便被电影和小人书中的英雄们紧紧包围：像《智取威虎山》的杨子荣、《红灯记》的铁梅、《闪闪的红星》的潘冬子，他都能在大人面前生动而不知羞臊地模仿和表演，并以此赢得他们的逗笑和夸奖。

"小人书"里的邱少云、董存瑞、黄继光、罗盛教、张思德、刘胡兰、刘文学、雨来、炮靶子王成，他更是如数家珍、耳熟能详。方唯一不懂得崇高的革命理念，但已潜移默化地走进了英雄的世界，现在回想起来，他当初对英雄的敬仰无外乎就是：一不怕疼，二不怕死。

不知从何时开始，方唯一心里有了一个看不见、摸不着的"小人"，那"小人"如影随形，专和唯一作对。

他恶毒地说："你胆太小，当不了英雄，还特别怕疼，上回胡同里的小孩把你按在墙上，用手掐你的脸，你吓得一动不敢动，要不是被你妈看见，轰走了他，你都快哭了。"

"闭嘴"，唯一嘴里像自言自语，他实在听不下去了，恼羞成怒，抬手拍打在肚子上。屋里扫地的妈妈诧异地看着他，唯一坐在小板凳上满脸通红。

儿时夏天闷热的晚上，院里的人都吃过了晚饭，唯一的爸爸喜欢把院子里的小孩统统叫到身边，考他们一些儿歌背诵或简单的算术加法，方唯一直到现在，仍觉着他这种行为很低级，很无聊，像是阶级斗争在儿童中的延续。

背儿歌最快的是黄红；做加法最好的是魏杰，而方唯一总是胡说八道或张目结舌，并对小朋友产生嫉妒和恶意贬低，经常遭到爸爸的白眼和训斥，甚至当众对其人身迫害。

"小人"此时更会不失时机地跳出来讥笑他"你太笨了,成不了英雄,看看人家潘东子。"方唯一就这样在忽冷忽热中倍感着儿时的崩溃。

在他5岁那年的夏天,妈妈带学生到北京西山下乡学农,不慎掉进了10米深的枯井,腰部脊椎粉碎性骨折,被送回了城里的积水潭医院,爸爸那时很辛苦,既要伺候住院的妈妈,又要照看唯一。

院里的阿姨、幼儿园的老师不厌其烦地关心他:"唯一,你想不想你妈妈啊?"

在唯一看来这是一个非常恶毒残忍而且傻逼的问题,就像去问一个用血布裹着手的人:"手指砸断了,疼不疼啊?"

方唯一总是抬起头,看着她们的眼睛笑眯眯地说:"一点都不想,"然后使劲地摇摇头,加以补充,等待看她们失望诧异的神情。

晚上回到家,爸爸忙着做饭,方唯一坐在黑暗的里屋,想着医院里的妈妈,泪水再也不受他的控制,夺眶而出,他慢慢离开凳子,走到立柜镶嵌的镜子前,看着镜中的小孩因要憋住抽泣而紧紧地捂住嘴巴,泪水仍在不听话地流淌。他扭转身胡乱的抹着眼泪和鼻涕,生怕爸爸看见。

小人在黑暗中柔柔地说:"英雄是不会哭的,你成不了英雄。"方唯一无言的说:"我都忍了一下午了。"

(二)

方唯一不到6岁便上了小学,当他初长成人,升入初二时,除了班里的几个女生,他的身高是最矮的,但他在学校里的名声很大,是年级甚至学校里比较著名的玩闹。这项荣誉的取得是和英雄情结,特别与"小人"的激励分不开。方唯一认为英雄之所以成为英雄,最根本的就是勇敢的品质,"小人"却常常告诫他:"英雄是高大的。"

新的苦恼,和对英雄不懈的追求,促使方唯一和比自己高的孩子对打,他在这方面对自己要求很严,进步很快,不久以后,他克服了恐惧,打架变成了游戏。

唯一面对站在墙边的高个子,他会突然飞起一脚,狠踢对方的裆部,然后迅即摆腰发力,左右的弓拳打在对方的太阳穴上,眼看着对方蜷缩着倒地。

在一场场的殴斗中,他发现了自己的长处,只要是对方占了便宜,他就有足够的耐心和信心，用层出不穷的办法在对方身体上找回更大的便宜。久而久之，很少有人再敢向他叫板了。

但是寂寞难耐，孤独求败，他开始了不断的自我挑战，最值得称道的是：方唯一在初二就成功的发动了以楼层为单位的群体性互殴运动。互殴的性质其实是半真半假，正因为斗争缺乏真正的血腥和残忍，所以参与人数之多，规模之大，场面颇为壮观。扫帚、簸箕满楼飞，一盆盆脏水瓢泼般顺着楼梯泼向楼下进攻的同学。短兵相接，墩布、桌椅发出互击碰撞的声音。

方唯一看着老师惊怒诧异的目光，看着女生和班干部抱头鼠窜，吱吱乱叫，他陶醉了，那是一种什么时候想起，什么时候都能乐出声的陶醉，他要告诉不断闪现出来折磨他的"小人"："我是英雄！"。

方唯一终于嚣到头了，初二的期末考试刚刚结束，他妈妈就被叫到了学校，学生处的头告诉她："方唯一严重扰乱学校秩序，多次唆使本校同学，并勾结社会上的人在校内外群殴打架，给学校造成极坏的影响，并且屡教不改，经研究决定，暂且保留其学籍，但下学期不要再来了，回家好好反省，期末可到校参加中考。"

方唯一的妈妈听了以后，整个人呆住了，半天缓不过神来，泪水涌上眼眶，方唯一赶紧低下头，迅速地使头部、颈部和背部的肌肉充分紧张起来，以增强其抗击打的能力。

班主任站在一旁诚恳地说："咱们都是当老师的，又是老同学，这已经是我和学校争取的最好结果了。方唯一虽然太闹，但学习还是班里的中上等。在家自学吧，你们也帮着补习一下。"

妈妈好像使劲点着头，发出含混的声音："谢谢，谢谢，我知道，让你们费心了！"

第二章

（一）

方唯一很幸运，回到家里，并没有因此惨遭父母的毒打，只是感到爸妈对他明显的冷漠。自此以后，他开始了漫长的家牢生活，父母清晨上班，他被锁在家中，爸爸还特意将绿色的小方锁换成了令人生畏的大黑锁。

他在里外屋之间窜来蹦去，登高爬低，将家里所有的箱子，柜子打开，逐一翻查，他有了惊奇的发现：在一个棕木箱子底层，有很多小方盒，打开以后，是薄薄锡纸包裹着的打火机。每一个都是崭新的，很压手，壳是铁的，镀着彩色的图案，顶部是亮晶晶的不锈钢杠杆式按钮，轻轻一按，"嘎巴嘎巴"地脆响，但就是打不着火了。

方唯一想，这不是电影里国民党特务用的玩意吗，怎么家里会有啊？他继续翻箱倒柜，又有了更多的收获：镶嵌着紫色宝石的金戒指；解放前地主家里桌上摆放的、像石屏一样的东西，很沉很重，硬木基座上雕刻着精细的图案；多张发黄的老照片，上面有一些穿着旗袍的漂亮女人，有的照片后面还有小字题记，方唯一依稀的辨认出上面的人，有的他认识：这张站在水池前的是太姥姥；那张抱着小孩，穿着合体旗袍，坐在长廊里的是姨姥姥；这张穿着西服的是姥爷。

他们都很年轻，都很漂亮，看起来美滋滋的很得意，但一想到这些人眼前的衰老与邋遢，方唯一第一次有了一种人生无常的感受。

讨厌的"小人"无声地说："你们家全他妈的是坏人，所以没有解放军的亲戚。你看那枚大铜钱上还有国民党的青天白日旗呐"。方唯一赶紧将这些破烂照原样收拾，合好沉重的箱子盖，坐在床上气咻咻地看着窗外发呆。

（二）

这天早晨，父母上班之后，方唯一坐在外屋饭桌前喝着稀饭，目光停留在墙角的纸箱子上。他知道里面好像是书，走过去打开箱子，看到了一本本的文学期刊，他蹲在纸箱旁扒拉、翻看着，有《收获》、《十月》、《当代》、《花城》，还有很多小说，方唯一记得妈妈每个月会将读完的杂志放进去，但始于何时，他想不起来了。

自此以后，方唯一找到了幸福的寄托，家牢变成了乐园。他每天早早醒来，假寐在床上，等父母走后，他一窜而起，奔到纸箱边，拿出看了一半的文学期刊，跳回床上如饥似渴地读着。中午吃两口昨日剩下的饭菜，继续看书，经常看得昏天黑地，临到父母下班前，他收起杂志，匆匆坐在桌旁。

方唯一不停地在语文、数理化、英语书上用铅笔、钢笔、圆珠笔划着道道，在本子上夸张地做着其实没有必要、但看起来极为细致认真的笔记。父母到家，看见他拿着课本那副痴痴呆呆的傻样很是欣慰。走上前来，看见书上各色的笔道，和密密麻麻的笔记，忍住笑意，转身做饭去了。

"王老师，唯一现在真老实，整天一点动静也没有，我上午过去，趴着窗户往里看，瞅见他躺在床上看书呐。"院里的曲姥姥告诉正在洗菜的妈妈。

"是啊，自己学得挺认真，早这样多好，省得锁在家里。"妈妈愉快地说。

"嗨，一个孩子一个路数。你让他出来玩玩，可别给关傻了，监狱还放风呢！"

方唯一竖起耳朵听着，竟不好意思地笑了。这样的生活确实不错，他决定以后每天学习时间延长一小时，以巩固来之不易的好日子。

夏日夜晚，唯一在外屋只穿内裤，光身躺着。在里间，父母已经熟睡，能够听到父亲微微的鼾声。院里有棵巨大的臭椿树，庞大的树冠几乎笼盖了半个院子，枝叶在徐徐的风中微微摇颤，摇碎了床前的月光，投影在地上，一片婆婆娑娑。

他起身弯腰够着点燃的蚊香，轻轻吹去一段灰烬，露出星红的火头，从凉席下摸出《收获》文学月刊，无声地翻到《人到中年》，他在床上慢慢躺平，用香火头照亮，继续看着下午未读完的部分。

在生死的弥留冥茫中，眼科大夫陆文婷幻想着她昔日与爱人平凡的爱；幻想着孩子，和对孩子缺失的爱；幻想着浓荫密布的医院，和一个个渴望光明的病人；幻想着官员夫人双重人格的可憎。她太累了，累的希望向死界去逃避，却又无法割舍生世的爱。

丈夫傅家杰半跪在病床前，含泪吟咏着他们青春相恋的诗篇："我愿意是激流\只要我的爱人\是一条小鱼\在我的浪花中\快乐地游来游去。"

她侧过脸久久注视着爱人含混地说:"我不能游了。"

傅家杰忍下眼泪又念道:"我愿意是荒林\只要我的爱人\是一只小鸟\在我稠密的\树林间做窝,鸣叫。"

陆文婷又轻轻地说:"我飞不动了。"

傅家杰心痛难忍,仍含泪念下去:"我愿意是废墟\只要我的爱人\是青春的常青藤\沿着我荒凉的额\亲密地攀援上升。"

陆文婷流出两行晶莹的泪珠,默默地顺着眼角滴到雪白的枕头上,她吃力的说:"我攀不上去了。"

傅家杰伏在她身上哽咽起来,"是我没有把你照顾好。"

方唯一吹去香头上的灰烬,火星飘落,灼痛了前胸,他合上书,塞回凉席下,将蚊香插牢在支座上,唏嘘地躺着。看不见的小人在黑暗中说:"你哭了。"

方唯一无声地答道:"那是蚊香烟熏的"。

在静静的月夜里,他昏然睡去。

夏去冬来,方唯一在家待了半年。寒假前,他去参加期末考试,各科成绩均在85分以上,妈妈兴奋异常,对班主任夏老师止不住地笑,不可抑制而又谦虚地介绍着教子经验。

夏老师讪笑地说:"还是让他在家接着自学吧"。妈妈看看唯一,唯一连声说:"好,太好了。"妈妈叹了一口气,带着他又回家了。

父母一进家门,就催促方唯一出去"放风",因为在他们眼里,这个孩子越来越呆头呆脑。

方唯一站在胡同昏黄的路灯下,感受着冬天傍晚凄清的冷,抬头仰望黑幕般的夜空,早已是寒星烁烁,弯月高悬,低头踢着脚边的残雪,嘴里念着顾城的诗句:"黑夜给了我一双黑色的眼睛,我却用他寻找光明。"

方唯一最喜欢北岛的《宣告》:"宁静的地平线\分开了生者和死者的行列\我只能选择天空\决不跪在地上\以显出刽子手们的高大\好阻挡自由的风\从星星的弹孔里\将流出血红的黎明。"每当他念到此处,就会感到一种悲壮和崇高油然而生。

半年多了,方唯一从玲珑苏州的《美食家》,到三省交界的《芙蓉镇》;从云南原始森林的《大林莽》，到《今夜有暴风雪》的北大荒。他跟随着书中的人物，痴痴迷迷地感受着生活的艰辛与无奈；感受着"文革"年代惨绝人寰给中国带来的悲哀与反思；感受着主人公壮怀激烈的革命梦想，和被愚弄后的淋淋血伤与玩世不恭；感受着噩梦般《蹉跎岁月》的百味人生。

方唯一觉着这些作家太了不起了，他再次仰起头，对着寒星寥寥的夜空，向他们深深地致敬。

（三）

光阴荏苒、世事变迁，英雄们的名字已被雨打风吹散，但英雄的精神永存，像病毒变异一样，紧贴时代脉搏，与时俱进地升级为对物质追逐的渴望。只有金钱与财富成功的占有者，才能成为新时代的英雄，才有资格得到人民的敬仰与传颂。昨天越是英雄情结浓厚的人，今天也就越被出人头地的欲望折磨得死去活来。

电脑右下角，一条小鱼在闪动，方唯一点击鼠标，屏幕上出现了童言的对话框，一行小字也跃然屏上："故事不错，自己写自己特过瘾吧？"

"不敢面对自己，就去解剖别人，俗称鸡贼。我连名字都用真的。"方唯一在键盘上，快速地敲着。

"你给陈瓒看过吗？"

"惭愧，她能委身于我，此文功不可没。"

"和你接触几次，知道我对你的评价吗？"

"你说说，我听听。"

"不自夸，勿宁死。"

"这点上，我不如你爸有本事，出书比女人生孩子都快，前言是感谢张三李四、王二麻子，正文是东拼西凑、南剽北窃的一堆废话，最后烫金精装，理直气壮地称为著作。陈瓒专门收集你爸的废品，在书柜里码了一排，每逢客人来访，就说：这都是我导师的著作。什么时候也能有一群别有用心的傻帽替我敲锣打鼓，那才叫档次呐。我都快嫉妒死了。"

"你不刻薄别人，能死啊！"

"对不起，一说实话就伤人。陈瓒是明天回来吗？"

"陈大律师出差的归期，怎么问我？你可是她丈夫。"

"你还是她助理呢，当然问你了。谁说丈夫就得什么都知道？朋友知道的事，丈夫未必知道，这年头许自夸，不许自大。"

"我真不明白，陈瓒一个法学硕士，当初怎么看上你了？"

"怎么说话呐，她找我，按老话讲叫上嫁。我现在也是证券公司的高管，具有硕士研究生的同等学力。你瞧瞧，同等学力，我特喜欢这词，要没它，一大群人都没法安置了。"

"厚颜无耻，我要下线了，不想和你聊了。陈瓒明天下午回来，你陪她吧，晚上别上网了。"

"聊了几天上瘾了？是不是恨陈瓒回来的太早啊？"

"方唯一，你无耻，少挑拨我和陈瓒的关系。我爸常说：我们三个人是老中青，他还让我多向陈瓒学习呐。"

"多恶心的话，老的都长绿毛了。我教你，别和老中学，他们除了求生之道，就是扒名逐利。以后跟我学，不堕落。"

"学你厚颜无耻，算了吧。给你附录一首苏轼的诗，作为看你文章的回报。

缺月挂疏桐，漏断人初静。时见幽人独往来，飘渺孤鸿影。惊起却回头，有恨无人省，拣尽寒枝不肯栖，寂寞沙洲冷。晚安！"。

"自由小鱼"的图标随之失去了色彩，瞬间黯然，变成了灰色。

方唯一感到怅然，他靠在椅背上，对窗望去，冬日的夜空中挂着的不是缺月，而是一轮亮似银盘圆圆的满月。他眼前出现了童言清秀白皙，和永远带着笑意的眼睛。一个个生动的影像纷至沓来。

第三章

（一）

短信提示音铿锵地响起，方唯一抓起手机并按键，看到宽大的屏幕上写着："明天下午3点，闲雨轩茶楼见，有要事相告。赵思锦"。

赵思锦是合众证券的副总裁，方唯一的顶头上司，对他有知遇之恩。在过去的日子里，赵总器重他，甚至是忍让他，充分地利用他，方唯一才有可能像被点燃的干柴熊熊燃烧。

那是三年前，方唯一在东南证券做经纪人，有个同事叫齐秉德，在营业部做咨询，闲暇之余，出了本股票分析的书，还在证券报纸搞了个专栏，三混两混，2001年跳槽到合众证券，当上了下属营业部的总经理。

第二年年底，他力邀方唯一加盟，头衔是营业部总助，但总公司不做正式任命，不发聘书，月薪2000元，加个人和团队的销售提成。

"唯一，条件一般，但我保证，只要你干出成绩，职务、月薪全没问题，包在我身上。你现在连底薪都没有，东南证券的手续费提成比例才10%，是券商中最低的，那个操蛋老总还看你不顺眼，一直在找你茬儿吧。"齐秉德吐沫横飞地说。

"你看上我什么了？"方唯一问道。

"当然是你的销售能力，和你的客户了。"

方唯一跳槽的第10天，一个萧瑟冬日的下午，他正在办公室给几个新人做培训，齐秉德推门探头叫他，俩人走出写字楼，呼啸的北风呜咽着，迎面掠过，方唯一打了个寒战，他们钻进别克轿车。齐秉德拧开车内的暖气，转过一张冻得青红的糙脸，眼神游离而哀伤。

"出事了？"方唯一隐隐地感到一丝不祥。

"我被免职了。"齐秉德沮丧地说。

方唯一始料不及，变化如此突然，一切都像在开玩笑，他嘴唇发干，唇皮爆裂，用牙狠狠地撕咬着。热情与渴望，向往与憧憬，转瞬消失，好似从前一样，这种境遇反复上演，他已多次体验过这种灰冷的心境。

"唯一，对不起，有些事情我没和你说清楚。"方唯一冷冷地看着他，等着下文。

"两周前，总裁章中道找我谈话，说自从我接手营业部后，业绩大幅下滑，今年缩减营业部面积时，客户流失严重，两年了，业务不见起色，给我限期一个月，如果还没转机，就地免职。今天中午，他通知我被免职了，让我明天回总部报到重新任用，你也一起去，他要见见你。"

"我们不是在招聘经纪人吗，这几天，我从东南证券拉来了800多万，你没和他说吗？"

"我都说了，而且也没到一个月的大限呐！可他根本就不听，说这是公司决定，有意见保留，不服从辞职。"

方唯一明白了，齐秉德是拉他来堵枪眼的，他转头透过车窗，外面的天色已经渐暗，枯秃的树枝在寒风中剧烈的摇摆着，像疯狂舞动的双臂，诉说着无奈与不是。

"你找找孟董事长，你他妈的不是吹和他有交情吗？"方唯一回头盯着齐秉德质问。

"别提丫的，他最不是玩意儿，吃爷喝爷还办爷！今年十一，我去他家送礼，他娘的什么都没说，这次顶替我的，就是他原来的老部下，说白了就是咱没根。"齐秉德低着头狠狠地说道。

"唯一对不起，让你也受连累了。我送你回家吧。"方唯一莫衷一是地摇摇头，又点了点头。

轿车驶上大街，掠过一盏盏闪熠着光亮的路灯，飞驰过骑车的人们，天已经完全黑了下来。方唯一坐在昏暗的车里，脸上闪过一丝冷笑，他自嘲地想，自己到底算个什么东西。

从中专毕业后，他被分配到工厂技术科，因一无所长，被下放车间劳动。受车间主任恩赐，他永远都上着夜班，在阴冷空旷的厂房里，他像狗一样，穿梭在四台鎯钪作响的机床前。

春寒料峭的凌晨，他穿着肮脏得已看不出颜色的工作服，疯一般地骑着单车，在马路上引吭高歌："我是一匹来自北方的狼。"歌声飘散在街头，只有寒风凛冽地合唱。

东南证券辞了，新工作要是没了？他在东南证券的客户将无处转移。那是他几年累积的心血，所有客户资产累计2亿多元。即使再找一家证券公司，重新去做经纪人，也将损失惨重。方唯一脑子里像塞满了棉纱，理不出丝毫的头绪。

"是这吧？还往前点？"齐秉德沙哑的声音，终止了他的胡思乱想。

"就停这吧。老齐，章中道调你去总公司做什么？"方唯一突然想起了这个早就想问，却又被疏漏的问题。

"听他说总公司新来了个副总裁，姓赵。要成立网上交易部，调我去帮忙，其实是先把我挂起来，当然我要主动滚蛋，他们是最高兴了。章中道明天见你，能不能留下，由他决定。"

方唯一心情忐忑地下了车，朝自家单元门走去，脚下的路有千万条，那是对功成名就、对有钱有权、对含玉出生的幸运儿讲的，如果你要问：在瑟瑟风中出卖体力的农民工，为什么不去走一条烁烁生辉的金光大道，你就是一个混蛋。

而此时此刻，对于方唯一来说，33岁仍然朝不保夕，脚下的路就这一条！在过去漫长而没有荣耀的日子里，他渴望机会，没有机会的生命就像秋天的落叶无聊而枯燥。方唯一时常感到自己像黑夜荒坟上的孤狼，引颈哀号，注视着心怡的远方，又无路可往。

（二）

北风肆虐了一天，终于在夜晚止住，借着外屋的灯光，方唯一看见女儿拉链生动可爱的睡脸，母女相互依偎睡态安详。他蹑手蹑脚地走出卧室，带上房门，坐在餐桌旁的椅子上，默默地吸着烟，想着明天将如何面对章中道。

回家后，方唯一对陈瓒闭口不谈工作危机，他害怕叙述整个过程，那样他会很累，同时也担心妻子着急上火。她两月前刚辞职，和几个同学开了间律师事务所，因为没有案源，整日唉声叹气。

陈瓒离职前，将全部积蓄交给了原单位，买了这套一居室。家无隔夜粮，拉链幼儿园明年的赞助费还拖着没交，每次接拉链，看见老师阴沉的脸，已经成了他的心病。

方唯一想得到这份工作，想有一份底薪，一个新的开始，但章中道是什么样的人，会留下他吗？

这个刻薄而功利的社会，凡事讲究资本。简言之就是：你具备什么条件，它包括社会认可的各色筹码：权利、财势、关系、名望、学历、能力、色相，甚至是无耻与下贱，等等无不所及，你能换到与你筹码等值的索要；同样因为你不具备某些条件，也会痛心疾首地失去，或自始至终就从未拥有，永远成为一个妄想。而良知、正义、公平、廉耻早已是浮云苍狗年间一个令人心酸的童话。

经过反复考虑，方唯一决定采取以下策略：

在政治上，他要淡化与齐秉德的关系；要表现出替老齐堵枪眼的无辜。合众证券的人事变动，自己事先毫不知情，并从东南证券辞职，丢掉了每月丰厚的收入。

在业务上，要显出自己对销售工作的热爱，对网上业务开展的独到见解，以及自己过去骄人的业绩。

在态度上，要谦虚；要微笑；要热衷聆听章总的谈话，和频频点头；领导说完以后，要流露出恍然大悟与心领神会的表情；要把狼性彻底掩盖；装成一只聪慧可爱的狗。

（三）

第二天上午，在齐秉德的引领下，方唯一走进章中道的办公室。其人40多岁，面庞白皙而消瘦，镜片后的一双细眼透着精明，薄薄的嘴唇微张着，脸上挂着漫不经心的笑容。方唯一觉着他那茂密而蓬松油亮的黑发像是赝品，但定睛细看确实是真迹。

方唯一还未坐稳，齐秉德已迫不及待地开始叫冤，和章总你来我往地说着。两人的话越来越快，齐秉德进入了强辩，章总的笑意突然定格后快速消失，嘴里吐出一句话："这是公司决定，想不通可以辞职。"

齐秉德立刻歪着头，梗着脖子，面部涨得通红。

章总略微转头，看着方唯一，又恢复了笑容，接下来的谈话简单而轻松，宾主双方充满了祥和的气氛。方唯一严格按照自己昨晚的准备，充分投入而精确无误地表演着。有时章总甚至因为愉悦，会发出尖利而夸张的笑声。这对方唯一何尝不是一种奖赏和鼓励，但对齐秉德来讲更加深了他的难堪与痛苦。

最后章总微微正色，快速地瞥了一眼目光呆滞满面羞红的齐秉德，又对着方唯一说道："看来老齐也做了件好事，给我们引进了一位销售人才。你们日后就去赵副总那里工作，他主管总公司的网络交易部，算是个'海龟'，可不是'海带'，也是新来的，就在我隔壁，带你们去见见。"说着，已经起身走到门前，方唯一和齐秉德紧随其后跟了出去。

章中道推门直入房间，方唯一看到一个高大而厚实的男人，相貌堂堂，墙上挂了几幅风景小画，茶几上有一个相框，里面镶嵌着一张外国证书，花花绿绿甚是好看。整个屋子透出一股洋味。

"赵总，再安排两人来帮你。这位是齐秉德，原来是营业部的老总，到你这做副总；这是方唯一，精通销售，就做你的助理吧。"章中道说完，他们一起看着赵思锦。

赵总扫了一眼他俩，不置可否地"嗯"了一声，然后对章总说："先试用三个月吧。"章中道点头同意。

方唯一插话道："我和齐总还招了几个经纪人，是不是一起带过来？"

章总说："听赵总安排。"

"带过来见见再说。"赵思锦接过了话茬。

齐秉德骂骂咧咧地直奔地库，开车跑了。方唯一独自走出大厦，心中充满激动的喜悦，禁不住连蹦带跳地向前跑出了几步。两周前还是东南证券的经纪人，今日摇身一变，就成总助了。不是我不明白，这世界变化快，快得让方唯一难以适应，快得让方唯一难以置信。

（四）

东三环早已是高楼林立，像是昨夜从东京、纽约整体空投过来的，楼宇的玻璃幕墙反射着阳光，金碧辉煌。成千上万的公司坐落其中，合众证券也跻身其间。它租了金融大厦的7、8两层，方唯一和齐秉德就在第7层的西南角，共用一间10平米的办公室，两张桌子相对摆放。

办公室外面是大开间，有50多平米，打了几排隔断。除了他带来的七个经纪人，其余的人方唯一都不认识，也无人介绍。听老齐说，不是凭关系塞进来的少爷和小姐，就是被其他部门踢出来的大爷。

"从早到晚，你瞎忙什么？给谁看？从8层集团的三个'大猫'，到7层证券公司姓孟的、姓章的，谁有你忙啊？你会当领导吗？快坐下，打开电脑，陪我下盘围棋"。齐秉德歪靠在椅子上，不停地翻着白眼，一仰头，将鼻腔中吸出的粘稠混合物吞咽进嗓子。

他接着说道："网上交易部就是他妈养闲人的地方，全国券商哪个把业务搞起来了？凭你那七八条破枪，就是你带来的那几个经纪人，还想打天下？我马上找好地方，你带上他们和我一起走。"

"打扰一下。"赵思锦推开虚掩的房门，已经走了进来。

"以后说话，先把门关好。"赵总不温不火地说着，将厚厚一摞单据放在老齐的桌上。看着齐秉德木讷的窘态，方唯一差点笑出来，同时又替他难堪，心里感激老齐说话真密，简直是密不透风，居然没给他插嘴的机会。

"老齐：这些报销单都是前两月的，不由我这负责，你还是去找章总批吧。"然后又对方唯一说："你写的《经纪人培训讲义》非常好，我做了些修改，去我那儿，咱们谈谈。"

方唯一起身，跟着他向外走，赵总好像又想起了什么，转身轻声问老齐"你还去吗？"老齐发着呆还没缓过神来，赵总马上补了一句："先忙你的吧"就走了出去。

方唯一上班一个多月，第一次进赵总的办公室，他一直暗暗期待这个机会。他坐在黑皮椅子上，听着赵思锦的开场白。

"我也是四个月前才来的。大学毕业几年后，我去了香港，在渣打香港分行，一直做到客服部总经理。在那儿我认识了咱们集团董事长杨万里，他是我的客户，杨董对合众证券的销售很不满意，所以请我来帮忙。"

赵思锦拿起白瓷杯抿了口水，看着方唯一继续说："老齐说的话我都听见了，他已经过了黄线。你和他是什么关系？"赵总探寻地问。

方唯一简要回答后，他不屑地说："开诚布公地讲，无论是内地，还是香港，在公司想混好，都要讲根基，你对我的根基应该满意，我对你工作也认可。从今天起，你就转正了。齐秉德已经到站啦，以后少搭理他。"

方唯一说完"谢谢"，赵总继续说："下面谈待遇，你的收入体现在三个方面：你自己的手续费提成、销售团队抽水、底薪每月2000元。"他稍做停顿，"当然还有各项社保。你觉着怎么样？"，

方唯一略作思考，看着赵总一字一句地说："在职场里，我就是一件商品，应该按值论价，您的出价还是试用性质的。据我所知，在大开间里，无所事事的少爷小姐，底薪都是四五千块。希望几个月后，对我这件商品有重新评估的机会。"

赵思锦沉吟了一下说道："没问题。听说你下手够狠，刚到老齐那儿，就替他开掉了两个长期不称职的员工，所以你要以总助的身份，帮我把那些祖宗请走！否则，再招经纪人就没地坐了。"

赵总的话，让他为之一振，自己终于交到好运了，一份正式的劳动合同、一份稳定的月薪，最可贵的是：一个可以施展拳脚的舞台。

当月，方唯一就将少爷、小姐杀的片甲不留，大开间里坐满了新招的经纪人。自

此，西南角里充斥着经纪人的南腔北调，电话铃声此起彼伏不绝于耳。

老齐也在那日妄言后遁形，在他回单位办离职手续时，才相互撞见，点头致意，擦肩而过后，再无往来。

一堆干柴如果没人点燃，它无法发出耀眼的光亮，和灼人的热量，赵思锦点燃了这堆干柴，方唯一开始了他职场生涯中崭新的一页。

（五）

按着手机短信约定，方唯一准时到了闲雨春茶楼。里面光线幽暗，寂静无客，雕梁画栋的装饰，和绿竹掩映中的客座，更显出了茶楼内设的精心与别致。

他靠窗而坐，望着元旦前夕环路上壅塞的车流，想着昨晚短信所提到的"要事"。

"早来啦？"赵思锦话到人到，一边脱下羊绒大衣，一边含笑问道，身上散发着带进来的凉气。

"我也刚到，您坐吧，这有明前的狮峰龙井。"

"好啊！冲两杯，算是你给我送行了！"赵思锦从身上摸出香烟，看着服务小姐，又对着方唯一淡笑地说。

玻璃杯中，叶芽型光扁平，经沸水冲泡，变成了翠绿色。芽尖在茶汤中慢慢地绽放，而后缓缓向杯底纷纷沉落。

方唯一向赵总再次确认："您要离开合众证券？"

赵思锦点点头说道："咱们一起三年，合作得很好，我做政委，你做指挥员，从当初的七八个人，到今天，全国13家营业部，发展了300多经纪人。上月报表统计，经纪人发展了一万五千多个客户，累积资产20多亿。"

方唯一说："经纪人创造的手续费，已占到公司收入的35%。"

"除了股票手续费，和客户保证金的息差，公司没有其他收入。合众证券是经纪类券商，体量太小，在孟、章二人的手中上台阶是不可能的。在今后，新的交易品种层出不穷，未来是综合类券商的天下—"

两个人吐出的烟雾在眼前轻轻飘曳，渐渐散开，弥漫在空气里。方唯一品着龙井，静静地听着。赵思锦说的全是事实，但这不是他最关心的，他更在意赵总走后自己的出路。

方唯一开口说道："政委走了，我还指挥个屁！姓孟的、姓章的，是爱做官、不爱做事的主。这几年要不是您抗着他们，我走不出三里路，就得让他们给办了。"

"集团杨董事长离职后，我也是泥菩萨过河，就算不走，也帮不了你，以后你这土匪脾气也得改改。明天我递辞呈，元旦后，到国基证券上班，职位和你一样，营销总监。咱们就此作别吧，顺便祝你新年快乐！06年大吉大利！"

方唯一振作精神，握住赵总的手说："国基证券可是中国前三名的大券商，祝贺您！"二人相互祝福着，走出茶楼，外面已是五彩斑斓的夜色，两人再次握手劳燕分飞。

第四章

2006年1月8日上午，在扬州路路好大酒店的多功能厅，合众证券召开了《2005年工作总结大会》。会议桌中央摆放着几盆鲜花，孟董事长、总裁章中道坐在北侧居中，下面依次是副总裁、总监及各营业部的老总。四周码放着长条桌，坐着各营业部的副总和部门经理。

孟董身躯肥胖，不停地在座位上扭动着，忽然说道："桌子是不是加长了，怎么赵总一走，我觉着坐得宽敞多了。"

章中道含笑点头道："孟董，可别看少了一个人，那情况就大不一样了！"他边说着闲话，边向方唯一瞟了一眼。

孟董对扬州营业部的马洪波大声道："马总，我们到你这开会，你得把同志们的生活安排好，节目要丰富多彩，大家说是不是？"

"孟董说的对，老马，你要不舍得花钱，小心今年的办公经费！"老马忙向孟董和财务总监鸡哆米式的点头，又和大家一起哈哈傻笑。

章中道夸张地看了下表，干咳了几声，说道："05年度工作总结会现在开始，首先请孟董为我们总结去年的工作。大家要认真做笔记，老马给方总伺候纸笔"。

方唯一这才注意到别人面前摊开的各色本子和笔，又看着面露责怨的章中道，不知羞耻地笑了。

"今年大家的工作，我基本上是满意的，成绩也是有目共睹的。股市如此低迷，但各营业部客户资金存量，和交易手续费同比都是上升的，这是很难能可贵的。"

孟董事长伸出舌头舔了舔厚厚的嘴唇，继续说："但是，我们既要看到成绩，也要看到不足。三年来，我多次强调大客户、大机构的开发，去年还是没有起色。到底是什么问题？是能力问题还是态度问题？会后，有关同志要好好总结一下。"

章中道意味深长地看着方唯一，而他满不在乎地拿出一支烟，坦坦地点燃。章总努力睁大细眼，露出不满的神情。方唯一装作全然不知，麻木不仁自顾自地吞云吐雾。

后面传来低声的嘀咕："还是方总牛！"

孟董提高了嗓音："接下来，我要谈谈公司高管的素质问题。大多数人是好的，但是，极少数人的问题也是问题。对下暴虐，对上目无领导、恃才自傲，看不起同事。这样的人要认真反思，提高自身修养！"

孟董事长举起茶杯滋溜了一口，清了清音道，继续说："大家要多读书，才能提升境界。我非常喜欢北宗神秀大师的几句话：'心是菩提树，身为明镜台，时时勤拂拭，不使染尘埃。'今天我送给大家，特别是方唯一，希望你们领悟其中的深意。"

方唯一被马洪波轻轻地踢了一下，感到众人注视的目光，他直视着孟董说道："我更喜欢南宗慧能大师的几句话：'菩提本无树，明镜亦非台，本来无一物，何处染尘埃'。"会议室立刻静地出奇。

章中道立刻干咳着打破了沉默："我们应该正确对待领导的帮助，正确理解领导的苦心。凭着自己一点点成绩，就目空无人，这恰恰说明孟董提出的问题是及时的、必要的、是有的放矢的。"

章总说完，看了孟董一眼，孟董深有感悟地点了点头。章中道环视着大家继续说："看了年终报表，我很感动，感到大家一年来都是用了心的，特别是全体营业部老总劳苦功高，做人做事谦虚谨慎，我们不能光干不奖。下面，我代表孟董、代表公司宣读年终奖金的发放。"

章中道又看了一眼正朝他点头的孟董，念道："营业部业绩前三名的张总、肖总、陈总每人三十万，其余老总每人10万，总公司的技术总监、财务总监每人十万，营销总监方唯一2万……"

方唯一感到恍惚，听力好像出了问题，但又清楚地听到章总的声音："我们做金融的，要有忧患意识。从2001年起，股市持续低迷，已经四年了，成交量严重萎缩，所以我们要精兵简政，开源节流，首先从总公司做起。方总，你的助理合同到期就不要再续签了，其他总监都没有助理嘛。"

"但他们都有自己的部门，每个部门都有四、五个人，我可就这么一个助理！"方唯一已经怒不可遏，脸颊在众人的目光中燃烧着。

章总冷静而不容置疑地说："这是公司决定，你有意见可以找我单谈，现在不要耽误大家时间。"

他又看了看大家说："我和孟董商量过了，也充分征求了营业部老总的意见，为了更好促进销售工作，以后各营业部的销售团队，和销售经理由营业部老总直接管理，方总要做好今年的营销策划和培训……"

天哪！一切都在以公司名义进行着。此时此刻，方唯一大脑是木然的，又是极度敏感的，他感到一束束怜悯的目光，稍瞬即逝，有人在极力掩饰着幸灾乐祸。方唯一脸部滚烫，大脑膨胀，他既无招架之功，更无还手之力。

他醒悟到：真理还是谬误，是由权力决定的。当丧失了阐述真相的话语权，黑即是白，白即是黑。而这种权力践踏的是人们的良知，宣扬的是无耻的强大。

会议开了一天，方唯一感到身心疲惫，像是从煮沸的油锅里捞出的一般，皮开肉绽、伤痕累累。他走进酒店套间，迎面看见窗外夕阳染红了天边。他无力地推开窗户，想呼吸一口新鲜的空气，惊奇地发现窗下一株株挺拔的银杏树在冬日的残照里骄傲而直立。

银杏树是方唯一最最钟情的植物。不知是哪一年的秋天，他开始感动于那热烈美丽、醉人洁净的金黄，那坚实沉稳、笔直挺拔的树干，那黄灿灿的扇形小叶在秋风中飘曳歌唱，摇坠后执拗地围绕在母亲的身旁。

"方总还有心赏树啊？"他诧异地回过头，看着不知何时溜进来的马洪波。

"你他妈的怎么进来的？"方唯一狐疑地问。

"你看，你看，暴虐……"马洪波嬉皮笑脸地说，又赶紧补充道："章总特别关照，这个套间给您独享。拿着，这是另一张房卡。"

方唯一嘿嘿地冷笑了两声，从马洪波的手中接过房卡。

马洪波忽然变色道："他们丫太欺负人了，要没有你的销售团队打拼，公司去年业绩会大幅下滑。我们那的小赵刚出会议室就哭了……"方唯一拍了拍马洪波的肩膀，随即转回头，凝视着窗外的银杏树。

"姓章的让我转告：他看你脸色惨白，如果要是累了，或身体不舒服，晚上二楼的宴会，就别参加了，你可以点餐在屋里吃。"马洪波低声地传达着。

方唯一略作迟疑，说道："我没事，一会就过去，多谢章总的关心。"

看着马洪波走出房门的背影，他眼前晃动着院里阿姨、幼儿园老师模糊的面孔："方唯一，你想不想你妈妈啊？"

他抬起头，盯着她们的眼睛，笑眯眯地说："我一点都不想。"然后使劲摇摇头，加以补充，等着看她们那失望诧异的神情。

方唯一洗了脸，重新换了身衣服，特意系上一条雅致而含蓄地领带，那是陈瓒当年去英国出差时买的。他容光焕发地走进了宴会厅。

第五章

（一）

方唯一推开家门，看到了陈瓒的笑脸，拉链兴奋地叫着、笑着跑跳过来，他像被解除武装的士兵，顿感放松和疲惫。

"爸爸，怎么没给我买礼物？什么都没买呀？……"拉链一边翻着咖啡色提包，一边失望地叫道。

"爸爸太忙，周末带你去公园好不好？"方唯一拍拍拉链脸蛋，向她许诺着。

"你爸出差，什么时候给咱们买过礼物？洗手吃饭。"陈瓒已经摆好碗筷，埋怨地看了他一眼。

"上次回来，给你买过一个世界地图的拼图，是不是？"方唯一强辩着问拉链。

"你说要立足中国，放眼世界"。看着拉链稚气的神态，方唯一忍俊不禁。

三个人围坐在饭桌上，陈瓒给拉链夹着菜，说道："房钱付清了，房钥匙在我这儿，咱们随时可以搬家。"陈瓒话音虽轻，但能感到她抑制不住的喜悦。

"还差30万房款呐，你向银行贷款了？"方唯一询问地看着妻子。

"向我姐借的。新房产证，下周就能领。你知道吗？我姐夫提副局长了。"

"谁让你朝她借钱了，我不想用赃款买房。事先也不说一声！"方唯一阴沉着脸，压抑着不快，生气地说。

"我倒想说呢，你这几天手机开了吗？房主催着要钱，我有什么办法，你就是嫉妒人家。我问你，公司给了多少年终奖？"

"两万。"方唯一的声音低了很多。

"没日没夜地干，给他们挣了那么多钱，怎么才给你两万？别人给多少？"陈瓒的声音高了很多。

"你说呀！"陈瓒催促着。

"有三十万的，有十万的，还有，唉呀，别问了，烦人！"方唯一不耐烦地说着，看见拉链静静地望着他。

"他们是不是不喜欢你？"拉链关心地问。

"他们的良心都长胳肢窝底下了，你爸就是瘦驴拉硬屎。"陈瓒愤愤地说。拉链听了妈妈的话，嘿嘿地笑了，米粒掉在桌上。

方唯一也乐了，对拉链说："你妈说话多不文明。"

"行啦，别假斯文了，全跟你学的。"陈瓒也禁不住笑了，转而又说道："生气也没用，年年如此，反正你还有两万的月薪，过日子没问题。"

陈瓒的安慰，反而让方唯一更加沉重。他低着头，从塞满菜饭的嘴里狠狠地挤出一句话："我他妈的早晚得反了！"。

（二）

明晃晃的太阳，晒得柏油马路快要冒烟了，踏在上面软软的。方唯一喝了一口矿泉水，滋润着喉咙，抬头看看紫江证券扬州营业部的大牌子。他收好地图，快步走进去，一阵冷气袭来，感到阵阵凉爽。他适应了大厅内黯淡的光线，仔细地观察着，来到开户柜台，一个胖女孩正在全神贯注地发短信，方唯一轻声说："带我去见你们老总。"

女孩抬起头，愣愣地望着他："什么事？"

方唯一故意压低声音："我们机构有七八千万的分仓，想放到扬州，正在找地儿，你们老总见不得人吗？"

"啊，不是，我这就给您联系。"女孩快速地拨着电话:陈总，我有个客户，是机构的分仓，大概有八九千万，想和您见一下。"女孩兴奋地说完，起身带着他往楼梯走去。

"先生贵姓？你是哪里人？"女孩笑嘻嘻地问。

"我姓方，北京来的。"方唯一也笑着答道。

"一会见了我们陈总，就说是我介绍您来的，我叫李萍。"

"为什么？"方唯一装傻充愣地问。

"陈总让我们拉客户，每个月完不成任务，要扣奖金的。哎呀，您帮帮忙吧。"李萍半撒娇半哀求地说。

"没问题，但你要告诉我，你们给机构户手续费最低是多少？"方唯一也笑着说。

"我们这机构户很少，具体还要和陈总谈，中户、散户是千分之3。"李萍压低声音悄悄地说，方唯一点了点头。

李萍为他和陈总做了相互介绍，又熟识地看着方唯一说："你和陈总聊吧，完事来找我。"

陈总骨瘦如柴，嘴唇乌紫，普通话半生不熟。两人松开握着的手，方唯一坐在棕皮沙发上，开始快速地提问。

"营业部有多少托管市值？"

"我一天3千万交易量，能占你当日总额的百分之几？"

"营业部谁能看见屏蔽账户？"

"手续费最低多少……"

方唯一真真假假地问着，将重点问题藏在诱惑里。

陈总越回答越兴奋，忍不住问："您是做庄的吗？不会是涨停板敢死队的吧？有什么个人要求，别客气，对您这样的大户，每月还可以报销一些费用。"

陈总最后得到了一个美好的希望。方唯一来到李萍面前，继续提问。调查完毕，在李萍充满期盼的目送中，他坏笑着走出了营业部。

（三）

眼前一张张热脸流着汗水，一份份简历左右晃动，不停张开闭合的嘴巴，方唯一朝他们大声地喊着，挥动两手，奇怪！谁也听不到对方发出的声音，袭来一股股污浊的酸腐气味，让方唯一感到头晕窒息。

培训室宽大闷热，面对众多陌生质疑的面孔，方唯一在慷慨激昂地讲演："销售对象是人，所以我们先从人性说起，请告诉我，人性的特征。"

方唯一在白板上记录着：懒惰、恐惧、好色、虚荣、自私、贪婪、伪装……

"再告诉我，人哪些方面不如低级动物？"屋内很静，他看着眼前这群自以为是的高级动物。

"你有狗鼻子灵吗？你比豹跑得快吗？张开双臂，你敢从六楼向下跳吗？人类何时已经自大到你们这种程度？"方唯一放下水笔，自言自语地说着。

"什么是销售？销售就是诱惑！什么是销售？销售就是征服！什么是销售？销售就是预谋！"

"诱惑是什么？人因为自大而无知，因无知而贪婪；对财富充满渴望，特别是对不劳而获的意外之财；诱惑将有效地激发人的贪欲，使他兴奋起来。"

"征服是什么？没有人将金钱托付给乞求者，所以你必须以强者的姿态，出现在客户面前。征服首先指的是这种心态，其次是你的业务知识和能力。"

"预谋是什么？客户不会提前知道你的出现，而在此之前，你应该完成心态调整、知识应用、实施手段的准备。

例如：2001年9月11日，美国世贸大厦在顷刻间化为灰烬，那就是预谋的结果，尽管它是邪恶的预谋。

你们要养成预谋的习惯，因为它具有出人意料的创造力或破坏力。制约上述三点的，是国家和行业的法律、法规，及你的良知；预谋本身只是技术问题，并无好坏之分，培训也是预谋的一个部分。"

"请告诉我，假设现在市场供需平衡，哪类产品最好销售？"

一个男生以卖弄书本上的东西作为回答。

方唯一说道："成交额越低的产品，越好销售。一小时内，你可以轻而易举地卖出一个纸杯，但一天内，你无法卖出一幢大楼。证券经纪人做的销售，成交额是零，但只要客户在这里交易，却可以反复提取手续费提成，这就是其特殊性，也是其吸引力的所在。"

一张张生动的面孔，被激情点燃。还是自己沙哑的声音："没有能够依仗的父母，没有清华北大骄人的学历，没有丁俊晖出色的手艺，却又怀着出人头地的野心，那么你们只能在这个拳击台上，不停挥舞拳头，直到筋疲力尽、鲜血飞溅，才可能打出你们骄傲的明天。"方唯一感到一股股热汗流向前胸和后背，衣服已紧紧贴在身上。

掌声混合着飞机引擎的轰鸣声，使方唯一头晕眼花，如坐云端。一场场马不停歇的招聘和培训，累得他好像掏空了身体，他努力张开嘴，却无法发出声音。

红眼飞机穿过了漆黑一片的夜空，倾斜地投入北京灯海的怀抱，方唯一闭上眼睛，头靠着舷窗，等待着飞机响起着陆时巨大的噪音。

机场大厅灯火通明，他突然想到：又是两手空空，忘了给拉链买礼物了，不成！这次一定要买！他在商店里快速地穿梭着，寻找着，挑选着，暂时忘却了疲劳。

"小姐，这个拼图是哪儿生产的？"

"好像是江苏。"小姐礼貌地答道。

"快，快点拿一个！就要它！"方唯一高兴地抚摸着木质拼图，不停地催促着，眼前浮现出拉链幸福的笑脸。

一阵胸口的绞痛，嘴里发出咝咝地声音，方唯一缓缓地从床上坐起，环顾四周，家具在黑暗中影影绰绰，他伸手抹去额头的汗水，胸口仍然隐隐作痛，意识渐渐清晰，他明白自己做了一个很长很累的梦。

第六章

（一）

早晨起来，方唯一送拉链去了幼儿园，然后匆匆来到单位。刚走进办公室，就看见墙上的北京地图耷拉下一个角，他拿胶条小心粘好，上面围着二环、三环、四环、注满了黑红两色标记，星罗棋布好不热闹。

那是2004年初，方唯一升任公司营销总监，组建各营业部销售团队，他最初招的几个老人，当了销售部经理。

他以合众证券北京三个营业部为轴心，将方圆10公里内的同业单位标注出来，逐一调研。内容包括各营业部总经理、副总经理、部门经理，关键岗位员工的姓名、电话、邮箱、个人好恶、单位内部人事关系、客户分类、经营特色等等。至今上述情报搜集，仍在不断完善之中。

方唯一把销售团队，看成军队，把自己想象成一个将军，他最欣赏巴顿的座右铭：军队就要进攻、进攻、不停地进攻。两年间，他组建了十几支销售团队，在各城市的证券业攻城略地，凶狠地抢夺同业竞争者的客户。他沉醉于此，为了更深地沉醉，加备忘我地工作着。每当他听到业内对合众证券营销的赞赏或咒骂时，方唯一高兴得像中了头彩。

他看着"军事"地图，长长地叹了口气，按照公司新政，他将失去指挥权，交给各营业部老总，几年心血算是白废了，自己沉醉的"战争"结束了。方唯一心里狠狠地骂着："这帮内战内行，外战外行的杂种！"

电话怒响着，方唯一拿起话筒，听见马洪波装腔作势的声音："领导来得早嘛，向您学习啦。"

"少扯淡，有话说，有屁放。"方唯一佯怒地骂道。

"要提高个人素质啊！哈哈！唉，我们营业部与会人员一致认为："05年的总结会"，是对您的一次批判大会，一次深刻的触及灵魂的斗争大会。"

"以公司名义，蓄谋已久，逐层递进，排除异己、丑恶不堪的整人大会，为这个脏会，你没少破费吧？"

"我靠，连吃带住，连玩再要，四天不到，这帮孙子花了我十几万！下半年没钱了，就得让章总增加我今年的办公经费，我不能匝起嘴过日子吧？"

"用公款混个好人缘，你就别装了。"方唯一讥讽地说。

"方总说话含蓄点好不好？在公司，我是个外来户，要不是我这两笔刷子，能够左右逢源，早被他们办啦！"

"我也是外来户，就等着让他们办啦。"方唯一感同身受地说。

"你算不上外来户，最多算大街上拣的。看看其他人，哪个不是孟董、章总原来的老部下，最次也是他们关系介绍来的。"

方唯一笑骂道："他们都是大妈生的，二妈下的，你是抱养的，我是他妈的野生的！"俩人开心地乐起来。

马洪波又神秘地说："告诉你，姓孟的刚买了奥迪A8，章总买了奥迪A6，财务总监配了新款蓝鸟，三辆车花了200多万！为了避人耳目，车都停在广州营业部院里了。"

"他们买车，在我这精兵简政、开源节流，这帮西伯利亚大孙子。老马你说，我的助理贺英，月薪就1500，一个人干三个人的活，说解聘就解聘，真他妈没人性！"

马总急赤白脸地叫道："方总，幼稚啊！不是钱的问题。是赵总走后，先给你点颜色，看你识相不识相，怎么连顺我者昌，逆我者亡都不懂啊！这就叫企业文化。"

方唯一只觉着气冲脑门，老马仍然喋喋不休地说着："不过，孟董和章总也很欣赏你的能力，多次在私下让我们向你学习。"

"学什么？学不尿他们，学我没素质！"

"当然是学本事了。你去年弄了套股票分析软件，在上面植入几个特色指标，搞无偿赠送，公司一年就增加上万的新开户啊！"马洪波诚恳地说。

方唯一笑了，这是他的得意之作，禁不住说道："我还有一个伟大发明呢。拉着名人到营业部做股评会，再借名人效应，用媒体为公司造势，省了多少宣传费。名人张宏伟就说过：为了几千块，跟狗似的被我拉到各地狂吠！"

"方总，开始自吹自擂啦。孟董又该让你提高素质了"

"老马好好学我的本事吧！丫就可以毫无遗憾地让我滚蛋了！"

"你拍拍他们马屁。在这方面，应该向我学习，教学相长嘛！"

方唯一阴冷地说："好，向你学习，好好拍马屁，然后直戳他们的屁眼！"啪的一声，他挂掉了电话。

（二）

愤而辞职，还是隐忍苟且？选择前者，方唯一缺少勇气。他想到拉链、陈瓒、还有新房30万的欠款，想到了刚刚能以他为荣的母亲。现实中的幸福，又是现实中的桎梏。他深深地知道意气用事，将失去什么。

隐忍苟且，让他想到在孟董和章总面前要摆出一副令人作呕的奴才相，一天到晚小心谨慎地揣摩领导意图，说着言不由衷颠倒黑白的混话；要从他的头脑、记忆中彻底扣除是非曲直，尊严与廉耻，追求与堕落，自由与流俗，公平与欺压。为什么？为两万多月薪？为现实中幸福的持续？如果是这样，他又如何面对自我，如何带着满身肮臭、平庸面对自己未来的死亡。

他真诚地为自己感到惋惜，有能力却得不到贵人相助，没学历却染上了秀才们的迂腐，理想与挚爱成为了和自己较劲的动力。

方唯一无心工作，痛苦地思索着，目光久久地停留在地图上。他不是秀才，他是狼，他不需要持久的愤怒与悲伤；他要预谋，去预谋自己突围的路径，直到灵光闪现。他狠狠地吸了一口烟，眼中放射出光彩。方唯一决心要自编、自导、自演一出好戏，片名就叫：突围。

敲门声过后，助理贺英走了进来。她皱着眉，手不停地在面前轰赶着烟雾，方唯一这才注意到满屋烟气缭绕。

"方总，您在屋啊？中午没去餐厅吃饭吗？"他恍惚了一下，看看手表，已经下午3点多了。方唯一感到在自己困惑时，时间被缩成了一团。

"你有事吗？"方唯一问道，看见贺英黝黑消瘦的脸上布满了阴郁。

"刚才办公室肖主任说，等我劳动合同到期，就不再续签了。我问她理由，她说是公司决定。您知道这事吗？"方唯一一愣了，他没有想到事情来的这样快。

"合同什么时候到期？"方唯一问。

"这月25号，春节前三、四天。"贺英委屈地说着，眼圈里转动着泪水。

方唯一努力克制着情绪，声音低沉地说："我前两天开会知道的。解聘原因，因为你是我的助理，就是说，你受了我的连累。"

"我明白了。没什么，不就1500吗，到哪儿找不到一份工作！"贺英说着，眼泪流了下来。"方总，您自己多保重，我会把最后的工作处理好。"贺英断断续续地说着。

方唯一郑重地说："贺英，我保证，公司会给你一个交代。"贺英看了看方唯一，转身离去。

戏的开头仍是陈词滥调。在过去、在现在、在未来每个舞台上重复演出，而又毫无新意。但从现在起，他要掌握导演权，他要将下面的戏编导得不同凡响，演出得更加精彩，最关键的是结尾，是要以真善美战胜假恶丑的喜剧。

（三）

次日上午，方唯一轻轻敲了两下章中道敞开的房门。

"进来"章总发出低沉而拖长的声音。

方唯一悄声细步地走了进去，冲着硕大老板台后面正襟危坐的章总呲牙咧嘴讨好地笑着。章中道略微一愣，冷冷地问道："什么事！"

方唯一毫不犹豫地将一张热热乎乎地笑脸贴上去："章总，经过几天认真反省，来向领导诚恳地承认错误。"方唯一收敛笑容，低头羞涩地说。

章总仰身靠在老板椅上，眯着细眼，盯着方唯一："你是替贺英来求情的吧？"

方唯一再度调试脸部神经，更加真诚地说："章总，您的眼真毒！是为这事，但更是来检讨自己错误的。"

"你小子一紧腔，我就知道你要放什么屁。你先说你的错误吧！"章中道摇头晃脑，面部露出一丝笑容。

"我自以为是，目无领导，素质低下，满口脏话，又暴又虐。"方唯一抬头瞄了一眼章总，他正笑模笑样地受用着。"太表面化，还不够深刻！"章总说完，顺手扔给他一支中华烟。

方唯一点着烟，心想一不做，二不休，今天就索性脱光了卖吧。他继续检讨着，并且越说越真，越说越动情，越说越他妈的像真事了。"我忘恩负义，是您招我进的合众证券，要没有您，哪有我今天啊，我是光拉车不看人。还有，我财迷心窍，思想觉悟低。您取消我全国销售团队的提成，每月十几万呐！当初想不通，是我太爱钱了，根本就没体察到，领导培养我的苦心，是让我在更大的平台上发挥特长。还跟您多次斤斤计较，谈长论短。"方唯一拼命眨巴着眼睛，可是没有一滴泪水，他不由得暗暗佩服那些动不动就能泪线四射的明星。

"方唯一，我是对事、不对人。除了你感恩的那些话以外，无论你的检讨是否发自肺腑，我都要肯定你的进步。毕竟能认识到这些，对你来说就不易。"章中道不无讥讽地说着，扭身从传真机上取下一份文件。方唯一看出他在严肃的外表下，掩饰着胜利者的喜悦。

"同时，我还要告诉你，今天你就是把死人说活了，贺英的事儿也翻不过来。"章中道正视着方唯一，肯定地点了点头。

方唯一立刻有一种被人嫖了，却没拿到嫖资的双倍侮辱。他努力克制自己，问道："贺英犯了什么错？不就要给我点颜色吗？我认栽了，也低头了，您还要怎么样？"

"你急什么急，我说实话，这是孟董的指示。不是贺英有没有错误的问题，是孟董脸大，还是你脸大的问题。"

方唯一觉得血直涌到头上，"噌"地站了起来："我现在就找老丫的去，让你看看到底谁脸大！"

章中道隔着桌子扯住方唯一，将他按在椅子上。"方唯一，你可别犯浑！当年你打营业部的陈经理，是因为有赵思锦罩着，才没把你怎么样，现在可没人罩着你！你先冷静、冷静！"说着，又递给他一根烟。

方唯一太阳穴上的青筋突突地跳着，手上血管发胀，充满了无穷劲道，他粗声粗气地说："如果今天贺英的事儿没一个说法，就是要以大欺小，咱们谁都过不去，爱他妈的谁是谁！"

"方唯一，你先跟我来软的，看诡计被识破，又跟我来硬的，你这不是要流氓吗？"

"我刚刚才明白，流氓是怎么炼成的。"方唯一回敬道，并逼视着他的眼睛。

办公室里出现了沉默，一种对峙而令人煎熬的沉默，两个人不停的吞云吐雾。"方唯一，你从一个经纪人熬到今天容易吗？为一个贺英值得吗？"章中道首先打破了沉默。

"这不仅仅是贺英的问题，这是我做人的问题。如果我不吭不哈，是不是太不仗义啦！章总，这样吧，公司找名目给我一个处分，降我两千月薪，放过贺英，我没意见。"方唯一略带恳求地说。

章总咋吧着嘴连说："幼稚，太幼稚了！这么着，你先看看这份文件。"他边说边隔着桌子递过来。

方唯一仔细一看，文件是关于降低营业部销售人员佣金提成比例的，降幅达到20%！他来回翻看着几张纸，快速思考和反应着。"股市刚有起色，公司就要给拉磨的牲口减口粮了？"方唯一藐视地问。

章总没接他的话茬，直接问道："你同意吗？"

"不同意也没用，这又是公司决定！但公司要补发贺英半年工资作为补偿，这是我的底线。"

"好，贺英的事儿我同意。但在这个文件上，先签上你营销总监的大名。然后辛苦一下，到全国各个营业部走一圈，对销售经理、和经纪人做一下解释，毕竟他们都是你一手带起来的，有些话你说，比营业部老总说更合适。"

"章总，刚才我态度不好，您别介意。我辛辛苦苦干了一年，年底还要一双一双试小鞋，刚买了房子，欠了人家好几十万，以后我也别无他求，就想跟您手下混个踏实，合您的辙，压您的韵。我现在越来越觉着差得太远，要跟您学的东西实在太多。"方唯一看着章中道真切谦恭地说。

"唯一呀，你在政治上太不成熟了，总是锋芒毕露，有太强的好恶。当年，我到北京上大学，父亲送我到火车站，隔着窗子塞给我50块钱，扭头就走了，你知道我看着他的背影心里是什么滋味？后来大学毕业，在集团办公室当职员，收发文件，我受了多少委屈，但只要一想起我爸的背影，就都能忍了。谁都是一步一步熬出来的！"

章中道的嘴唇紧紧闭上了，目光炯炯有神，布满血丝的细眼也越发的红了。

第七章

（一）

飞过舒卷自如的云团，飞过延绵不绝的群山，飞过碧水横流的江河，飞过躁动不安的城市，客机载着人们从南到北，从东到西。

方唯一从沈阳到广州，从昆明到重庆，穿梭于各个营业部，不遗余力地宣传着《经纪人降佣决定》。每到一处，他言必谈章总、事必奉章总、理必出章总，并对营业部老总嘘寒问暖，说出很多连他们都没想到的困难，帮他们找到业绩无法提升的理由，为他们的待遇、为他们的用车、为他们办公经费紧张由衷地长吁短叹，捶胸顿足地发誓，回总部后，要为大家的困苦大声疾呼。

老总们对他报以前所未有的热情与爱戴。他们陪伴着方唯一，从青山翠柏间的温泉仙境，到"水面初平云脚低"的钱塘江畔，处处都留下了孜孜以求；不畏艰辛的工作步伐。在娱乐城金碧辉煌的豪华包房里，方总干嚎着：翻身农奴把歌唱！老总们低吟着：办公经费永远紧张。

在杯盏交错、布满山珍海味的宴席上，黄总掏心掏肺地诉说着："方总，公司早就该给经纪人降佣了！我们大事小情，没日没夜地干，一个月也就万把块，这些经纪人有的动不动月薪就两三万，不公平啊！"。

方唯一醉眼朦胧地点着头，心中暗想：像你这样的蠢货，能爬到这个位置，还

029

不是给姓孟的当过几年碎催，还不是近亲结婚的产物，早晚扔到大街上饿死你！"

"方总，给经纪人降佣是不公平的，你真同意吗？"

方唯一望着经纪人失望的眼神，轻声说："以后千万别指望谁能给你公平，那玩意儿太奢侈……"

"不要再烦啦，方总是公司领导，很忙的！开会不是说了吗，你们以后归营业部管。"黄总气喘吁吁地跑过来，埋怨着经纪人，拉着方唯一走下营业部大门前的台阶，钻进轿车，向广州新白云机场疾驶而去。

（二）

方唯一出了南通机场，已是夜幕低垂，路灯初放。坐进轿车，马洪波小心翼翼地问："方总这回来，去扬州营业部看看？"

"不去了，明晚六点，我从这儿飞北京。交代的事办了吗？"

"我办事，您放心。挖地三尺，全是野生的。您这次既不培训，也不搞市场调研，改行寻觅野生动物了。"马洪波嬉笑地摇晃着脑袋。

车停在一家僻静的酒楼门口，他们在老板陪同下，步入单间。对门墙上挂着一幅隶书：蒌蒿满地芦芽短，正是河豚欲上时。

老板不停絮叨着："马总为这几条鱼，一天来几次，腿都快跑断了，你们今天先尝尝，我们这儿是杀河豚、做刀鱼最正宗的手艺。吃就吃野生的，人养的有什么吃头的啦。"

片刻之后，两盘红烧河豚隆重登场。马洪波得意地瞅着方唯一，好像是女人显摆刚生下来的大胖小子。方唯一看着面前让古今食客为之倾倒的红烧河豚，只闻得一股鲜香之气四溢开来，不由耸了耸鼻子。

在马总精心指导下，他将带有细小毛刺的河豚皮翻转过来，沾足酱汁、整个吞下，顿觉口中腻甜酥滑，从胃里腾起一股暖香，直冲口鼻，让人感到意犹未尽。河豚肉更是白皙丰腴，入口后美不可喻。

服务员进屋，马洪波又活跃起来，指着细条条的刀鱼，不厌其烦地介绍着，同时筷子也上下翻飞，为方总撸刮鱼肉，放入他的盘中。方唯一为其入口即化的鲜美，和绵软银长的细刺赞叹不已。

马总喋喋不休地吹嘘着家乡的美味珍馐，感叹着方总与河豚、刀鱼相见恨晚，更对他以往的迂傻扼腕痛惜："你是聪明人，转变得快，学什么都快！要不然，公司多了个无名烈士，我也少了个志同道合的战友。

方唯一已经吃得很撑，但仍然闷头狂撮，间或嘴里发出哼哼声，作为对马洪波的回应。

飞机刚刚落地，方唯一就拨通了章中道的电话。待到他家小区门口时，看见章中道正哆哆嗦嗦地站在寒风中。

"章总，对不起，电话打早了，让您久等。"方唯一抢先说着，将具有保温、保鲜功能的食盒递了过去。章中道接在手中，将鼻子凑上去不停地嗅着。

"里面是一盒红烧河豚，一盒清汤河豚，一盒清蒸刀鱼，上飞机前刚做完装盒的，全是野生的。"方唯一详尽地说。

章中道喜笑颜开，细眼乐成了一条缝，拍着他的肩膀说："我们老家的人酷爱河豚。苏轼有言，食得一口河豚肉，从此不闻天下鱼。唯一，辛苦了，你太有心了，从机场直接来的吧，出去十多天了，快回家！春节前别上班了，好好歇歇。"章总的声音渐远。

方唯一望着他拎着食盒蹦蹦跳跳远去的身影，觉着自己此刻像一只披着狗皮的狼，在黑暗中，散发着兽性。

做君子之前，只能极尽能事地去做小人，否则，这辈子都没有做君子的机会。问其他，去他妈的吧！

第八章

（一）

05年春节前夕，街头巷尾一派喜庆热烈的节日气氛。大型超市、购物商城张灯结彩，备足了琳琅满目的年货，新搭建的烟花销售点，被各式花炮点缀得姹紫嫣红。

经过陈瓒督导策划、亲力亲为地埋头苦干，方唯一出差回来便搬进了新家。三室两厅，简单舒适。他有了自己的书房，书柜、书桌、椅子，都是深红色的樱桃木，在四白落地的屋内显得宁静安详。卧室和客厅摆放着原有的旧家具。

他站在客厅宽大的落地窗前，看着邻居们怀里抱着、手里拎着各式各样的箱子和袋子，脸上压抑着兴奋，匆匆走进各自楼门。方唯一想到了一只只小蚂蚁，嘴里叼着食渣，向巢穴努力爬行的样子，嘴里傻笑着。

"傻样儿，看什么哪？"陈瓒笑着走过来，双手在围裙上擦着。

"我要当了老板，每人春节十斤木炭、二百斤劈柴、二百斤高白面、三升高白米、还有一对野鸡、一对野猫、一只鸭子、一只关东鹅，东西多得让他们愁死，累死他们。"方唯一话音未落，陈瓒嘲笑道："先把我姐那三十万欠款还了，再想鸭子和关东鹅吧！"

"就在明天晚上，我将迈出人生重要的一步。"方唯一神往地说着。

"小心别崴了脚脖子！"陈瓒瞥了他一眼，转身去了厨房。

第二天深夜，方唯一不知怎么回的小区、上的电梯、进的家门，只有几个场景残留在记忆里。

他迫不及待地冲进卫生间，依立歪斜地趴在马桶上，努力向前伸头，"哇，哇，呜呜。"方唯一将脑袋深埋在马桶中，从胃到喉咙不停地抽搐着，他努力睁开朦胧的泪眼，一股复合的酸臭味，异常刺鼻，令人作呕，雪白的桶壁上，已是五彩斑斓，"哇哇，呜，"方唯一继续狂吐不止。

"哎呀，恶心死了，味死了，别瞎抹，抹了一脸大鼻涕。"陈瓒好象在拍打他的后背。"这就是你人生重要的一步！"

方唯一躺在床上，额头冰凉，不停地渗着冷汗，他不敢睁开眼，怕看见墙壁、房顶快速地旋转。自己是多么的豪爽，仰头再仰头，一杯杯茅台酒灌进嘴里，东大证券营业部的张总也在不断地仰头，他们勾肩搭背，称兄道弟。

这场饭局怎么开始的，方唯一想不起来了，但记着张总说过："行，兄弟，够爽快，哥哥从当兵到地方，还第一次碰着你这样的，我们合作定了。"

方唯一嘴里咕噜着："合作定了。"

当他再醒来时，已是次日中午。

（二）

手机响了，方唯一从枕边拿起电话："喂，冬青啊，吃什么饭？提饭我就恶心！晚上六点，去亚运村的九九茶楼，叫上杨栋、南壮壮、蒯国祥、还有李思本和尹远东，我有话说。"挂断电话，他想着晚上如何对这些死党摊牌。

茶楼服务小姐是个麻脸，笑容可掬地将方唯一带到一个雅间前，门楣上刻着"鸿运当头"。他心想谁知道以后是鸿运还是霉运。几个死党看见方唯一，立刻从粗笨厚重的茶桌旁起身相迎。

方唯一居中坐下，对麻脸小姐说："先上七碗虾肉云吞。"，她并没离去，只愣愣地看着他。方唯一感到莫名其妙。

王冬青笑着说："方总，是不是来壶茶？"

方唯一想起这是茶馆，随即说："对、对，再要壶菊花茶。"

"先生，我们包间没钟点费，但有最低消费，您的消费额不够，还差二十元。"

方唯一马上说："再加七碗云吞，这回成了吧！"

"小姐分开煮，一定吃完再煮，我喜欢吃烫的，小口一咬，吸溜着热汁。"李思本晃动着圆圆的大胖头，看着大家，仿佛在征求对他高见的反应。

麻脸小姐撇撇嘴，丢下一句："以为这是馄饨侯呢！"转身离去。

"别臭美了，就图这安静，没有钟点费。"几个人笑着，方唯一又说："昨天晚上，和东大证券左家庄营业部的张总喝大了！中午没吃饭，现在想吃点稀的。"

南壮壮递过烟，方唯一摆摆手，他仍觉着嘴里有一股苦味。

"您要谈经纪人降佣的事儿吧？"蒯国祥率先转入了正题。

"公司降佣，我们经理的团队提成每月就少两千多。经纪人也不乐意，大家都说：'股市低迷四年，提成比例不涨；行情稍稍好转，就降佣金，公司太孙子了'。"杨栋说着，扶了扶鼻梁上的眼镜。

其他几个人默不作声，脸上同样挂着阴郁。

方唯一看看大家，轻声说："今天叫你们来，不谈降佣，我要谈造反。"

几个人瞬间齐刷刷地看着他。

"我要造合众证券的反，另立门户。愿意跟我干的，欢迎；不想干的，替我保密，咱们还是朋友。"

"方总，我干！"王冬青率先表态。

"我也干！"几个人七嘴八舌地响应着，兴奋得满脸通红。

"合众北京三家营业部的销售经理、副经理，全握在我们手里，您一声令下，我们把客户和经纪人全带走。"

此时，麻脸小姐端着托盘进来，碗里冒着热气，摆到各自面前，激动的议论立刻止住，混着云吞的香气，屋里的吸溜声响成一片。

"剩下七碗现在下锅，这碗也太小了。"李思本埋头吃着碗里的，吩咐着厨房盘里的。

方唯一暗暗吃惊，他没有料到，提起造反，大家会如此毫不犹豫，如此亢奋不已。

"各位要考虑清楚，你们从编外经纪人熬到正式员工、销售经理，此外还有社保和每月上万的收入，一旦造反可就全没了，从头再来，万一失败，到时候别后悔。"

"方总，您不用说了，我们早想反了，一直盼着这一天哪！再说，没有您，我们也没有今天。"王冬青边说，边接过第二碗云吞。

"公司的脏气早受够了，他们丫拿我们不当人。每回好不容易拉到客户，带着去营业部，还要看前台的脸色，真他奶奶的！"南壮壮气愤地骂着。

"没错，前年中秋节，营业部发月饼不给我们和经纪人。因为这事，您和公司闹，去年营业部才给我们发了月饼，结果他们发150一盒的，给我们50一盒的，拿回家，我妹挤兑了我一个月。后来怕给您添堵，远东就没让我再说。"李思本耿耿于怀地控诉着，尹远东默默地看了他一眼。

"我们那儿发工资和提成，就从来没准时过，上回拖了一个多月还没给。我去问营业部陈总，这孙子说：'你们挣那么多，着什么急啊！财务又不是单给你们服务的。'我他妈的真想抽他！方总，后来不是您直接找的他吗？"方唯一看着杨栋点了点头。

"姓陈的还算好，我们黄总昨天跟我说：'你们销售部就会拉散户，以后要拉大户、拉机构户'。

我靠，芝麻大的经济类券商要和综合类券商抢客户，那不是早点摊和全聚德拼烤鸭吗？连他妈市场细分都不懂。

我告诉他：开机构户要靠公司品牌，靠业内有知名度的研发报告，而且这类客户要求特别高，手续费的费率一般只有万分之三、四……

而姓黄的根本没等我说完，就告诉我：'如果不能拉大客户，你就走人，像贺英一样'。"

杨栋看着蒯国祥问："你怎么说！"

蒯国祥说:"我还说什么,摔门就走人了。"

方唯一静静地听着,他们互相勾倒着积怨,许多的场景历历在目、感同身受。他体悟到,人解决了温饱以后,最需要生存的尊严、公平的竞争环境、可供不断攀爬的阶梯。

在座的人都是他这几年从千百人中大浪淘沙留下来的,都是有梦想、有渴望的狼。而在章中道之流眼里,他们和自己一样,是大街上捡回来的野种。如果对他们偶然示好,也不过是权宜之计与再次利用的手段,而蔑视与不屑才是他们对野种真实持久的目光。

我们虽然没有上辈的荫护;没有谄媚奴颜和对大树的攀爬;没有丧失廉耻后勾结偷生的本能;没有像名牌衣服上可供炫耀的标签一样的学历;但我们是狼,是智慧和凶狠的狼。狼岂能生存在狗窝里!咬死赖皮狗,冲出去,奔向自己的希望。

(三)

忆苦大会还在如火如荼地进行,尽情倾倒着各自心中积垢的块垒,几个朋友相知相信,并能在一起无所顾忌地去议论、控诉、咒骂他们的压迫者,实在是人生一大精神盛宴。

"姓陈的天天上班自己做股票,然后就是对经纪人挣钱眼红,谁他妈的拦着他当经纪人了,人渣!"。

方唯一朝着越说越气的杨栋,和其他人摆摆手,说道:"骂死他们,也改变不了咱们的现状。我和东大证券张总谈好了,他与我们合作,提供几间大户室用,拉来客户的股票手续费三七开,他们三,咱们七。"

"哎呦!太美了,和现在正相反!我们成证券公司了!"李思本喜笑颜开地说。

"您想什么时候动手?要立刻辞职吗?"

方唯一诡异地一笑,对大家说:"谁也不辞职,你们每天轮流去东大证券,拼命做销售,快速开发一批客户。但要记住,谁也不许碰合众证券的一草一木,未公开造反之前,于情于理都说不通。另外走漏了风声,计划就全完蛋了。在合众留守的人,要给出去的人打掩护,可以开些新户挂到他们身上,以对付营业部老总,掩人耳目。"

"现在每个人再起个名字,证券圈太小了,隔不了两三人全能勾搭上。如果合众证券的人渣听到动静，冒充客户打电话到东大证券找我们，他们营业部的人不知真相，一旦肯定有我们这几位，咱们死的就会很难看。"

大家立刻热闹起来，李思本摸着南壮壮未老先秃的头顶笑称："你就叫南瓜，形象生动！"。

"你他妈叫肉丸！生动形象！"南壮壮转身，双手挤压着李思本圆圆的肉头。几个人经过一番笑闹，最终都用母亲的姓起了新名，仿佛重获新生，相互用新名称呼着对方，分外亲切。

"我的任务是稳住章中道，稳住三个营业部的老总，为你们减轻来自内部的压力；协调东大证券和我们的关系。此外，我将着手组建咱们自己的公司。注册资金10万，实际只投1万，因为我们是靠智慧打天下，不是赚商品差价的，大家全是股东，下面议题就是股份的分配。

几个兄弟露出了喜悦和极为专注的表情。

"我提出工资和股份分配的建议，供大家讨论：创业初期，包括我在内，每人月薪1500元。在股份上，你们每人8%，六个人就是48%；我占32%；还有20%留给张宏伟。"方唯一说完，注视着他们的反应。

"方总，您股份太少了，还没控股呢！"

"您的底薪太低了，不合适吧？"

"方总，为什么给张宏伟股份？"

方唯一心里明白，合作的真谛就是：当别人为你鸣不平时，恰恰是大家的满足，其实也就是你最大的满足，成功往往是从这里起步的。

否则，如果你很满足，就是大家的不满意，也会为日后失败埋下伏笔。一个渴望成功的初创者，这是唯一正确的选择。

而对于永远都感不到满足的人，你只有两个选择：敬而远之，或者彻底消灭。

"你们别为我操心，日后公司做大了，我不会亏待自己的。我对公司的把控，不是靠股份多少，而是凭我的能力，在这点上，我很自信。"

方唯一喝了口茶，继续说："初期投入的1万，按公司持股比例分摊，但不作为对新公司的现金投资，只是提供的活动经费。所有人持股的资本只有一个：就是你的能力。当你的能力和贡献，在未来达不到众股东的平均值时，股份就会降低，甚至是全部剥夺；相反就会增加。日后我起草具体文件，供各位讨论。"

大家纷纷点头，表示拥护。

"你们知道公司初创最需要什么吗？"方唯一一脸坏笑地问他们。

"是搭建业务平台。"

"广泛的社会关系。"

"企业的核心竞争力……"

方唯一果断的向前一摆手，轻声说："是虎皮，是做大旗的虎皮。中国人从古至今凡事都讲名头、讲气势，其实就是一面旗、一张皮。张宏伟这面旗可是货真价实的。从1999年5月19日股市大底的预测，到股票分析著作《均线奥秘》，风靡大江南北；他还是股市全流通较早的提出者，拥有足够的社会名望，和大量的股民粉丝。特别是他和媒体的关系，更是我们最需要的。"

"方总，他会和我们合作吗？"

"我想问题不大。他也在搞公司，关于黄金的。前段时间，他找过我，对我们做市场的能力佩服得五体投地，应该可以合作。"方唯一思考着说。

"准备工作完成后，就公开造反，竖起旗帜，拉走我们的客户和销售团队。对营业部交易活跃的客户，也要有意识地接触，到时一并拉走。"。

几个人早已心驰神往、摩拳擦掌。方唯一知道他们是好战的，想到未来的某个时刻，将军拔剑南天起，他将率众造反，把几年的积怨与屈辱，化作对合众证券无情的掠夺。一想到孟董、章总还有营业部老总们的震惊与气急败坏，方唯一也激动不已。

他最后说道："我们从合众证券带走的，绝不只是销售团队和客户，我们带走了最值钱的印钞机，一台可以永不停歇、源源不断印出钞票的机器。这机器由我们设计制造，日后也将归我们所有，这都是他们活生生逼出来的。"

第九章

（一）

大年初一早晨，爆竹声已经稀疏，方唯一起身拉开窗帘，屋内一片光亮。陈瓒和拉链仍然在大卧室熟睡。他又躺回床上，打开手机，祝福短信像苍蝇般嗡嗡地涌入。他草草地看着，速速地删着，深切感受到民族想象力的匮乏，与语言创造力的衰退。叠句机巧，套话毫无真意，却已泛滥流俗，亿万人虚头巴脑的送福方式，成就了电信商的新年大礼。

忽然，贺英的短信闪现。"方总，春节快乐！公司给了我半年工资补偿。我知道，这是您为我争取的，特表感谢。昨晚，我已将营业部的客户资料，发到您的邮箱里。盼日后再为您工作。"

这则短信，让他感到贺英的聪明与心计，和她的忠诚与仗义，不禁有一丝触动，更有一丝相帮乏力的无奈。

"大家沉醉对方筵，更愿新年胜旧年！已很久没有看到你的文字，听到你的声音。童言。"方唯一反复看着，久久不忍删去，但也没有回复。

节后第一天，方唯一直奔章总办公室。"您来得真早！我给您拜年啦！"他说着话，已郑重其事地抱拳拱手，"祝您和家人，狗年行大运，天狗守吉祥！"。

章中道开心笑着，用手指着他："不敢当，不敢当，几年了，头一次给我拜年！不过有开始就不算晚。坐下，06年工作有什么打算？"

方唯一仍然谦恭地站着说："春节里，我想了想，今年要集中精力、下大力气，狠抓大客户、大机构的市场营销。"方唯一看着章总，他颇为赞许地点着头。

方唯一接着说："一直将这项工作搁置，主要因为我有畏难心理，并对散户销售的一点成绩津津乐道，不愿正视自己的短处。"

"对嘛，这就对了，早就看出你的心病了，终于觉悟啦！还是那句话，有开始就不算晚。"章中道越发地愉快了。

方唯一更加谨慎地说："我搞了个提纲，仅仅是个思路，有点不成熟的想法，烦您指正一下。"说着，他将文件送到章总面前。

章中道粗粗扫了一遍，抬头看着方唯一说："《开发高端市场的可行性分析》在赢利预测上有些保守，孟董看了不一定满意。《高端客户需求分析》写的不错，第三项建立高端客户资料库，这项工作如何开展啊？"

"从手机1390开头的机主，到宝马、奔驰豪车的车主，还有高档会所的金卡客户、纳税大户的企业名录、5A智能写字楼大面积的租户等等，都会进入这个资料库，但信息搜集需要一定时间。"

"还有第四项高端客户部的归属，你是怎么考虑的？"章中道狡猾的目光注视着方唯一。

"章总，我想部门组建初期，抽调各营业部销售经理，及业务骨干来帮忙。等工作走上正轨后，交给营业部老总直接管理，我只做业务指导。"

方唯一又开着玩笑说："章总您放心，这回我可没想立山头，俺的身心全交给您和公司了。"

"哈哈，我谅你小子也没这胆了。把这东西发给各营业部老总，也听听大家的意见，这就是政治素质。"

章中道略作迟疑，接着一字一顿地说："去年，你想要台笔记本电脑，我可一直没忘，过两月买给你。"

章总晃着胡萝卜，方唯一千恩万谢地退了出去。他发誓要和章中道过好这最后的蜜月期，只有这样，才能让他知道什么是疼。

（二）

星期六中午，方唯一心不在焉地吃完饭，走进书房，仔细将文件装入皮包，这是他昨晚熬了一夜的成果。告别陈璨和拉链，揉着酸胀的眼睛，匆匆走出小区大门。虽然脱去了冬装，但他还是感到一阵阵燥热。

三月底的北京，已是生机盎然，阳光又恢复了灼人的热度，树木枝头在不经意间吐出了春芽，星星点点的新绿，甚是好看。

张宏伟的白色捷达车停靠在马路对面，方唯一神速地跑了上去，转瞬间，坐在了副驾驶座上。"你怎么跟狼似的。"张宏伟笑道。

"走，左家庄东大证券，去开第一次'党代会'。"方唯一热情洋溢地说。

"哥们抱歉，去不了了。我顺路把你送过去，然后要和几个朋友商量黄金公司的事。"张宏伟扁平的脸上流露出歉意，看着方唯一失望的样子，补充道："我去年办了一个投资咨询公司，注册资金10万，经营范围几乎没限制，只要法律不禁止的，都可以干。怎么样，算我对新公司的贡献吧？这类公司，工商已经停办了。"

"叫什么名字？干净吗？"方唯一关切地问。

"干净的像张白纸，连一张发票都没开过。名字是我起的—联众金银，多响亮！"

方唯一连声说好，心想这回省事了。"你把联众金银的文件准备好，下周我派人去工商，办股东变更手续。"

"没问题，就这么定了。而且我的黄金公司一成立，联众金银又多了项业务！咱俩认识这么多年，也该一起干点事了。"张宏伟说着话，已将车停在了东大证券左家庄营业部的门口。

方唯一和营业部保安打了招呼，穿过幽暗宽敞的散户大厅，径直走进一间大户室。"兄弟们辛苦了，连续一个多月，你们在合众与东大之间，轮流转换，两边作战！"

"方总辛苦。"众人停止了闲聊，看着他纷纷说。

"张老师有事，今天不能来了……"，方唯一将"联众金银"的事，和起草的文件交给大家讨论后，说道："冬青，报一下业务统计。"

王冬青拿出小本翻看着念道："从2月9日到今天3月30日，一共7周时间，开户78个，客户资产总计—1173万多。"

王冬青看看方唯一，继续念道："开户第一名是蒯国祥，开户19个，客户总资产453万；第二名南壮壮，开户13个……最后一名是—"王冬青瞅了眼方唯一，又看了看红头涨脸的李思本，轻声说："李思本开户6个，客户资产……"。

方唯一冷笑着盯着李思本，众人低头窃笑，等待传统剧目的上演。李思本伸出胖手，粗短的兰花指在面前比划着："方总，恰逢乍暖还寒时侯，最难将息，下周我的客户就全活了，四月底我保证第一名，否则您给我猴剔牙、小系死，我毫无怨言。"

"四月份，你要还是最后一名，我就让你惊蛰了！"。方唯一笑着说。

他随即对大家算着："一个半月，你们拉了1170万，根据惯例，散户年均买卖股票30次，乘以1170万，一年总成交额是—3.5亿。客户平均手续费能达到千分之1.6吗？"方唯一问。

"现场客户是千分之2.5，网上交易客户是千分之1.5，平均后，千分之1.6没问题。"蒯国祥肯定地说。

"再扣除深、沪两个交易所的规费，平均按千分之1.3算，乘以3.5亿成交额，一年有45万的收入。我们分70%，税前就是31万5"。

"如果这么干下去，一年就有两百多万的收入呐！"李思本兴奋地去摸南壮壮的秃头。

"我们要再增加70个经纪人呢？"方唯一问道。

"天哪！我发财了。"李思本癫狂地说，南壮壮狠狠地给了他一个猴剔牙。

"方总，下周能叫手下心腹来干吗？"蒯国祥试探地问。

"绝对不行。增加开户数是大事，但和造反的计划比起来，就是小事。一旦走漏风声，后果不堪设想。我们现在打造的平台越充分、越完善，造反时，安全系数和生存能力才会越高，跟我们走的经纪人和客户才会更多。记住，人生就是选大小，最难抉择的也是选大小！受眼前利益诱惑，是许多人一生无法跨越的鸿沟。"

几个人默默点着头，方唯一又说："下周开始，招聘新人，从外面建立自己的队伍。即使造反时，出现极端情况，没有经纪人跟我们走，这条路咱们也要走下去，而且最关键的是要走赢。"

"这种情况不可能出现，我是这么认为的。"李思本晃着圆头，又向下点了点。

"方总，有几个招聘网站，可以去挂帖子，但要花些钱。"王冬青说。

"这钱要花，开饭馆舍不得请好厨师，早晚关门。现在有1万元备用金，用6千元招聘。以后周五下午面试，我周六、日培训。"

"方总，咱们造反吧！营业部陈总一找我，我就特紧张，老担心他发现了。"

众人望着惶恐的尹远东，大笑起来。

当他们走出营业部时，天已经黑了，王冬青感慨地说："又是一天。"

"你们闻，炖排骨的味，真他妈香。"李思本赞叹着，大家的目光不约而同朝着街边一家餐馆望去。

（三）

转眼已是四月中旬，周五下午，方唯一溜出公司，拦了辆出租车，直奔东大证券营业部。

近段时间，他腾挪于两家证券公司之间，像一个舞者，在不同舞台、不同剧目中，快速转换着狼与狗的角色。

从反光镜里，他看见一张疲态的面容，暗自自嘲："天将降美食于鸟人，必先空乏其身，才能一辈子吃炖排骨"。

他走进营业部，和三三两两股民擦肩而过，迎面碰到王冬青，"方总，来了8个应聘的，您在206室面试吧"。

"我在这姓王，叫王海成！你忘了？通知了多少人面试？"方唯一狠狠地看着王冬青，他好像如梦初醒。

"对不起，方一不对，王总，有40多人，全是这两周攒的，五点以前应该还有人来。"

一个戴眼镜的矮个女孩被南壮壮领进来。女孩皮肤很黑，未等方唯一说话，就抢先责问："你们到底是什么公司啊？联众金银招聘，为什么到东大证券面试？"她鼓动着厚嘴唇，拖着浓重的山东腔。

"我们是新公司，为东大证券做销售，这是临时办公地点。"

"你们有自己的办公地点吗？"

"马上租，正找写字楼呢。"方唯一说。

"你们是皮包公司啊！我们导师说了，社会乱，骗子多，要我们多小心，早知这样，我才不大老远跑来呐。"女孩感到了气愤。

"你是大老远跑来的呀？"方唯一故作惊讶地问。

"这是比喻。"女孩更气愤了。

"你们导师教如何战胜骗子了吗？"方唯一嘲笑着问。

"没有，他让我们远离骗子。"

"那你们导师不称职。他应该教你们懂礼貌，还要学好普通话，真的，比学好英语更重要。"

"有病！"女孩收起简历摔门而去。

方唯一笑了，他碰见了比自己素质还低的大学生。

"你是应届大学生？"方唯一问着对面男孩。

"××大学，七月份毕业，这公司做销售的？"

方唯一点点头。

"能落户口吗？"方唯一摇摇头。

"有社保三险一金吗？"男孩略感失望地问。

"公务员要不三公消费，你就全有了。"方唯一也感到了失望。

"您别误会，在就业培训会上，老师说过，出去找工作，要知道主张权利。你们有双休日、年假吗？"男孩仍固执地主张着权利。

"你兜里有钱吗？"方唯一收拢了笑脸问，男孩懵懂地点了点头。

"有多少？"方唯一继续问。

"40多，干吗？"男孩更加莫名其妙，显露出一丝惶恐。

"给我10块。"方唯一说着，伸出手去。

"你干吗？"男孩真的惊恐了。

"那你为什么一见面，就向我问东要西的！你怎么不说说，能让我剥削多少啊！你是找职场，还是找粥场？"方唯一有些激动，男孩面无表情。

"听好了，你想得到一个，先要给别人十个，至少也要给别人这种希望。这叫游戏规则。什么时候老师全变成教唆抢劫犯了？"方唯一气得脑子有些乱。

"可老师说，外国年轻人都知道自己的权利……"

"少提外国，你们老师出去也就配刷盘子！你们学校就是骗子，蒙完学费，就把你们推给社会，他们丫全闪了，最不靠谱的就是这些伪知识分子。"

"现在真的太难找了。"男孩歉意地说着，起身跑了出去。

（四）

几个死党走进来，望着方唯一说，"王总，全面试完了，一共15个，有能用的吗？"王冬青关切地问。

"一群有心无力的妄想家，我不是让你们找爱钱如命的人吗？"方唯一责备地说。

"电话里，我问了，人人都说爱钱啊。"李思本委屈地说。

"他们是爱钱，爱他妈花钱，我是找爱挣钱的。以后专招高中学历以下，苦大仇深，白天不挣钱，晚上就饿死的。"

"您是要找农民工吧？"方唯一和其他人都被李思本气乐了。

"王总，现在高中以下，可是稀有动物了。"蒯国祥说。

"学历都提高了，素质却降低了！您看，明天能来几个培训的？"尹远东提出了大家关心的问题。

"有俩就不错！"方唯一答道。

第二天上午，方唯一刚走进东大证券营业部，李思本就兴奋地凑上前，神秘地说："真让您猜准了。"

"什么准了？"方唯一不解地问。

"今天真的就来了两个！"李思本神气活现地说。方唯一"啪"的一巴掌，打在他的肉头上，嘴里骂道："滚蛋！"。

"王总，就两个人，您还培训吗！"杨栋走上来说。

"做，我今天让你们知道，什么是越挫越奋！"方唯一说着话，大步走进了206室。

一高一矮两个男孩，二十岁左右，体型酷似牙签，头发蓬乱，衣着不整，歪坐在椅子上。方唯一迅速转移目光，掩饰着心中的失落，他立刻感到了自己的势利，努力调整情绪，笑着问道："你们为什么来这儿？"

"因为这儿没人来，我们就来了。"高个说。

"你俩学雷锋呐？"方唯一问。

"那倒不是，能赚钱的地人就少，不能赚钱的地人才多，劳务市场人多，在那儿能赚钱吗？"

方唯一惊诧地看着高个，心想可碰着一个没学傻的。

"昨天面试的人，都对你们公司不满意，所以我俩来碰碰运气，机会是少数人的。"高个自以为是地说着。

"我俩是四川一个村的，高中没毕业，就不上了。实话实说，你看成不成！"小个愣愣地补充着。

"呀，还真来俩农民工！"李思本看见方唯一严厉的目光，和几个死党闪了出去。

"薪酬待遇，已经和他们讲了"。杨栋说着，关上了房门。

全国各地，方唯一做过近百场的营销培训，像今天这样，在狭小闷热的屋子里，对着两个农民工，还是生平第一次。他尽量用通俗的语言聊着、讲着、启发着。

"知道富人和穷人的区别吗？"方唯一开始洗脑了。

"富人有钱，穷人没钱。"小个子抢先答道。

"穷人心眼好，就受穷；富人心眼歹，才有钱。为富不仁说的就是这，我们镇长……"高个子有理有据，侃侃而谈。

"打住！打住！"方唯一忙摆手，他觉着自己快被洗脑了。

"不谈以权谋私、贪污受贿的大贼，也不谈坑蒙拐骗偷的小贼，我们谈正当的、凭着聪明智慧勤劳致富的人，和穷人的区别。"方唯一重整旗鼓地说。

"我没想过当富人，就想挣点钱，按月交房租，再给家里多寄点，帮爹妈把盖房的钱还了。"小个子诚恳地说。

"和他差不多，我弟上大学要钱，他学习在我们村儿是最好的，我妈说，不能委屈了他。"

"他爸有病，在床上躺好几年了，干不了啥子活。"小个子补充着。

方唯一默默听着，他意识到自己这10万元的小公司，和牌子大、面子足的证券公司相比，在招聘对象上，根本不是一回事。但必须面对现实，因为他以后的希望，已经紧紧地和这些人绑在一起了。

"我告诉你们，富人和穷人最大的区别是：富人不认命，穷人不敢想；富人在意未来，穷人关注眼前；富人脑勤，穷人体勤；富人识大，穷人爱小。"

方唯一看着高个子，补充道："我说的不是你们镇长那种富人，他们是猪。猪和人的区别在于：猪吃脏饭，但饱了就乐；人除了吃干净食物以外，还需要廉耻和良心。我们要做这样的富人。"

两个人拼命地记着方唯一的话，虽然方唯一根本不知道他们写的是什么。

"我们哥俩就跟着你干了！"小个子抬起头洋溢着朴实的笑脸。

"你还没问我们名字哪！"方唯一听着高个子的话，又感到了自己的势利。

"对不起，请二位自报家门吧！"方唯一红着脸说。

"我叫秦重阳，他叫秦家全。"高个子自告奋勇地说。

"你们先叫我王总。"方唯一快速说完，继续着培训。

（五）

方唯一盼望"五一"长假，就像足球场上筋疲力尽、气喘吁吁的队员，盼望中场休息的哨声。两个多月了，他没有双休日，甚至忽视了陈瓒与拉链的存在，每天只活在他无尽无休的事情里。

他没完没了地与合众营业部老总们周旋，没完没了地向章中道没事找事请示汇报；时而又偷偷溜到东大证券，培训经纪人、谈客户、开会。他一会是王总，一会是方总，已经快搞不清自己的贵姓了。每天临睡前，总担心明天勾当就会败露。

可长假真来了，他并没有觉得轻松，反而感到焦躁。他无法倒头大睡，长睡不醒，反而像聪明的一休，每天六点半，准时醒来，摸着脑袋，愣坐在床上，感受着自己久卸不去的疲惫。

"你精神太紧张了！"晚上，陈瓒用力为他舒展着脑门。

"新招了6个人，已经全出业绩了。从2月9号到今天，累计开户148个，客户总资产——2460……"方唯一瞪大眼睛，盯着天花板，努力记着。

"快疯了，早点睡吧！"陈瓒起身关灯，走出房去。

"别关灯，我看会儿《公司法》。"方唯一向她喊着，陈瓒没有理他。

长假过后，方唯一向章总去问早安。这是他新近两月添的毛病，每天如不早请示，必要晚汇报。他回到办公室，拿起电话拨给了马洪波。

"马总，过节好啊！"方唯一觉着自己在唱戏。

"反了！反了！我应该给领导先问安啦，让领导抢先了，该死！"马洪波虚伪起来当仁不让。

"刚从章总屋出来。他说"五一"节去你那儿了，还说……"方唯一有意停顿下来。

"领导，快说，章总还说什么了？"马总这回急迫而真诚地问。

"你先告诉我，章中道说我什么了，我就满足你的好奇心。"方唯一将了他一军。

"章总说，他降服野马最有一套，公司里还有比方唯一更野的吗？说你对他是八个字——唯命是从，恭敬周到。方总，我可全说了，该您告诉我了。"马洪波催促着。

"章总说，你是吃浆糊长大的……"方唯一又故意停了下来。

"不要嫖我，快说！什么意思嘛？"马洪波真急了。

"太粘！24小时不离左右，连过夫妻生活，你都快站边上了。"

"他妈的，章中道……"马总嘿嘿地，被气乐了。

方唯一乐不可支地挂上电话，拿起手机，"喂，冬青，什么事？"方唯一一问。

"方总，秦重阳，就是那高个子，去通达证券拉客户，让人家保安给扣了！说让东大证券张总亲自去接人，还要写保证书，保证以后不再去他们那儿拉客户。"王冬青上气不接下气地说着。

"你怎么知道这事的？你现在在哪儿？秦重阳是以东大证券的名义拉客户吗？"方唯一压低声音问道。

"是的，我在东大营业部，刚才张总过来说的，挺生气的！让我立刻找您想办法，他说他不管。后来秦重阳也来了电话，说通达保安踹他，把他关在仓库里，不许出去。"

"你知道通达老总电话吗？"方唯一低声问。

"知道，刚才张总告诉我了，通达老总姓翟，电话是……"

方唯一迅速跑出写字楼，钻进了马路对面的工商银行，拨通了电话："是翟总吗？我是东大证券，刚才我们经纪人去贵部，给您添麻烦了，请放他回来吧！以后保证不再冒犯。"

"不行！你们到我这儿拉客户，不是一次两次了，这次必须叫你们老总接人，并且要写保证书！"电话里传来翟总强硬的声音。

"姓翟的，你现在是非法拘禁！第一，我的人违法了，你可以报警，我愿去公安局接人；第二，你要真牛逼，现在就弄死他，我这就去你那收尸。前两条你要不愿做，就在一个小时内，让我见到人，否则我让你丫后悔！"方唯一挂断电话，这才看到，银行里几个大妈惊恐地看着他。

"方总，秦重阳回来了，特别感激您，他想认您当大哥。"冬青电话里笑着说。

方唯一看看表，正好过去35分钟，悬着的心也随之松懈下来。

第十章

（一）

2006年5月16日，是拉链入学考试的日子，同时还要缴3万元赞助费，其实一切早已内定，幕后推手是拉链的奶奶—该重点小学特级退休教师。但后来发生的事情，证明这天对方唯一更加值得纪念。

那天早晨，天阴沉沉的，空中飘着牛毛细雨，一家三口匆匆走进东城区的一条胡同。几百年前，胡同里因一所学府多出进士而闻名，时至今日，老学府已演变成远近闻名的重点小学。在四周一片阴郁冷灰中，唯有该校的朱红大门豁然鲜明，像张开的血盆大口，方唯一高声喊道："拿钱来"。

陈瓒狠狠地瞪着他，"别瞎叫。要不是有她奶奶，得交5万呐！"。

"我奶奶说，学校里有殿、堂、阁、祠很多古代建筑，还有孔子像呐！"拉链兴奋而骄傲地说。

"古代建筑早让后人毁了，你看见的，都是后搭的布景，专为蒙钱的。拿历史说事，用死人骗活人，这就是你未来学校的智慧。"

"胡说八道，我告奶奶去。"拉链捍卫着自己的虚荣心，她已经多次和小朋友吹嘘过这一切了。

"闭上臭嘴！"陈瓒生气地骂方唯一。

说话间，三人走到巨大的孔子石像前。"对不起，惊扰您了，都是它闹的！"方唯一将工行存折，在孔子像前不停地晃着。

"别跟着他丢人现眼了！"陈瓒领着拉链，气哼哼地朝前走了。

"孩子，宁可在现实中自惭形秽，也不要在虚假中自欺欺人！"方唯一不识趣地边喊边追了上去。

当他们走出校门，再次回到湿漉漉的街上时，母女俩兴高采烈地说着、笑着，而方唯一仍为那3万元感到隐隐作痛。

"你要心疼，就去把钱要回来，别人想缴还没资格呢。"陈瓒讥讽着方唯一，笑道。

"表面公平的背后，隐藏着原理性的不公。因为教育资源畸形分配、教育资源垄断，就抢劫了我三万，还不知道买了个什么东西！"。方唯一在愤愤不平中，听到手机低弱的铃声。

"方总，出事了！"杨栋声音异常，沉重而紧张。

"出什么事了，别吓唬我！"方唯一大声问着，引来了陈瓒和拉链担心的目光。

"李思本手下经纪人，拉营业部客户去东大证券，结果那客户是陈总朋友，就把那经纪人出卖了"。

方唯一深深吸了口气，盯着街上的人流，脑子里快速思考着。"那后来呢？"

"然后陈总找那经纪人谈话了，谈什么不知道。那经纪人已经关手机，消失了。现在陈总正找李思本呢。"。

"找到了吗？那王八蛋在哪儿？"方唯一焦急地问。

"李思本听说以后，跑回家了。"

方唯一知道这一天终于来了，预谋再周密也有失控的时候，而机变能够增加与意外搏斗的胜算。现在最重要是快，快就是道理，快就是命门。章中道和孟董正在广东开会，他冥冥之中，感谢上天关照，也使他下了最后的决心。

"杨栋，现在是11点56分，下午一点整，你们几个经理，带上所有经纪人，到安定门凯旋西餐厅地下会议室开会。"方唯一说着，看了一眼紧张的陈瓒。

"方总，他们要问开什么会，我们怎么说？"

"就说不清楚，去了就知道了。还有，通知李思本，从现在起，不许再回合众证券，立刻到东大证券营业部，在那里等着。有事找他，会打那儿的座机，让他把手机关了。"方唯一说完，挂断电话，看着陈瓒摇摇头，又笑了笑。

"这么大的事，你决定得太快了吧？"陈瓒疑惑地问着，目光中流露出一丝担忧。

"赢就赢在'快'上。他们才刚刚发现，根本没有准备，而我早等着这一天了，只不过是因什么原因开始而已。"方唯一自信而肯定地讲。

"爸爸。你要干什么啊？"拉链天真好奇地问。

"爸爸入朝已数载，今日还我女儿身！"方唯一说着，附身亲了亲拉链冰凉的脸蛋。

"爸爸要变女的呀！"拉链傻笑地望着妈妈。

"对，他变完了，你就喝西北风去。"说完，陈瓒拉着孩子欲走，却又回头嘱咐道："你去吧，小心点，遇事别太急！"。

方唯一答应着，转身向路边跑去了。

（二）

西餐厅老板是方唯一多年的哥们，他平日里也经常在那儿请客吃饭。特别是南壮壮，对那儿的T骨牛排超级爱，以至有一次食量过大，刚出餐厅，伴着一个屁前屁，嘴里"呀"的一声，不禁捂住裤裆，裤子上滋出了一朵水墨菊花，其羞惭之色，犹如天边红日。几个死党捂鼻弯腰，笑喷了。

当老板听说方唯一要用地下会议室，打响"春季起义"的第一枪，即惊奇又兴奋，满口应承："免费提供！"

方唯一快步下楼，走进会议室，一排排黑色折椅上，坐满了经纪人，还有人站靠在墙边。屋里出奇安静，没有了往日开会前的喧嚣。

他站到众人面前，巡视着他们熟悉而疑惑的目光，对王冬青问道："人都到齐了吗？"。

"三个营业部，除了有2个请假的，今天68人全到齐了。"冬青细致地回答。

"我召集大家到这里，是和各位道别的。是一种非正常情况下的道别，和我一起离开合众证券的，还有几位，请他们自愿起立。"方唯一话音未落，经理们在众人注视下，站了起来，而下面是一片窃窃私语。

方唯一朝他们摆摆手，几个人坐下，屋里又静下来。他继续说道："所谓非正常道别，就是与此同时，开始对合众证券造反。这次造反是有组织、有预谋的。我们已经充分准备了三个月，并且成立了公司，名字是--联众金银。合作方是国内排名前五的综合类券商。三个月时间，开发客户160多个……"

经纪人显出惊愕和恍然所悟的神情，此时，一个鼻直口方的小伙子，"呼"地站了起来，大声问："方总，您是否考虑过，对企业忠诚的问题？您是否考虑过，没有合众证券，就没有您的今天？"

"你丫有病吧？你他妈才来几天，知道个蛋？不愿听滚出去！"南壮壮怒骂着，站了起来。几个男经纪人也随之起身，椅子发出了刺耳的撞击声，屋内空气骤然紧张。

方唯一厉声喝住他们，径自点燃一支烟，慢慢吐出烟雾，藐视着小伙子，声音嘶哑地说："首先，我佩服你无知无畏的勇气；其次，回答你的问题：忠诚不是石头子里凭空蹦出来的，她有爹、也有妈。她爹叫——公平；她妈叫——公正。如果没有公平、公正，哪里又有叫忠诚的孩子？你说的不是愚忠吧？"

方唯一的目光变得柔和了，小伙子的目光变得模糊了。方唯一看着他继续说："我与合众证券不是鸡和蛋、蛋和鸡的关系，更不是主子和奴才的关系，按劳动合同，我们是甲乙方。

作为合同方，我问心无愧，我和兄弟们的贡献有目共睹。而合众证券作为合同方，不断以公司名义，堂而皇之地去侵犯乙方利益。例如最近的经纪人降佣，例如春节前无故解聘贺英。而且还名正言顺！为什么？因为它天生强势。可作为弱势方，一旦有所反抗，便是大逆不道，被仁人君子说三道四。"。

方唯一又看着大家说："我不想再对合众证券做过多评价，造反原因不言自明。在这里，我只想谈联众金银。

公司对内实行——股权归公，同仁同财。意思是，任何对公司做出贡献的优秀员工，都有机会晋升股东，完成从被剥削者到剥削者的转变！同时，股东也会因对公司贡献降低，而被削减股份，甚至最终取消其股东资格。这就是我们所追求的公平、公正！正是这种追求，会使每一份股份，具有极强的、诱人的价值，而股权也将逐步分散，归众人持有，充分体现奉献与占有的对立与统一。"

所有人都在聚精会神地听着。"公司对外的经营宗旨是——营销趋势，策划财富！意思是，我们要引领客户资金，游弋在股票、黄金、基金等投资品种中，去分享它们上涨趋势的同时，还要规避其风险的下跌，以此博得我们与客户财富的共赢！……有愿意跟着我走的，请在今天5点前，通知你的经理。但要考虑清楚，新公司成功率不足15%。"

方唯一注视着大家动情地说："最后，感谢你们对我几年来工作的支持；也为我在过去几年中，粗暴的工作态度，向诸位表示真诚道歉！"

方唯一说完，向所有人深深地鞠躬，就在他低头的瞬间，屋内响起热烈的掌声，经久不息。

（三）

几个月了，甚至更长时间，方唯一一直渴望着这一天。在他走出会议室时，觉着自己像一个勇敢、并充满激情的英雄。"章中道、姓孟的，我方唯一造反了，造你们权势的反！造你们不公平的反！我就是一面镜子，让那些趋炎附势、昏聩无能之人，照见自己的懦弱与可悲！"方唯一内心大声疾呼，如心涛拍岸。

然而潮水快速退去，心岸归于平静。他下意识地看了看手表，2点30分，拿出手机仔细查看，没有未接电话和短信。方唯一猜测，章中道在3点半以前，就应该听到他造反的消息，然后马上气急败坏地给他打电话，他就可以和章中道讨价还价了。

因为方唯一自信，销售团队不是铁板一块，有人群的地方，就有左、中、右。更何况七十多人的大会，哪有秘密可言。

方唯一突然感到迷茫，他到底是要造反？还是要以造反相威胁，谋求在公司获得公平的机会？他此时不能自欺欺人，他必须想明白，更让他深感沉重的是，很多人的利益系挂在他身上。

第一步，谋求与章中道谈判；第二步，谈判不成彻底造反！方唯一打定主意，顿感自己又不再像个英雄，反而像快速吹涨的气球，在一点一点地漏气。

他下了出租车，三步并作两步，跑进办公室，眼睛扫视着电话来电显示。除了日期，就是时间，2点55分。方唯一发现自己有些沉不住气了，扬起左手，扇了左脸一个耳光。但是觉得心里还不舒服，随即抬起另一只手，扇了自己右侧脸颊。方才坐下，点燃了烟。

他快速思考着谈判条件，要准备两个方案，让章中道选择。

第一，恢复他对全国销售团队的直接领导，只有这样，销售才能搞好；同时，可以降低一半月薪，但要给他团队销售提成，哪怕只给北京团队的，2%就可以，这样他心里才会平衡，才能凸现工作的价值和成绩；和其他部门经理一样，销售经理要享受同等待遇，不能有任何歧视；要取消生效的《经纪人降佣文件》，按时发放经纪人工资和手续费佣金。

如果这个方案不成，那么第二个方案就是——以工作室的名义，彻底承包合众证券销售，除了必要办公条件，不再需要其支付任何费用，但手续费分成比例要提高到60%以上……"

方唯一觉着两个方案都很通情达理。特别是第一方案，只不过是对公司错误的修正，问题将是对比例与数字的议价。但是章中道会不会什么都不谈，就让他滚蛋呢？

方唯一认为这种可能性不大，毕竟他控制着公司35%的收入，而想方设法维护这些利益，是任何一个企业负责人的第一天职。若拿公司35%的收入做筹码，与他对赌，章总和孟董不就成混账王八蛋了。

时间在焦急的等待中，已经到了4点半，而电话和手机仍然静默无声，装聋作哑。突然，急促的"铃"声响起，方唯一略作镇静，没顾上看来电显示，就已将话筒拿起。

"方总，经纪人肖扬，回来以后，就去了营业部黄总办公室，这混蛋可能出卖我们了！"蒯国祥激动地说。

"他几点出来的？"方唯一焦急地问。

"记不清了，大概不到3点半。我们几个人统计了一下，有49个经纪人和我们走！"

"告诉其他经理，对经纪人听之任之。在我下令之前，不许碰合众的客户。对不和我们走的经纪人，要友善，以礼相待。"

方唯一挂了电话，看看手表，时间是4点35分。他慢慢地吸着烟，盯着墙上已显残旧的地图，脑子里不停地分析着。章中道肯定知道他造反了，但为什么不给他打电话？是觉着此事不值得理睬？是他和孟董在商量对策？还是……

他无论如何焦急，但绝不能先给章中道打电话。方唯一要力保自己的势，如果势倒了，会使下面的谈判陷入被动，最后就只能走造反这一条路了。

5点30分，该下班了。方唯一开始给外地营业部的销售经理打电话，向兄弟们告知，他今天的壮举。方唯一要以此再逼章中道，看他能沉默到几时？

6点钟，方唯一最终失去了耐心，他决定通知几个死党，明天9点开始……就在此时，电话意外地响了。

"方总，很忙吧？你他妈的在玩火！"章中道的语气由软变硬。

"章总，彼此彼此，我还以为唱的是独角戏呢？"方唯一努力调整呼吸，使语调平淡而冷静。

"少废话，我明天上午10点到北京，下午两点，你到我办公室，有什么事不能沟通，何必大动干戈？你马上停止所有的愚蠢行为，否则谈话的余地就没了。"章中道在责怨中透出威胁，却又传递出一种爱护。

他拿着电话，脸上露出一丝笑意，仿佛一个孤独的舞者，终于听到了喝彩。

（四）

傍晚，方唯一像一个得胜还朝的英雄，向陈瓒汇报着下午的战事，及未来战况的设想。

"俗话说，开弓没有回头箭，覆水难收，而你想反其道行之，这种可能性大吗？"陈瓒问。

"世间之事，没有什么不可能的，关键是看你手里拿着什么牌。我掌控着公司35%的收入，他敢和我对赌吗？况且我又没有太多奢望，只不过想出口恶气，找回一点公平！"方唯一自信而咄咄逼人地说。

"对安全的依赖、对未知的恐惧，已经让你背叛了造反的初衷，用不着虚张声势。不过，无论你怎么做，我都没意见。"

陈瓒虽然是娓娓道来，但让方唯一倍感难堪，此时他只好用——能屈能伸大丈夫、识时务者为俊杰、英雄不是刀枪炮来聊以自慰。

十多个小时过去了，方唯一翻来覆去地设想着章中道和他的谈话，想着章中道看见他时，既怒且恨的表情。然而，当方唯一准时走进章总办公室，章中道却是气定神闲，从容与淡然地注视着电脑屏幕。

"哎呀！方总，昨晚休息的不大好啊？啧啧，眼里全是血丝。"章中道看着他，关切地问。方唯一干笑着，一屁股坐在沙发上，独自点着烟，等待一场较量的开始。

"今天的谈话对公司，特别是对你很重要。"说着，章总将桌上的手机拿起，颇为夸张地关掉了，然后注视着他。方唯一也自然地关了手机，仍然默默地吸着烟，准备接招。

可章中道却转而去看电脑，不再吭声。方唯一又点燃一支烟，继续保持静默。屋里一片沉寂，仿佛两个即将开打的高手，在擂台上围绕着对方，缓慢地移动着，谁也不敢贸然出手，害怕露出破绽，为对手留下进攻的契机，同时，又高度戒备对方突发的攻击。

屋内气场封闭，分为两派，在无踪无形中，无声无息地搏杀。方唯一感到越来越明显的窘迫与压抑。

"你和东大证券合作几个月了？"章中道仍看着电脑，不经意间打来一击试探性的刺拳。

"三个月了，和他们相处得非常好。"方唯一拨开刺拳，简短地答道。

"知道我们集团领导，和东大证券一把手是至交吗？你知道什么叫封杀吗？"章中道一个直拳，打向方唯一的喉管。

"咱们还是至交呢，现在不也是各为其利吗？"方唯一避其锋芒，和章中道大玩绕指柔。

章总不屑地摇摇头，也抽出一支烟静静地抽着。两个人再次陷入无声的对抗。

"章总，您要没什么可谈的，我就走了。"方唯一摆出决绝的姿态，直逼章中道的底牌。

"你觉着有多少人会和你走？"章中道好像似是而非地在接招。

"狼行千里吃肉，狗行千里吃屎，各人都有自己的打算。我对此不做估计！"方唯一继续逞强。

在沉闷僵硬的气氛中，谈话时断时续地进行着、对峙着。两个人都不去触碰实质问题。方唯一把心一横，你不谈，我也不谈。可让他意外的是，今天章中道的表现，和昨天电话里完全判若两人。他的底牌到底是什么？

桌上的电话响了。

"好的，我知道了。"章中道沉稳地答着，并仿佛得到了一种解脱。随即干咳了几声，终于从屏幕上移开视线，看着方唯一，严肃地说："我现在明确地告诉你公司决定，鉴于你私通同业竞争单位，损坏公司利益，诋毁公司声誉，聚众闹事，现公司对你和王冬青、杨栋、蒯国祥、李思本、尹远东等人做出除名处理。"

章中道说完，又补充道："考虑你对公司做出过贡献，可以特批你自动辞职。"

方唯一刹那间眼前发花，耳畔听到咝咝的鸣响。原本的持久战，随着底牌猛然掀开，顷刻结束了对垒，宣布了他的"猝死"，而且还慷慨地让他自选"处决"方式。

"我不会选择自动离职，宁愿被除名。因为那样，我感到骄傲。"方唯一声音沙哑了。

"不要意气用事，在证券业如果被除名，你知道那将意味着什么。"章中道此时已在为方唯一的日后着想了。

"谢谢你的提醒，我不会后悔的。合众证券代表不了中国证券业，宽大的市场经济，会给我一个安身立命的位置。"方唯一肯定地说。

"好了，希望你，和那几个人，以后不要在外面做损害公司的事情。"章总说完，长长地出了一口气。

"章总，和我走的人，可以做合众证券的兼职经纪人，他们的客户仍可以留在这里，只要公司继续支付他们手续费提成。"

方唯一想给兄弟们争取最后一点利益，同时也避免日后与合众的一场恶战。因为日后摧毁的，是他过去几年的心血。

"我刚才说的只是希望，如果你要拉走客户，随便！钱，一分不给。"

"那合众就洗干净屁股，等着挨揍吧！"方唯一绽出坏笑，眼里流出阴冷的光，说完，头也不回地走了。一扇扇房门在身后悄悄关闭，一个个身影在眼前匆匆避让躲闪，方唯一成了众人躲之不及的瘟疫。

大街上凉风习习，阴霾驱走了躁人的盛热，方唯一站在十字路口，大口地抽着烟，茫然四顾。

他猛然想起了什么，摸出电话开机，屏幕闪亮，未接提示和短信蜂拥而入。

"方总，营业部黄总在找经纪人谈话，不让他们和我们走。"

"方总，您在哪里？营业部姓陈的让保安轰我和南壮壮离开！请速速回话！王冬青。"

"方总，营业部办公室给经纪人父母打电话，说单位有坏人，警示孩子不要被坏人利用！我们怎么办？杨栋。"

方唯一笑了，尽管是连声苦笑，就像是喜极而泣。

"冬青，我和姓章的谈崩了，中了丫的调虎离山计，现在情况怎么样？"方唯一站在车水马龙、喧声鼎沸的街头声嘶力竭地喊着。

"方总，营业部老总都在做经纪人的挽留工作，还给他们家长打电话，污蔑我们是坏人。听说为了留住经纪人，降低佣金的政策要停止了。现在还愿跟我们走的，也就十来个人，其他人都他妈变卦了！"

"不要对变卦的人恶语相伤，明天早晨集中到东大证券营业部开会。"方唯一说完，收好手机，看看天色更加阴暗，他混迹在人群中，朝着家的方向，懵懵懂懂地走着。

此时此刻，他茫然地走着，无意于身边川流不息的人车，只有悲愤与落寞在瞬间蔓延膨胀，那是对曾经艰辛努力，对以往辛勤创造的缅怀，和对以后的迷茫。

几个月了，他与死党们憧憬着远大未来，可以口若悬河，但真要面对重新开始时，无形巨大的压力，和无依无靠的惶恐，忽然袭入，笼罩了他。

方唯一站在客厅窗前，手中攥着地图，抖落水珠。外面已是狂风大作，裹挟着似墨的乌云，稍时浸满了天空，四周瞬间黑暗下来。他木然挺立着，伴随着由远及近滚滚的雷声，瓢泼大雨倾注而下，混杂在疾风肆虐中，斜斜的雨线如烟，一道道一条条，抽打着往日自以为是的树梢。

方唯一酷爱极端天气。十几二十岁，他喜欢在风雨中疯野般地骑着单车，让暴雨浇得精湿，和风和雨去拼。在那种情形下，他才能尽情地释放自己体内的能量，同时感到野性放纵的愉悦。

这种久违的激情与力量在他体内突然汇聚，骤然放大，使他脑力激荡，气流澎湃。他激烈地诅咒人间黑暗，天下不公；诅咒把握资源，而碌碌无为的人渣；诅咒奴才变成主子后变态与无耻的人格文化。

方唯一嗯地拉开窗户，对着疾风骤雨，大声喊着："我要突围，我要成功！"

第十一章

6月1日星期日晚上，方唯一推开家门，一进客厅，迎面看到母亲阴沉的脸色，和父亲凝重探寻的目光，他们并排坐在沙发上。方唯一挤出一丝笑意，"老太太烫头啦! 年轻多了! "

母亲脸上挂了霜似的, 没有丝毫地缓解。只有拉链兴高采烈地喊着: "爸爸, 大火车, 奶奶送的儿童节礼物。"方唯一朝女儿点点头说: "谢谢奶奶了吗? "

"妈, 吃点水果。"陈瓒从厨房走了出来, 手里端着一盘草莓, 冲方唯一别有用心地眨眨眼。

"好好的工作, 说不干, 就不干! 过节也不陪孩子玩, 你瞎折腾什么呐! "母亲已经退休十多年了, 但煞有介事、动不动就喜欢教育人的坏毛病一点没改。

"爸爸是老板! 忙着呢。"拉链看着母亲说。

"屁老板! 现在修鞋的、卖菜的都叫老板! "母亲不屑地说, 对下层劳动人民的鄙视溢于言表。拉链显得无趣, 父亲嘿嘿地乐了, 遭到了母亲的白眼。

方唯一看见陈瓒低着头, 隐忍着笑。每次他和母亲冲突, 陈瓒好像都特别享受, 此时女人心里的狭隘暴露无遗。方唯一与客户和员工说了一天的话, 此时他就想赶快洗澡、喝口稀粥睡觉, 实在无心和母亲理论。

"后悔了吧! 瞧你累得都嗝腮了, 早知今日何必当初! 月薪两万的工作好找啊! 你瞅我, 在学校, 一干就是三十多年, 最后怎么样, 特级教师! 一辈子响当当的, 走到哪儿, 都受人尊敬! "母亲说完, 挺胸扬头, 活像一个倒立的感叹号。

"你三十多岁, 就换了三十多个工作, 都可以申请吉尼斯纪录了。"不知从什么时候起, 父亲早已失去对方唯一的威严, 现在已经堕落成专业敲缸沿的。

"刚混得体面点, 又失业了, 你可是有孩子的人, 还像过去似的可不成。"母亲严厉地警告着。

"我要听你们的, 早成下岗工人了! 出了家门, 碰上的全是饿僧, 别说粥了, 连狗食都抢光了; 回家就唱从头再来; 做梦是迎风雨见彩虹; 醒了以后, 听你们踩估, 一辈子听人教训。休想! "方唯一也爆发了。他感到不解恨, 又饶上了一句: "特级教师, 狗屁! 你要身体没病, 还不是到处教奥数、捞外快, 蒙人家小孩钱去! "

方唯一丝毫不去理会陈瓒装模作样的挤眉弄眼, 自顾自地说着: "以为自己多吃了几年咸盐, 见谁教育谁, 拿着恐惧当真理, 拿着故事当圣经, 自己回头看看, 一辈子干过几件带响的事! "

母亲被气迷瞪了, 陈瓒赶紧劝慰着: "您别理他, 他又开始犯浑了。"

父亲看到苗头不对, 臊模搭眼地起身, 对母亲说: "咱们走吧, 让他先休息。"

母亲好像才缓过神来，开始绝地反击："你听着，特级教师不是想当就能当的，那是几十年如一日干出来的！"

"对，那是干出来的，干出来的。"父亲讪笑着催促母亲赶紧走。母亲烦躁地拨开他推搡的手，指着方唯一鼻子说："老板才是狗屁呐，全是奸商。赶紧找班上去，你小心以后连粥都喝不上！"

陈瓒不失时机地说："拉链，快点送送奶奶。"

母亲走到门口拍拍拉链的脑袋："拉链乖，别跟你爸学，他就是一混蛋。"

"行啦，快走吧！"父亲不耐烦地轰着母亲。

"谁告诉老太太我辞职了？"方唯一看着送父母回来的陈瓒和拉链劈头就问。

"奶奶问起你，我就说了。"拉链露出怯懦。

"这么大的事，瞒得了今，瞒不了明，她也是为你着急。"陈瓒说着进了厨房。

方唯一对着厨房大叫："我用她着急吗？她只能给我添堵！从小到大，就看我不顺眼，总拿我去和别人比。你不如张三，人家考双百了；你不如李四，人家上大学了；你不如王二麻子，人家当官了。她就希望我捧个饭碗、猫着腰过日子，怎么苟活、怎么没出息、就怎么来。"方唯一不吐不快，越说越气。

"什么是苟活呀？"拉链仰起头问道。

"就是像狗一样，绝望而毫无生气，麻木而没有廉耻地活着。偶然间也会为不劳而获，占点小便宜心花怒放，还能没羞没臊地去总结人生得失。"

"你别和孩子胡说八道。快吃饭！"陈瓒说着将剩饭剩菜端到桌上。方唯一喘着喘不匀的气，有一口没一口的吃着，味如嚼蜡。

第十二章

方唯一是属鸡的，每到炎热的夏日，他就会想到一瘸一拐摇摇晃晃的瘟鸡，暗示着盛夏总要让他经历磨难，心中便有了隐隐的不快。

才是六月初，太阳已像嗑了疯药的淫邪之徒，早起晚睡，既侵占了夜，也肆虐着白昼。当他走到汽车站牌下时，明显觉着衬衫背部已经被汗水浸湿了。记得十几天前，他来到一堆站牌下，望着上面一组组数字，就感到烦躁。

　　早年间，方唯一喜欢骑车或步行；后来当了证券公司总监，打车都是单位报销。现在没了收入，还背负着三十万债务，但一想到每天十几公里的路程，在大太阳底下骑单车，就让他恐惧。更让他恐惧的是，怕熟人看见他奋力飞蹬时，流露出诧异和鄙视的目光。

　　3字头的公交车进站了，"是去左家庄方向的吗？"方唯一朝售票员大声问着，"是"。

　　方唯一跟着众人挤上车去，他讨厌别人碰他，他讨厌闻到别人身上的汗味，每当此时，就会升起一股无名之火。他一直认为很多人挤在一个运动的铁皮箱里，实在是很残忍。可经过这段时间的磨炼，肘部过激抵抗和怒目而视的次数在明显减少，心态渐渐趋于平和，谁让大家都很无奈呢。

　　对公交车而言，方唯一坐的只是方向。当汽车要改变去左家庄方向的前一站，他下车了，剩下的路宁可走过去，他也不再倒车，一个早晨绝不能经受两次这样的折磨。

　　方唯一抹去脸上的汗水，一阶阶走上过街天桥，他像在和谁较劲，也好像在自虐，心里反复默念着一句话：不会永远是这样，合众证券等我干死你！章中道、客户、东大证券张总，东一榔头，西一棒子的在脑子里胡乱地冲撞着。

　　刚下天桥，方唯一听到了手机短信的提示音，他边掏手机边走进斜斜窄窄的树荫下，一行行密密的小字：方总：因家里阻拦，故不能追随，心里愧疚。为了阻止您带走客户，公司将这些客户分给我们，并能得到他们的手续费提成。交易部每挽留一个要跟你们走的客户，奖励50元。最后祝您能渡过难关。

　　方唯一知道，短信内容全是真的。这段时间，和他走的经纪人都遭到公司开除，除名布告就贴在各营业部门口。当他们带客人去转户时，营业部保安就会阻止他们进入，客户则会受到部门经理前所未有的礼遇，如降低交易佣金、提供盘中荐股，或免费午餐等。

　　而一旦遇到荤素不进、坚决转走的客户，他们就以老总不在、没其签字不能转户为由予以坚拒，随即再摆出一副冷邦邦的死鱼样，任你拍案叫骂，为了50元奖金，我自岿然不动。

　　期间为转户，方唯一及下属与合众证券发生了多次口舌甚至是肢体冲突，有一次惊动了110到场解决，但成功转户率仍然很低。

烈日炎炎下的持久战，方唯一是打不起的，如此下去，团队必将涣散。而要放弃合众证券这些客户，他无论如何对兄弟们张不开嘴。因为那是大家几年的心血，他们跟着他造反不是为了放弃的。

方唯一拨通了马洪波的电话："马总，我，方唯一！说话方便吗？"他尽量使声音听起来愉快轻松。

"方总，真有你的，公司让你搞得大地震啦！你日子也不好过吧？"马总声音大的震耳。

"我还可以，过得不错。"方唯一打肿了脸，愣装大胖子。

"行啦，别装了，章总开会时都说了，你一共才拉走10来个户，也就100多万。方总，你太冲动了！"方唯一挪开紧贴耳朵的手机，汗水像断了线的珠子流下来，又问道："他还说什么了？"

"他说，你在外面抗不过三个月，就会自生自灭。我……"

"老马，快说呀！"方唯一搧呼着衣领，从里面腾出一股股热气。

"方总，我要告诉你，你可不能出卖我啊！"马总的叮咛更加重了方唯一的好奇心。

"老马，我他妈是那种人吗？"

"我听总办的人说，章中道把你档案扔到人才中心了。里面塞进去一份黑材料，意思大概是：你品德败坏，素质低下，没有职业操守，背叛公司，挑动员工造反，损害公司利益什么的。"马总声音低了很多。他接着说："档案里有了毒药，你以后再想找正规单位就难了，所以说你太冲动了。"

方唯一只说了句："谢谢！我不会和别人讲的。"就挂断了电话。心里暗骂：章中道，你他妈够狠！嘴里狠狠地啐出一口吐沫，里面裹挟着鲜红的血水。他走到冷饮摊旁，买了瓶冰镇矿泉水，但看到不远处东大证券的招牌，随即放下瓶子，抽回了摊主手里的2元钱，径自走了，后面留下了一串骂声。

"等一下！"方唯一回头看去，只见张总刚泊好车，黑着脸跑了过来，直不愣登地说："总公司和行业协会都给我打电话了，警告我跟你合作要慎重，要注意竞争规范，不能破坏同业关系，我靠！其实你也没给我带来多少好处，我却粘了一身骚气。方总，听哥哥一句，北京证券圈太小，别跟合众较劲了。从别处拉客户，帮我卖基金吧，我把手续费全返给你。"

"张总，对不起，给您添麻烦了。"方唯一的声音小得连自己都难听清。张总摆摆手，甩下方唯一，径自快步走进了营业部。

第十三章

这天晚上，方唯一早早睡下，希望尽快逃进梦乡，忘掉今日的愁和明日的忧，以摆脱这焦头烂额的一天。他睡得很沉很香，以至醒来时，因觉着脑清目明，而有了瞬间满足与幸福的感受。

方唯一摸到手机按了一下，屏幕刺眼地亮起，显示3点10分。刹那间，随着对香甜睡眠短暂的痛惜，方唯一已睁大眼睛，直视着黑洞洞的屋子，回到了现实之中。

曾几何时，他开过两次公司，但很快就都夭折了，并因无疾而终乏善可陈，至今还成为家庭聚会时助兴的笑柄。这次失败，只会为他们日后谈资增加素材，从而使笑话说得更加精彩。

这就是我的宿命吗？方唯一躺在床上，反复自问着。他此时真切地渴望能像小说、电影里一样，出现贵人相助；或有一种神奇的力量，使他摆脱困境。然而黑夜给他的除了失望就是压抑，他几乎要喊出声来："我怎么就这么难啊！"

他起身来到客厅，月光泼洒在地面上，屋内依稀而朦胧。方唯一时而来回踱着，时而又坐在沙发上抽烟，不知过了多长时间，他走到窗前，看着楼间低矮的柱灯，散发着昏黄的光晕。

基金！他想起了张总早晨的话："帮我卖基金吧，我把手续费全返给你。"不知为什么，方唯一当时听到并没在意，像是耳旁刮过的闲风，现在猛然想起，却有了一种难以抑制的兴奋。对！张总说的应该是开放式基金。

方唯一对基金并不陌生。2001年末有了第一只开放式基金，可生不逢时，在随后四年多的大熊市里，因业绩欠佳，早就被人遗忘了。只是早些时候，听同事提起过：由于股市上涨，基金净值回升很快，一些综合类券商开始关注基金销售，并嘲笑经纪类券商的业务瘸腿了。因为合众证券是经纪类券商，并没有做此业务的资格，所以他也从来没有接触过，更别提销售了。而此时，他却对开放式基金产生了一种懵懂深切的寄托。

方唯一快步走进书房，拨着蒯国祥的电话，手机彩铃一遍一遍地响着，他不停地用手指敲击着桌面。

"谁呀？"蒯国祥半死不活的声音。

"小蒯，一周前，你是不是有客户在东大证券买过基金？"方唯一焦急地问道。

"方总啊！"蒯国祥此时醒了过来。"那客户不愿从合众转走，但想买基金，就到东大证券买了50万的，这事我当时就跟您汇报了。"小蒯被深夜突问，显然有些不知所措。

"50万是从合众股票户里提的吗？"

"没错，通过银证转账划到存折上，拿着存折在东大证券开个基金户就买了。"

"太好了！睡吧！"方唯一高兴得要疯了。他不停地翻着手机，找尹远东的电话。远东是他团队里的大秀才，既是同济大学建筑学硕士，还是人大金融学硕士，为人迂腐而忠厚。

"远东，你立刻搞个幻灯片，是关于所有开放式基金收益率的，从2005年6月6日见底998点至今。再搞个开放式基金申购流程，不明白的，打电话问小蒯。然后通知所有人，明天暂停一切工作，10点半到西餐厅地下室开会"

"是现在打吗？"远东疑惑地问。

"对，就现在。"方唯一肯定地说。

"喂，张宏伟，别睡了，赶紧起来，咱们要发财了。你现在连夜做幻灯片，关于开放式基金的，你先听我说完，在股市转牛上，我们不存异议，而股票型基金未来也必将火爆，你帮我从理论高度夸基金，夸死它，往死了夸。对，就现在搞，明天上午10点半给大家讲，10点钟你来找我，咱们一起走。"

方唯一犹豫片刻，还是拨通了张总电话，"张总，我是方唯一，没打扰您吧？"

"唉哟！你说呢？我靠，天还黑着呢！什么事？"

"我打算卖基金，您是说把卖基金的手续费全返给我吗？"方唯一问完，忍不住坏笑，此时此刻，他一定是这个世界上最讨厌的人。

"就他妈这事啊！给你，全给你，挂了！"张总有些气急败坏。

"别挂！最后一句，全给我，你挣什么呀？"方唯一打破沙锅问到底。

"哎哟! 按基金销售总额, 基金公司给我分仓位, 做总额10倍的交易量, 我挣基金公司的交易手续费。唯一, 你要不发财, 老天爷就是屁股看天, 有眼无珠。"

"别贫了, 谁这么讨厌, 挂了! "张总老婆发威了, 他听见嘟嘟的忙音, 放下了电话。方唯一没有丝毫倦意, 静静坐着, 迎接着晨曦的到来。

第十四章

"张老师, 稍等。"方唯一叫停即将开讲的张宏伟。

他看着二十多个面露疲态, 无精打采的经纪人, 厉声喝道: "起立! "大家先是一愣, 随后稀稀拉拉地站了起来。"坐下! "听到口令, 大家又用屁股找着椅子坐了下去。"起立! ""坐下! "方唯一反复几次, 喊声一次比一次大, 直到大家动作整齐划一为止。

方唯一望着众人, 情绪激动地说: "我们这个团队, 就像一个还没满月的婴儿, 生命很脆弱, 刚有风吹草动, 你们就开始动摇懈怠, 担心他是否会夭折? 我肯定的告诉你们, 这个婴儿会迅速而健康地长大, 谁也阻拦不了! "

方唯一略作停顿, 继续说: "原因很简单, 我们占有天时、地利、人和。改革开放二十八年, 让很多家庭拥有了财富, 哪家没有10万、20万甚至上百万、上千万的存款? 这就是天时, 没有这个前提, 我们做投资理财就像没米下锅的巧妇, 但是现在情况恰恰相反!

上证指数从2001年6月24日2245点, 一直跌到2005年6月6日998点, 我们经历了最难熬的四年, 终于结束了熊市, 一轮波澜壮阔的大牛市已喷薄而出。在未来的日子里, 一根根挺拔的长阳会给我们带来惊人财富, 这就是地利。

至于人和, 我最自豪! 看看我们这个才刚组建, 名不见经传的小团队, 却拥有中国最有思想、最具前瞻性的经济学家。"方唯一说着, 夸张地将手指向了张宏伟。张宏伟此时颇为尴尬, 不知用什么表情来回报他突然间高度的赞誉。

"还有我这个和中国股市同呼吸、共命运、摸爬滚打多年的天蓬大元帅, 再加上你们这些要钱不要命的小猪。我们拧攒成一股力量, 我就不信拱不垮合众证券防止客户流失的堤坝，我就不信在这个庞大无边的市场里，拱不出一条活路！所以我说，这个新婴的长大是谁也阻挡不了的！"

方唯一在一片笑声和掌声中说道："下面就请张老师给大家讲《开放式基金的广阔前景》。因为购买基金，客户会把账户资金悄无声息地通过银证转账划走，给合众剩下一堆空户。日后，客户如要做股票再去转户，合众还会为挽留空户给交易部发奖金吗？没了动力，谁会去挽留客户？难道合众会给空户提供免费午餐？提供手续费降佣？我不信。"

"我也不信。"远东郑重其事地说，众人发出轻松的笑声。"你们不要笑！方总，我昨天夜里查了，基金手续费平均是1.5%，股票手续费平均是千分之1.5，相差十倍呢！"远东将方唯一本想留到最后抛出的炸弹提前引爆了，众人渴望知识的目光齐刷刷投向了张宏伟。方唯一点点头，走向最后一排，静静地坐了下来。

张宏伟果然不负众望，论点清晰明确，论据条分缕析，逻辑链环环相扣，把复杂无趣化为了简单生动。他边翻动着幻灯片，边口若悬河：

"首先我们为什么在此时要投资开放式基金。

因为我们笼罩在通货膨胀的大背景下。

从存款利率看，一年期存款利率为2.25%，而居民价格消费指数（CPI），据官方预计1—6月累计比去年同期仅上涨1.3%，存款似乎还是有利可图。但如果我们从身边物价涨幅看，会有更加真实而深切的感受。

以北京为例，1991年8月至2004年8月，自来水价格调整9次，从最初0.12元每吨，上升到2.8元每吨，再加上污水处理费，居民每吨水实际支出为3.7元，上涨了22.33倍。

房价从2005年至今累计涨幅达到14.8%。

在北京，93号汽油，三年前是3.5元每升，现在价格5.09元每升，出租车从1.6元上涨到2元每公里。同时粮价、菜价、副食品价格均有了不同程度的上涨。

所以老百姓笑谈，除了废品不涨价，其他都涨了。由此看出，统计数据和我们活生生的感受相差甚远。

在这里需要特别指出，通货膨胀已是世界顽疾，美国是元凶，因货币滥发导致的通胀将像瘟疫一样，传向世界每一个角落。中国也将被迫形成'导入型通货膨胀'。

我们如何抵御通胀，就成为现实中急待解决的问题。

选择储蓄吗？那等于你自愿选择财富被掠夺。二十年前存款1万，十年前存款10

万，所得利息，是远远无法赶上教育、医疗、住房、食品等价格的上涨。国债也类似于储蓄。

抵御通胀的正确办法主要有两种：一是传统的黄金投资，二是现代的股票和基金。"

张宏伟在制造恐吓、堵死了其他投资去路以后，迂回着接近了主题。

"谁都知道，钱生钱是最快的财道。在中国，最赚钱的是那些垄断型大企业，是那些不断创新、迅速成长的新兴公司，投资这些最赚钱公司，就是钱赚钱最快的财路。这些公司大都是上市公司，面对着深沪两市几千家公司，哪家是好公司？哪家公司有成长性？什么时候是最佳介入时机？这就是投资者面对的难题。其实也不难，就是去购买基金，交给专业人士来处理，首先他们……"

张宏伟演讲才能发挥得淋漓尽致，声音时抑、时扬，时而顿、时而挫，时而柔和、时而兴奋，句句真，声声切。方唯一不禁自问，这样的东西，我能搞出来吗？心中生出一丝妒意。

在会议即将结束时，方唯一受到张宏伟启发，公司业务的战略布局终究成熟于胸，他宣布道："从今天起，联众金银现阶段客户资产配置方案是5+3+2，即家庭闲置现金中的50%为基金，30%为股票，20%为黄金。我们将彻底告别股票经纪人的单一模式，成为名副其实的理财顾问，面对最广大客户进行混业投资咨询。"

提议让众人感到振奋，三小时前的无望，在不经意间发酵成迫切的希望。张宏伟大声喊着："请方总安排时间，我为你们培训黄金，我有黄金公司！"。南壮壮和李思本在振臂高呼："为人民币服务！"。

第十五章

时间是可以弯曲的，甚至被反复折叠缩短。方唯一感到白天过得太快，几乎是弹指一挥间。他在每日短暂而嘈杂的空间里，忘我地忙碌着。他讨厌睡觉，讨厌吃饭，讨厌双休日，讨厌一切妨碍他工作的事情，甚至对如厕时那没完没了湍急的尿线也感到烦躁，心中不停叨念着："他妈的，快点！"

"方总,我能休息一次双休日吗?"秦重阳用眼神乞求方唯一,嘴里咕哝着。

"什么是双休日?"方唯一愣了一下,随即怒斥道:"穷人需要休息吗?穷人只需要脱贫!"

"我爸妈从四川来看我了,我就陪他们一天。"秦重阳简直就是在哀求。

方唯一抹脸上湿津津的汗水,声音柔和了许多:"那你休息两天吧,有钱吗?"他说着,从裤兜里掏出200元塞进秦重阳手里。

"谢谢方总!我今天一上午就挣了3115。"秦重阳脸色直变,兴高采烈地说。

"你今天又卖啦?"

"50万添富二号,2%手续费,扣掉给基金公司、营业部的双重营业税11%,是8900,我提35%,就是3115。"

"行啊!都会算分数乘法了,会算个人所得税吗?"

秦重阳傻眼了,但紧跟着问:"方总,什么时候发钱呀?"

"只要营业部给我结账,我两天内就发给你们。"

"秦重阳,你客户来买鸡精了!"王冬青喊着走了过来,秦重阳转身跑了。

"鸡精?"方唯一狐疑地问。

"他说鸡精和基金是一个音。"王冬青和方唯一笑着走向大厅,经纪人在身旁不断穿梭往来,很多客户熟悉的面孔闪过眼前,许多人在向他点头微笑,在向他打着招呼。

"方总,我们从合众跟您到东大,您可要让我们挣钱啊!"

"他就是方总,可有本事了,三年前让我逃顶的就是他!"

"方总,您说基金真能挣钱吗?"

"方总,您可瘦了,累的吧?净忙着挣钱了!"一群中老年妇女围着他连拉带拍。方唯一心里感尝到久违的温暖,脸上也被众人的热情熏烤得热汗直流。

他对众人诚恳地说:"各位亲人,证券法一百四十四条规定,我不能以任何方式对你们证券买卖的收益做出承诺,但我发誓,会竭尽全力为大家的投资献计献策。"方唯一此时就恨手里没有一本圣经,不停地对每个人做出宣誓状,逗得大家乐了起来。

当他脱离众人来到大厅,柜台前排起了两条歪歪扭扭的长队。"冬青,有多少我们的客户?"方唯一感到心跳加速。

"基本都是，方总，这回合众证券该哭了。"

"未必，章中道早就给自己留好台阶了。这方面，是他们的强项，无能和无耻就像左右两个屁股蛋子，挨得很近。"方唯一不屑地笑笑，对着因紧张和兴奋满脸通红的王冬青说。

"方总，我这营业部可都快成你的了。"不知什么时候，张总站到了他身后。

"张总，这回你身上的骚气变成铜臭气了吧？"

张总大笑，黑脸上泛出光芒，搂着他肩膀说："小心眼是吧？日后你发了财，可别忘了，是从我这起家的。"

第十六章

七月下旬，已进入中国农历三伏，是一年中最闷热难耐的日子。一幢幢公寓楼比肩而立，像一个个巨大高耸的蜂巢，蜂窝里透出黄色、白色的灯光，从外挂空调上滴落的水珠，溅碎在地上，发出噼噼哒哒的响声。

方唯一拖着疲惫的身子，慢步走进小区花园。此时各家各户都在饭桌上嚼咽着，花园里没有了喧嚣，出现了难得的寂静，一群夏虫不知身在何处，悉悉索索地交谈着炎热。

方唯一坐在暗处，烟头时暗时明，在黑幕中，挥划着腥红。已经有一段时间了，每天回家前，他都要来这里坐坐，享受一下静谧独处的时空。

短暂的闲适之后，脑盘自动开启，每天基金销售额顺序涌现。方唯一不停心算着加减乘除，一遍一遍反复计算，就像一场恶仗之后，打扫战场的人唯恐遗漏了什么宝贝。数目太大，方唯一感到心算吃力，嘴里念出声来："销售一亿三千八佰万，佣金二佰四十八万四仟……"同时在脑盘里飞速地刻录着，扣掉双重营业税，扣掉35%员工提成，税前是——不成了！方唯一感到胸闷缺氧，深吸一口气，打开手机计算器，快速地按着，屏幕显示1，436，994，他看着数字想哭又想笑。

方唯一放弃了起身回家的念头，又点燃了一支烟，他太留恋这黑色的安宁了，这一切是真的吗？我发财了？他不敢相信，他怀疑这一切的真实性，摸着汗腻腻的胳膊，告诉自己，都是真的，而且还是在酷夏。

"你能不能说句话呀！不顺的时候没话，顺了也没话，看你那副傻吃傻喝的样子"。在头迷脑倦中，方唯一猛然惊醒，看着恶瞪他的陈瓒，歉意地笑了笑，"我有点累。"。

"爸爸和你是吃冰拉冰，没话！"拉链没深没浅地卖弄着从方唯一那里趸来的旧货。

方唯一心里又是一惊，骤然缩紧，两佰多万提成，东大证券不会赖账吧？这个恐怖的想法，使他赶紧低下了头，嘴里忙不迭耳语似地叨唠着："不会的，不会的。"

"你神经兮兮的，叫谁呐？大点声，让我听听！"陈瓒挖苦地看着方唯一。

"我说不会的，不会的，佣金赚得太多，我怕东大证券赖账！"方唯一看着陈瓒，诚恳地解释道。

"这几个月，你太紧张了。明天周六，你别上班了，好好休息一下，周日带拉链去玩玩。"陈瓒说着，就往他碗里夹菜，方唯一看着孩子期待的目光，点了点头，这才好像真的回到了家里。

方唯一隐约听见油锅爆响，醒了吗？还是在梦里，眼前是水菜投入热油时出现的炸裂。过了许久，他闻到了炒菜的香气。

"拉链，叫醒你爸，吃饭。"方唯一听到陈瓒的话音，接着是拉链踢踢踏踏的步声，他努力睁开双眼，模糊地看着眼前的女儿。

"爸爸吃饭啦！"方唯一摆摆手，表示听见了，拉链仍然看着他，渐渐在方唯一眼前清晰起来。

"爸爸！午睡时，我梦见你了。"

"是吗？"方唯一低声应承着。

"在梦里，我找不着你了，都急哭了！后来发现你变成了照片，挂在了墙上，还冲着我笑呐。"

方唯一心中一颤，顿时鼻子发酸，将脸埋在床上。

"妈妈，爸爸不起！"拉链跑了出去。

"别管他，你先洗手去。"

方唯一仍在假寐，心中久久不能释怀。

第十七章

根据巴普洛夫条件反射理论，狗听见喂食铃声，就会分泌唾液。当张宏伟接过沉甸甸的塑料袋，伸手进去，隔着破报纸，用力捏了捏两捆紧匝匝的人民币，嘴角禁不住向两边咧去，方唯一眼前迅速闪过兄弟们拿钱时开心的笑脸。他觉着巴普洛夫如果用人做条件反射实验，或许会更加生动。人类无论怎样标榜自身进化，也无法脱去动物原始的本能。

"这次分了100万，按股份，你得20万。"方唯一闭上嘴，等着服务员放下冰卡布奇诺转身离去。

"你应该感谢章中道，要没他步步紧逼，你现在走不出这一步。"张宏伟说。

"他扬言我活不过三个月，今是7月29号，我已经过了满月，快过百天了。不过遇到了个坎。"方唯一看看张宏伟，接着说："这周三结账时，东大张总说，他们总公司有指示，从8月7号起，基金手续费返佣降一半。要是这样就没法干了。"

"这帮孙子，就是见不得别人挣钱，官不官，商不商的。唉！你还记得安总吗？就是上月一起吃饭，京都证券营业部的，她不是特欣赏你的销售吗？"张宏伟说。

"别提了，我和她又见过面，谈得不错，别看是女流，比男的大气，合作协议都拟好了，咔嚓，京都证券给她免职了，等候重新任用。"方唯一泄气地说。

"她出事了？"张宏伟问。

"没有。证监会规定，一个人只能在一个营业部任五年老总。她说，可能会安排到别处去，现在休假呢！"

"我靠，让她给你介绍新任的老总啊！"面对着张宏伟的责问，方唯一笑着说："人家主动说了，我给回绝了。我跟她说，您去哪儿，我去哪儿！跟定您了，我等得起！"

"你装什么孙子呀！她都奔五十了，你还等什么呐？"张宏伟说着给气乐了。

"俗了吧！"方唯一故作正色道："人家欣赏我营销才能，那是因为咱在合众时拉走过她很多客户；这次她会更欣赏我的人品，是出于我对她无怨无悔的等待！咱这是奔着德才兼备的路子走，做人不能抓着奶子就喊娘。"

"歇了吧，傻老婆等汉子，倒时真要断了粮，攥着猪奶都得喝。"张宏伟说着，用手往嘴里抓了一把，做吮吸状，居然还"吱吱"地发出了声音。

邻桌一个狐媚画眼的中年女人，显然是听到这些不雅的言论犯了忌，鄙视地瞪了他们一眼，可能怕再脏了耳朵，起身事事地扭走了。

张宏伟瞬间恢复了名人仪态，做经济学家沉思状，缓缓地说："现在基金虽然好卖，但发财的大机会在黄金上。"

方唯一喝着咖啡，等他的下文。

"我和几个朋友，五月底搞了家黄金公司，叫华歌国际黄金公司。哥们起的名，我是总经理。公司有黄金报价系统和交易系统，客户在公司开户、入款、然后上网下载行情和交易软件，就能看到全球黄金市场即时报价、进行24小时不间断交易。这就像自己开了股票交易所，当然交易所是为客户之间买卖进行撮合成交，而本公司是和所有客户做对手盘。采用保证金制度，资金杠杆最多放大25倍。"张宏伟说完，对他得意地点点头。

"交易单位是手吗？"方唯一问。

"是手，一手是100盎司，一盎司是31.1035克。现在每盎司黄金报价大约是620美元，100盎司就是6.2万美元，乘以汇率8.2，人民币价值50万左右。交两万保证金，就能做一手，相当于本金放大25倍，黄金涨4%，两万变四万。怎么样？好玩吧！"

"这不是变相期货吗？"方唯一恍然大悟。

张宏伟哈哈大笑，反问道："期货和变相期货有法律界定吗？你给我补补课，帮我提高提高！"。

"你是钻法无明文规定不为罪的漏洞！"方唯一若有所思地说。

"土鳖了吧！它专业名称叫'黄金现货延迟交收业务'，是国际黄金主流交易方式。你说漏洞，他说灰色，法律只认黑白，即违法或不违法，它色弱，不认识灰。再说了，找漏洞要有知识、凭智商、靠胆气和魄力，像你就知道卖、卖、到处去卖！力争上游，就得打造自己的平台，让别人去给你卖！"张宏伟谆谆教诲着，为他洗脑。

方唯一抑制住不快，又问道："黄金公司赢利点也是手续费吗？"

"还有点差和持仓费。点差是每盎司黄金买卖价差有50美分，折合人民币4元左右。持仓费，即每手持仓超过次日凌晨2点30分未平，就收20元人民币。"

张宏伟说完，方唯一仍感困惑，他再接再厉地启发道："一个100万的股票户，平均一年有多少手续费？"

"以千分之2费率算，每月满仓交易一次，全年5万元左右手续费。"方唯一说。

"对啊！股票每天4小时交易，只能做多，不能做空，本金不能放大，你只能赚手续费。黄金24小时多空双向交易，三项收费，收益最少乘4倍，100万客户一年就可以坦坦地洗过来20万。就凭你，一年拉一个亿玩似的，我分你一半，就是1000多万，第二年你再拉一个亿，就可以挣3000多万。"张宏伟边说边注视着他的反应。

方唯一的直觉告诉他，这是一个很危险，同时又充满诱惑的游戏，于是说："如果来了高手，在你盘面上，只赢不输，你不亏死啦？"

"这不是问题，假设盘面上有很多客户下单，结果是100手多单，20手空单，那么多单和空单都有20手，客户之间相互赔赚，风险自然化解。关键是100减20后，剩余80手多单，术语叫净多单，我们在香港同类公司也有开户，同步下80手多单，就将风险转嫁出去了。"

张宏伟在座位上直了直腰，神气地说："还有什么问题，尽管提，哥们这小系统绝对严丝合缝。只要你肯合作，咱俩行走江湖，那就是见佛灭佛，遇祖杀祖。"

"你们已经拉进来多少钱了？"方唯一问。

张宏伟这回听到问话，立刻塌了腰，悻悻地说："招了10多个经纪人，俩月了，一分钱没进来！几个股东全对着我发急。"

"你是大股东吗？"方唯一疑惑地问。

"不是！大股东是真正出钱的，投了500万，占40%股份。还有俩是拉来钱的，他们各占20%。我只占20%，可是活儿，就我一个人干。"

张宏伟克制着怨气，又言归正传："怎么样？来帮帮我吧。"

两个人经过一番商讨后决定：

方唯一带团队进驻华歌黄金租赁的星空大厦15层，与张宏伟联合办公；日常房租、电费、物业费等均由张宏伟负责；方唯一既帮他拉黄金客户，也再找证券合作方，继续卖基金。

同时，张宏伟介绍他朋友郝丽慧兼做两公司财务，工资由双方各支付1500元；方唯一介绍贺英来联众金银做行政兼出纳，月薪3000元，其中1500元由华歌黄金支付；并且联众金银当日有基金或黄金业绩员工的午餐券，也由华歌黄金支付。

而当方唯一让张宏伟解散他的销售团队时，遭到了张宏伟的断然拒绝，并笑称："销售团队就是公司的军队，军队再弱，也不能没有。你要彻底解除我的武装，休想！前面谈的条件，我已经是丧权辱国了。"

方唯一握着他手笑道："你可是联众金银第二大股东，我股份只比你多10%。利益对你来说，不过是左兜挪右兜，何谈丧权辱国。未来吉凶难测，你这是左右逢源，立于不败之地。"俩人都笑了，不约而同地摸着发胀的脑袋。

第十八章

一星期后，周六下午，方唯一来到了西三环边上的星空大厦。他在15层下了电梯，向右一转头，看见"华歌国际黄金"几个金字，在灰色影背墙上，格外抢眼，公司两扇玻璃门向外大开着。

方唯一站在乱哄哄的经纪人中，四顾巡视。办公间成刀把形，大约八九十平方，蓝色板材分隔了二十多个工位，刀背侧是暗红色木质隔墙，有三扇房门紧闭着。

"方总来了！"在最里侧房间门口，张宏伟正向他招手。阳光透过玻璃幕墙直射屋内，方唯一感到非常晃眼，进屋两小步，面前站着一男一女，他们身后是宽大厚重的班台，占据了狭小房间内多半面积。

方唯一握着一只热乎乎的肥手，冲着一张笑眯眯圆圆的胖脸，也不断往外挤出笑意。

"张浩，我们公司股东，也是我同学。"张宏伟在身后介绍着。

"方总，久闻大名，销售大师，华歌黄金的崛起，就仰仗你啦！"方唯一虚头八脑地自谦着，只觉着他的金丝边眼镜很是精细别致。

"郝丽慧，以后是咱们俩公司财务。"

随着张宏伟的话音，他赶紧半转过身来，郝丽慧略显发福，其貌不扬，五十左右，一脸严肃，并没有要和他握手。方唯一一时想不好如何称呼她，只笑着说："日后请您多费心，我对财务不太懂，有机会向您请教。"

"你们是老板，我就是打工的，干活拿钱，用不着和我客气。会计我干了25年，所以活上你放心，但丑话说前面，过分的事我可不做。"郝丽慧语速极快，中气十足，音量很大。

"没有过分的，都是份内的。"张浩说笑着，和他们告辞先走了。

张宏伟接过话茬："什么老板不老板的，都是好朋友，我们也认识好多年了。方总，咱们开始吧，我先讲黄金，你再讲销售。"方唯一点着头拉开门，看见贺英站在门外。

"方总，听您召唤，我前来报道！"贺英一脸喜悦。方唯一热情地将她介绍给了张宏伟和郝丽慧。张宏伟淡笑了一下，算是打了招呼。郝丽慧倒是开朗起来，亲热地拉着贺英走开了。

张宏伟和方唯一走进中间屋子，介绍说："这是交易部和郝丽慧的地儿。贺英可够黑的，你品位绝对有问题。"张宏伟不满地说。

两人走到尽头，"这间是会客室。"张宏伟说。

方唯一看见这间房更小，也就7平米，孤零零地放着一张微型玻璃圆桌，和两把塑料椅子。"怪不得你们章总把她开了，贺英这皮肤也太黑了。"张宏伟还在回味。

"分和谁比，比黑人白多了！"方唯一嘴上说着，心里却惦记着自己的办公室。我他妈坐哪儿呀？他突然有了一种寄人篱下的感觉。

写字间边边角角都坐满了人。大楼周末没有冷气，整个房子像一个大蒸笼，人们仿佛是蒸屉上的面食，被密密麻麻摆放着。

投影仪接着电脑，将幻灯片打在墙上。张宏伟站在前面，不时躲开投影仪射出的光束，他一口气讲了近两小时，前胸和后背的衣服已经踢在了肉上，身前桌上多了一堆揉烂的纸巾。

方唯一侧身闪过张宏伟，刚走到前边，立刻感到投影仪散发的热气，汗水像蚯蚓一样从头上冒出，顺着脸颊、脖子缓缓地向下游走。

"今天，我们只讲一个销售专题，就是——聪。耳朵会听，眼睛会观察，嘴巴会说，心就是脑，会思考和判断。这是营销人员四项基本功。下面我将逐一介绍……"

方唯一结束培训时，不知是因为出透了汗，散了热，还是进来了风，反正他感到阵阵凉爽。"大家还有什么问题，可以提出来。"方唯一扫视着众人。

"方总，我叫唐晓，是咱们公司新入职的。"眼前站起一个女孩，颇有几分姿色，不过由于脸部妆彩过重，个性服饰稍显夸张，给人有在江湖上走过一遭的感觉。其实他在培训时就已经注意到了。

"我在《股海周刊》当过实习记者，刊物上有您的专栏《操盘手记》，我每期都看，准确度特别高。还有张老师的文章和《均线奥秘》，我也都读过。你们是这方面专家，所以建议为我们增开技术分析的培训。"

方唯一爽快地说："可以考虑。"

唐晓并没坐下，露出了笑脸，憨里带娇地问："方总，您和张老师谁操盘水平更高呀？"。

方唯一看见张宏伟从最后一排直立起来，正不怀好意地盯着他，忍不住笑了，马上大声说："财经记者染上了娱记的毛病，张嘴就奔着挑事。我负责任地说，张老师是我们的精神领袖，是我们的旗帜，咱们都要挥舞着这面大旗前进。股民常讲，在黑得伸手不见五指的股市里，抬头望北斗，低头看明灯，那指的就是张老师。假如我看见壶开了，最多想起茶杯；但张老师看见壶开了，却能坐下来造了一部蒸汽机。以后谁再拿我和张老师比，谁就是欺负人。"

张宏伟实在绷不住了，居然乐出了声，三步并作两步走上前来，对着下面说："方总爱说笑！不过我们都应该记住2006年8月5日，今天是我们两大主力红军在井冈山会师的日子，祝愿以后，我们将从胜利走向胜利。"

方唯一在众人掌声中，看着手机短信："方总，任命已经下来，我到车公庄营业部做负责人，你周一可来找我。京都证券：安琪"。

方唯一也加入了热烈的鼓掌。不由心叹："好事成双。"

第十九章

方唯一转战到星空大厦，自作主张地盘踞了7平米会议室，还接进来一部电话，每天坐在塑料椅子上，守着小玻璃桌，忙得不亦乐乎。

张宏伟几次推门欲进，都看见他在和客户眉飞色舞地聊着，只能败兴地关上门走了。

终于有一天，张宏伟逮着了刚送完客人回屋的方唯一。"你赚钱赚疯了吧？连和你说话的时间都没有。"

"晚上咱们谈啊！"方唯一说。

"废话，我晚上要做海外黄金交易，就现在谈。"张宏伟说着，一屁股坐在塑料椅上。"你来一星期了，每天就见你卖基金，黄金客户呢？一个没拉！我也要面对股东责问，和经营费用的压力，你知道不知道？"

"宏伟，我很理解。但你知道吗？京都营业部有四层，第三层现在空着，安琪承诺了，如果这月基金销售过亿，三层就给我白用！六百平米啊，我就可以再招上百经纪人了。"

张宏伟抢过话说："我不是拦着你卖基金，我是要你拉几个黄金户。公司没客户，两套系统每天都在打空转，人吃马喂多少钱啊！"

"3个月，你那十几个经纪人一个客户都没有？每人还配着IBM笔记本、1500月薪，天天上网聊天，养爷哪！"方唯一讥讽地说。

"张浩那天说，现在写字间里是一半海水、一半火焰，你们那俩行工位热火朝天，我们这行是凉锅冷灶。哎，别说这个，这月你给我拉200万进来。"

"100万。"方唯一伸出一个手指头。

"150万，就这么定了！"张宏伟斩钉截铁地说着，起身出屋。

傍晚，方唯一召集6个经理，说了与张宏伟的谈话。要求一周之内，每人拉2个黄金户，但绝对不许经纪人参与。

"方总，我们原来不管结果如何，初衷可都是想让客户好。如今这黄金杠杆交易，危险太大！搞不好，进去就是死。"蒯国祥显出了顾虑。

"吃人嘴短，拿人手短，谁让咱们靠着人家呢？"李思本好像颇为体察方唯一的苦衷。

"话不能这么说。大家凭能力入股，张老师也是联众金银股东，也参与分红，他做些贡献是应该的。至于拉黄金户，是他自己的问题，出于朋友帮忙是一回事，但我们不欠他的。"王冬青说完，众人纷纷点头，表示赞同。

方唯一缓缓地说："现在不谈这些，进驻时，我答应给他拉黄金户。从大局讲，与他合作，除了经济利益，还有社会效益。比如说，咱们经纪人向客户推荐基金，总爱说张老师是如何肯定基金的，可卖基金是我最早提出的，怎么从来没人提我啊？"

"提也没用，好多客人不知道您。"李思本顺嘴说道，经理们迅速低头强忍着笑。

方唯一瞪了他们一眼，接着说："况且，有些人生性就爱钻黑道，不拉他来华歌，他也会去别处。我现在说一下选择客户条件：精力充沛的；有钱的；赌性强的；自以为有点知识，其实属于半文盲的；或者以为自己有慧根，渴望一夜暴富的；一心渴望攀登交易险峰，想成为中国索罗斯的；还有那些把钱不当仆人，当主人，要钱不要命的。有了潜在客户，最后由我面谈。"

蒯国祥敲门进来，身后跟着一个面色惨白，戴着深度近视镜的男人。

"您想做黄金杠杆交易？"方唯一试探地问。

"当然啦，要不干嘛来呀！告诉你，我很忙的！"方唯一咽了口吐沫，还是耐心地问："你了解它的风险吗？"

"不要和我谈风险，这是对我的侮辱。告诉你，今天来，就是踢张宏伟场子的，我要赢得他只剩下一条裤头。"

"你不要这么看我，以为我讲疯话！"方唯一赶紧换成恭敬目光，看着这个神经兮兮的主。

"我精通葛兰威尔均线理论、艾略特波浪理论、江恩周期理论、威廉姆混沌理论。我可不是纸上谈兵，从咖啡期货、到327国债，都有我的身影。听说过爱德华-李费佛吗？"

方唯一连忙点头，"您是说被华尔街称为'投机小子'的李费佛？"

"哪还有谁？我就是他在中国的转世投胎！"面色惨白的男人脸上泛起了红色。

"李费佛最后破产，自杀在男厕所了。"方唯一小心翼翼地提醒他。

"小蒯，带我去开户，马上入30万，别在这儿瞎耽误工夫。"

方唯一暗想，此人和张宏伟，日后肯定有一个会输到裸体的，想剩下裤头，那他妈是奢望。

"方总，我知道你人好，不用劝我，大妈还能活几天啊？老头子留下一大笔钱，就走了。儿女在国外，每月还给我汇款，花不完。一到晚上，股票也没了，我就整宿整宿地失眠。思本一说，有24小时黄金交易，可把我乐坏了，多了不入，就20万，只当解闷了。"

方唯一目送老太太走出房门，李思本紧跟其后，还在絮絮叨叨地说着什么。

一个精明的生意人，坐在他对面，方唯一强打精神，听着他掏心掏肺。"做这么多年生意，我早烦透了！工商、税务、合作方全得哈着，都得陪着小心，带着谨慎。每次结账，就像过鬼门关。我就想找一个发财靠自己，万事不求人的事干。"

"你连股票都没做过，风险会很大的。"方唯一想做到问心无愧。

"一开始少投点，慢慢学，不会比做生意难吧？不会比考大学难吧？我当年可是我们县的高考状元！"生意人说。

"投入不要超过闲置资产的10%，最好再买40%的基金，做到资产平衡配置。"方唯一说。

"我早就看出你们想推销基金，对不起，我不买，我就不信那些基金经理真比我强。要是赔钱，还不如我自己赔呐！03年的时候……"

方唯一只想让眼前这个人立马滚蛋，去体味他人生中即将开始的"反转"。

第二十章

"方总，置办家当了！这得花多少大元啊？"张宏伟像狗似的，围着方唯一新买的办公桌椅来回打转，不怀好意地审视着。

"一共250，昨天从清河旧货市场淘换的。"他想到张宏伟硕大的办公台，看着自己的"丑小鸭"，不禁有些局促。

"这迷你老板椅是革皮的！怎么老往右歪呀？"张宏伟说着，用手把椅子扶正，一屁股坐上去。"哎呀，还得自己控制平衡呐，不错，省得你用脑过度，小脑萎缩。"

"给我起来，坐坏了吧，用你的赔我。"方唯一哄苍蝇一样哄着张宏伟。

"看看咱们的胜利果实。"张宏伟将一摞白纸用力摔到桌上。

"客户赔了这么多钱？"方唯一快速翻动着十几页纸，看着盈亏栏一组组四位、五位的负数，顿时直感揪心。

"这回知道我小系统的威力了吧？最少的亏损20%，最多的亏损70%，盈利的只有一个，赚了5%。平均亏损50%多。"

"我拉进来150多万，一个月就被消灭70万？两个月不就死悄悄了？你对系统做手脚了吧？"方唯一从揪心转而成为震惊。

"扯淡！你自己算算，如果股市暴跌，股民一个月亏损10%，正常吗？"方唯一看着张宏伟点了点头。

"这月黄金从640到昨天最低570，绝对跌幅超过10%，本金放大5倍，就得亏这么多。要不是你老给他们讲风险，本金放大25倍，全把他们嗦哈了。有这么大利润，谁还在系统上做手脚，那也太蠢了。记住，犯法的事，咱从来不干。"张宏伟振振有词。

"再说了，这70多万，又不是我一个人的，还分你10万手续费哪！"张宏伟抢过十几页纸，在交易手数统计栏下戳戳点点。"看看！260多手，一手你提40，是不是十万多？"

"客户净多单，你根本没在海外对冲，他们赔的钱都被你赚走了是吧？"

张宏伟看着方唯一，朗声大笑："你太可爱了，我知道他们做错了，为什么还要对冲？记住，我只对冲风险，不对冲利润！你还要记住，当今中国，能和我在盘面上对赌的，最多也超不过5个人。"

方唯一虽能言善辩，此时竟一句话都说不出来。他觉着被张宏伟愚弄了，但他也赚了10万元；可是说他没被愚弄，客户是他拉进来的，张宏伟却巧取豪夺了60万，而他只不过是个廉价的帮凶。

方唯一仍顽强地露出笑容，听着张宏伟兴奋地神侃："你的客户比你还可爱。我通过交易系统发现，他们经常凌晨两三点还在看盘、交易，唯恐我们挣得少，唯恐自己死得慢。那个精通各项'歪理邪说'，扬言要踢我场子，要我输掉裤头的'自大狂'，就他亏了70%。昨天凌晨一点多，在黄金最低点570，居然把多单全平了，结果刚平完，黄金就勃起了，那时正是夜深人静，我好像听到行情抽了他两大嘴巴。在交易学上，这就叫恐惧阻断正常思维。"

张宏伟咽下满嘴吐沫，继续绘声绘色地说："这系统就像飞速旋转的火车轮子，客户就像放在轮子上的小白鼠。轮子飞转，白鼠疯似地跑啊跑，随着行情'哒哒哒'地变化，他们不停歇地交易，结果就两个：咔嚓！让轮子碾死，血肉模糊；哎呀！自残累死，血枯精竭。"

张宏伟说着，歪了脖子，吐出舌头，两手做爪状缩于胸前，逗得方唯一也乐了起来。

"在这个行业，客户盘面亏的钱叫死尸，如果不打造自己的平台，你怎么能吃到死尸？"方唯一笑了笑，算是对他的回答。

但随着张宏伟关门离去，方唯一迅即收敛笑容。自造反以来，他第一次无心谈客户，只想不停喝水，去熄灭那燃烧的闷火。60万！那是近4000万基金销售量，够20人卖一个月了。难道自己真是一个只会卖的笨蛋？难道这个昔日的天之娇子、今日的名人专家就天生比自己强？而我只配去做一个下贱的帮凶？方唯一感到痛苦，是因为无力抗争的屈辱？还是因为争强好胜男人特有的妒忌？他搞不清楚，但确实有一种和着痛的苦在深深折磨着他，使他额头一层一层地出汗。

慢慢的，用屈辱的干柴点燃的妒火在悄悄熄灭，额头也由热变凉，方唯一开始正常地思考问题了。

他不能终止和张宏伟合作，现在他没有这个实力；可他也不能再助纣为虐，继续做一个下贱的帮凶。难道去和张宏伟谈条件，分赃客户的"死尸"？从助人理财变成助人破财，良心上过不了这个坎。自己操刀，代客理财，与张宏伟对赌，方唯一实在缺乏这份自信。自知之明无声地说：你盘面这点本事也是和张老师学的。他觉着难，更体会到了恨，恨张宏伟这个混蛋出题如此刁钻。

对！我就以子之矛，攻子之盾！

"假设60万全是净利润，你能分多少？"方唯一站在张宏伟对面问道。

"12万。"张宏伟有些莫名其妙。

"一个月70万输在你公司盘面上，联众金银拿走10万，你拿走12万，还有48万，便宜谁了？盘子是你设计的，客户是我拉的，结果咱俩全成碎催了，你不觉着下贱啊？"。方唯一观察张宏伟的表情，知道踢在了软肋上。

"上回我就和你讲了，华歌股份就是这么一个情况，你说怎么办？"张宏伟目光中流露出探寻，在等着方唯一给他铺道。

"宏伟，你这系统就是一台碎肉机，我有多少肉能往里填？为这点钱，做这个孽，你觉着值吗？"

"我也说不值！你说怎么办？"张宏伟不耐烦地说，

方唯一拖着长音说："娘子，附耳过来。"张宏伟将脑袋往前伸了伸，挑眉抬眼地看着他。

"我还为华歌拉户，但私下全交给你个人，做代客理财。客户本金不用担保，他们自负盈亏，盈利五五分账。但你分的五成里，有30%要上交联众金银，作公司收入，别忘了，你还有联众金银20%股份。像这次60万，你就拿走22.8万。"

"好吧！"张宏伟说着站起身来，"我把在公司盘面下的单子，同步在海外对冲，就不会给公司带来损失。行，就这么办！"

十一月上旬，天高云淡，阳光柔媚，王冬青新买了一辆捷达，每天早晨绕道，接方唯一上班。

"冬青，昨晚上看统计报表了吗？"方唯一问。

"看了，基金销售突破5亿了。现在合众证券经纪人又跑过来不少，没过来的，也在私下帮我们介绍客户买基金。"

"合众证券离我愈来愈远，仿佛是多年以前的事了。你们在京都证券怎么样？"方唯一问。

"我们有60多人，只用了三层的一半，还需要招人。安总让我给您带话，说恭喜您发财！"王冬青说着笑了，方唯一也笑了。

方唯一推开门，看见张宏伟站在面前，一把将他搂住，一张纸贴到了他脸上。

"看看，哥们战绩！6个客户，每人起始30万，现在变成75万。两个月，收益率150%，操作成功率接近98%，牛不牛？"。

方唯一惊喜地连说："牛，牛，实在是牛。"。

"思本、杨栋、小蒯全进来，看看我的战绩！"张宏伟大声朝外喊着，将喜报再向众人通报。

"张老师，您就是中国的巴菲特！"小蒯喜笑颜开地奉承着。

"不对，张老师是中国的索罗斯，是猎财狙击手。"杨栋更加谄媚地说。

"都不对！张老师是印钞机，手指往电脑上轻轻一按，输入了智慧，出来了人民币，不对，是美金！"李思本握着张老师那布满黑毛的手令人作呕地说。

张宏伟被他们捧得连眼仁都散黄了，只剩下了晕。

看着他们势利的表演，方唯一只觉着恶心，嘴里不住地往下咽酸水，心中暗道：要不是我的多赢方案，你们乐个屁！都他妈是只见花朵不见根的蠢货。

"宏伟，仓位平掉了吗？"方唯一不冷不热地问。

"还没有。"张宏伟仍在陶醉着。

"现在立刻平仓，把浮赢做实，我下午就和客户分红，晚上给你提成。"

"干嘛这么急？我看后面还能涨。"张宏伟不解地问。

"这就是风险控制。与其盆满钵满，不如见好就收。客户有了今天的盈利，日后即使出现意外，我也好对人家有个交代。"

"你们方总就是谨小慎微，永远都不敢放手一搏。我这次将本金放大了15倍。"张宏伟依然笑说着，但看见方唯一已显严肃的表情，和几个人败兴地走了出去。

第二十一章

"方总，打盆热水，给您泡泡脚。"方唯一正在宽衣解带，看见陈瓒端盆进来，对他嘲笑着说。

"嗯，小陈啊，放下吧，是30度的水温吗？领导丫丫很敏感的。"方唯一故意将脸扭向一旁，不看陈瓒，拿腔作调地说。

陈瓒把洗脚布摔到他脸上。"别挣俩臭钱，就不知道自己姓什么？晚饭没有汤，就把脸甩得像门帘子。一会儿把洗脚水喝了，嫌淡，自己放把盐。"

"欺负民营企业家，是吧！唉，你姐夫的钱还了吗？"方唯一问。

"还了！他说做生意千万要遵纪守法，钱挣得快未必是好事。"陈瓒说者无心，方唯一听者有意，顿时骂道："这孙子怎么拿教育人当饭吃？一头臭猪戴上眼镜，就敢装师爷。他最大优点就是给上司溜屁沟子不怕脏、不怕累，最大缺点就是寡廉鲜耻、不学无术，最让人敬佩的是敢拿身子当酒缸。"

"就你好！拿骂人当饭吃，看谁都不顺眼。没我姐帮忙，你能坐在这屋里洗脚吗？"陈瓒气鼓鼓地回击道。

"放你西伯利亚大臭屁……"话未说完，手机不识趣地响了起来。

"喂，远东，中国财经报道，是央视二套吧？好的，我马上看！"方唯一跳出脚盆，跑到客厅打开电视，陈瓒也跟了出来。

电视里一个女人脸上打着马赛克，对记者痛诉着："网上炒黄金，就像赌博，投10万，赔了7万，辛辛苦苦赚的钱就被他们骗走了！这么大人，老让人骗，不想活了，活着没意思，投资什么，什么失败，我不想活了！"

电视里又出现一个律师，声称经手过上千案子，做过多家期货公司法律顾问，有名有姓有单位，脸上没打马赛克。"我查阅了大量关于黄金的法律法规，终于发现了问题。这些黄金公司就是挂羊头、卖狗肉，它们做的是百分之百的期货。"。

另一个女受害者出现在屏幕上，脸上也打着马赛克，更加悲痛地控诉："我在一家黄金公司赔了45万，到另一家又赔了8万。我用了我妈妈养老的钱，她80岁了，我和我妈妈的积蓄全这样一步步赔进去了，血本无归。我觉着黄金投资有黑幕，我要打击这些骗子公司。"

记者嫌她还不够苦，在旁边提示问："你跟妈妈挤在一块住吧？"

女受害者："那是妈妈要买房的钱，我生活一下子垮掉了！"

节目继续播出着受黄金公司坑害的受害者名单：北京王先生，亏700万；贵州龙先生，亏600万；杭州某大学教授，亏250万；杭州某地产商，亏160万。

方唯一关上电视，心里七上八下，有些忐忑不安。"张宏伟干的也是这种勾当吧？你帮他拉户啦？"陈瓒明显露出了担心。

"拉了6个自己做的，赔了很多钱；还有6个，交给张宏伟代客理财，赚了很多钱。"方唯一说着又感到一丝宽慰，暗自庆幸没给张宏伟多拉户。

"黄金公司做的是期货吗？"方唯一诚恳地向陈瓒请教。

陈瓒思索着说："我没接触过这方面的案子，说不好，这要看法条对期货有没有明确的定义与界定。"

陈瓒看见方唯一眼中流过一丝失望，神情严肃地说："几年前，你将一个客户的400万委托张宏伟做股票，最后就剩下120万，没忘吧！人家差点要你的命，他倒好，跟没事人似的，跟你说过一声对不起吗？"

这件事方唯一不可能忘。事情发生后，客户狠狠地对方唯一说："孙子，就两条路，一是还钱，二是断你丫手，自己瞧着办！"。

方唯一拿出代客理财合同，提醒客户冷静，合同清楚地写着：客户资金风险自负。

客户冷笑地说："合同要是能把问题全解决了，还要法院、警察、黑社会干吗？"。

几天后，在客户定好的饭店房间里，当方唯一带着10个道上的朋友进屋，客户和他带来的3个人立马晕菜了。为首的曾哥指着客户鼻子说："唯一是我兄弟，以后有事找我，不许再找他！他要是少根毛，我灭你全家，让你有命挣，没命花。你信不信？"

客户舌头打着卷说："他和一个姓张的赔了我几百万。"

曾哥当场将客户脖子搂在臂弯里夹住，阴冷地问："我挡横，不挡钱，唯一按合同欠你钱吗？"。

客户咽了几口吐沫说："不欠。"

曾哥松开手，又照视着另外3人，他们识相地低下了头。"还有什么想不开的，到华高宾馆三层找我，我姓曾。"曾哥说完，和方唯一等人摔门而去。

事后，方唯一从未向张宏伟提起过。按着合同，张宏伟确实无需承担什么；同样，张宏伟也未再谈过此事。只是方唯一经常想到曾哥的话："唯一，以后和那姓张的打交道，你可要醒着点！"

第二天早晨，方唯一刚走进公司，就听到张宏伟在怒吼："你还有没有点契约精神？"。

杨栋上前低声说："咱们拉的一个客户，昨晚看了央视节目，一早就来了，正闹着要赔钱呐。"

方唯一点了下头，径直走进张宏伟办公室，只见他满目怒气，脸带赤红。客户回头与方唯一打了个照面，方唯一认出，就是那个想从今后发财靠自己，万事不求人的主。

"姓方的，是你拉我上贼船的，你也别想脱干系！"客户黑着脸叫道。

"有话好好说！别和我玩恐怖主义，否则我请你出去。"方唯一说着，脸也变了颜色。

"两个月，我在这儿20万变成8万，让你们骗走12万！电视台已经把你们这类骗子公司曝光了，律师说你们这些公司是非法的。谁批准你们开黄金期货了？赶紧把12万还我，否则我也去公安局告你们。"

"我刚才给你讲了，认定我诈骗是人民法院的事；认定我搞黄金期货，是由国家行业主管部门裁定的；电视台和律师说什么全是扯蛋。律师说黄金杠杆交易是期货，你让他拿出对期货的司法解释来，有吗？"张宏伟说着，两手一摊，对客户的蔑视之情溢于言表。

"你们不是骗子，为什么那么多人都亏损累累？为什么我两个月就赔了12万？"客户义正词严地质问。

张宏伟扑哧给气乐了，用手拍着桌子说："混蛋逻辑！要按你的话演绎下去，股民在股市赔钱，证券公司是骗子；期民在期货公司赔钱，期货公司是骗子；你炒楼花赔了，房产公司是骗子；你买基金赔了，基金公司是骗子。哪条王法规定，你们只能赚、不能赔！你下的单子，就是对黄金价格变化的主观判断，判断对了赚钱，判断错了赔钱。你有没有在我这儿判断对了，结果赔钱的证据？如果有，我愿意受罚。如果你不愿为判断失误承担损失，在这儿无理取闹，第一我鄙视你，第二我请你立刻出去。"张宏伟说完，起身面对着玻璃幕墙看着外面，不再搭理客户。

"谈这些，我说不过你，不过我告诉你们，别以为我是外地人，就好欺负，我在公安也认识几个朋友。你们给我拿钱。少找麻烦。"客户摆出了誓与金钱共存亡的态势。

"立马给我滚蛋！你是流氓吗？就跑这儿装流氓来了，你再敢侮辱人民公安，我现在就他妈抽你。"

客户这才发现方唯一不是一个只动口、不动手的君子，假流氓碰上了真流氓，起身窜出了门，丢下了一句话："你们等着，这事没完！"。

方唯一和张宏伟重新坐下，四目相视。方唯一点燃烟说："宏伟，黄金杠杆交易确实太狠了，有点缺德。"

"你也是一农民！请记住，这根本不是道德问题，它是法律问题！是交易技术问题！我们传统思维的最大缺陷就是忽视法律、淡化技术，逮着点事，就先去抢占道德至高点，然后再去找坏人，结果呢，关键问题统统被掩盖了。电视台怎么就不问问那些怨妇，你有什么本事去做杠杆交易？为什么用你妈的养老钱去博弈？你要为投资失败承担什么责任？这才是新闻媒体应有的客观角度，这才是真正教育投资者。"

"行啦！你丫这碎肉机的制造者，也腆着脸在用道德乔装打扮了。法律缺失，道德自然就会填空，评判角度是否正确并不重要，关键是要它存在。受到道德舆论刺激，法律才能补缺，所以我估计政府很快要出法了，你还是想想下面怎么办吧！"方唯一说完，吐出一个烟圈。

"流氓不可怕，就怕流氓有文化，你当初怎么没上大学啊？"张宏伟双手揉搓着略显浮肿松弛的双颊，调笑着方唯一。

"少扯淡，说正经的！"方唯一最讨厌别人拿大学说事。

"你说怎么办？"张宏伟看着他。

"首先停止开新户，不能和社会舆论对抗，那是要吃亏的。其次，立刻开展实物黄金业务，力争把其做大；否则，工商来查，你全是买空卖空，一克实物黄金交易没有，你不是开赌场的，是什么？说你丫挂羊头、卖狗肉一点都没委屈你。最后，等待政府相关法律出台，再伺机而动。先让那些要钱不要命的傻帽去试炮，等他们为道德或法律祭了旗，我们才能成为社会栋梁。"

方唯一说完，静静地看着张宏伟。自从昨晚曝光节目后，他就有了主张，只要张宏伟去做实物黄金，就必然更加依赖他的销售；而他在业务上，也多了一条腿，为应付未来股市走熊，做好战略上的准备。

张宏伟沉思着说："流氓不可怕，就怕流氓有文化。方唯一你怎么当初没上大学啊？"。

方唯一二话没说，将烟头捻灭在锃亮的漆木台面上，急得张宏伟扑上来又吹又掸，"臭流氓！土匪！"

门突然开了，张浩神情阴郁地闯了进来，并说道："宏伟，和你谈点事。"方唯一看了他们一眼，很识趣地走了。

第二十二章

深夜，方唯一躺在床上，眼前又闪现出张浩紧张忧郁的神情。华歌黄金是不是出事了？方唯一惴惴不安地想着。下午他两次去张宏伟办公室，无意地东拉西扯，而张宏伟神情黯淡，心不在焉，对张浩与他谈的事，只字未提。这就更加重了方唯一的好奇与担忧。

他拉了300万客户资金，放在华歌公司账上，就像是幼儿手中捧着一件贵重瓷器，方唯一时刻担心意外发生。每想到此，他嘴中都会默念着："不会的，不会的。"好似得到了神灵护佑，以使心灵折磨得到缓解。

渐渐地，意识开始模糊。他身处一片有限而无边的黑色雾虚之中，快速地向上升腾，他感到失去了自身重荷，身轻如絮，这是去天堂，还是去地狱？意识清晰地回答他：我都愿意。那就向上飞吧，千万别停，千万别游离出这黑色雾虚的包围！他感悦这种从未体验过的，没名没姓、没牵没绊、无想无欲无目的、无累无赘无拖挂的自由。

朗天白云之下，水面宽广无际，飘荡着一柳狭长小舟，张宏伟在前，方唯一在后，人各一浆，奋力地向前划着。张宏伟不时回头对他描述着，描述目的地—— 一个目所不能及的岛屿的神奇与美丽。

正在方唯一半信半疑之间，波涛突起，摇撼跌宕，水面骤然汇聚猛浪，向着小舟扑朔袭来，拍碎在身上、脸上。方唯一喘不过气，睁不开眼，死死地攥住船帮。透过眼帘水幕，模糊间看到张宏伟依旧拼命往前划。他油生敬意，伸手欲抓挂在船舷上剧烈摆动的浆，一个巨浪，将他掀入水中，方唯一使出浑身气力，伸手去抓船帮，船反而快速前冲。张宏伟回头侧目，瞬间对视，他目光中只有冷漠，没有怜惜。方唯一想叫张宏伟救命，可是一波波巨浪的冲打，使他发不出丝毫声息，方唯一意识到在下沉，在水的世界里，在奋力挣扎中下沉……

方唯一在惊恐中醒来，松开握紧的双手，浅层的梦忆，仍然向他传递着恐惧，久久不能挥去。好像就是从这恶梦开始，方唯一发现，即使在熟睡时，他两手也是紧紧攥握着。只有在晨曦中醒来时，在醒与睡的恍惚之间，才淡淡地意识到双手紧张后的疲惫，每每此时，方唯一总会默念一遍：落水的不会是我。然后是稍瞬即逝的沮丧。

第二十三章

2006年圣诞前夜，方唯一刚走出星空大厦电梯，恰巧迎头碰上从外面回来的张宏伟。他像见了救星，急火火地拉住他，就朝大厅一侧的咖啡厅走，嘴里不停地说："我紧赶慢赶往回跑，就怕你走了。"

说话间，张宏伟把方唯一按坐在咖啡厅藤椅上。"元旦前，你给我找500万，一定要快! 公司大股东要撤资，催钱呐!"张宏伟急不可耐地说。

"我们家印钞机坏了，年前修不好。"方唯一向后闪了闪，躲避张宏伟喷过来的吐沫星子。

"别他妈瞎逗，我说的是正经事!"张宏伟真的急了。

"股份只能转让，不能撤出，你不会不知道吧? 不给丫钱，他能怎么着?"方唯一也正色起来。

"不是那么回事! 唉，告诉你吧，这大股东是外地一家国企厂长，这笔钱，是他挪用的公款。央视曝光黄金公司后，他立刻提出撤资，我就一直拖着。现在他们系统年前要搞财务稽查，他急了就跑到北京，一下午，逼着我们三个股东给他拿钱。钱不回去，要出事的!"

方唯一终于明白了，明白了那天张浩神色阴郁地进来，和张宏伟说的是什么事情了。

"发什么呆呀! 快想招啊!"张宏伟不住地搓手，催促着。

"你公司没有钱啊?"方唯一问。

"我告诉你实情：大股东投了500万，我放到海外300万，做黄金杠杆交易，现在赚了100万，可是这笔钱，几天时间我根本调不回来。当初还留200万在公司，7个多月，人吃马喂，现在公司资金加客户资金只有350万，凑不够数! 你帮我找500万，这个坎就过了。"张宏伟不停地给方唯一拱手作揖。

"一个多月了，你为什么早不急? 为什么还花30多万买车?"方唯一埋怨道。

"车是在央视曝光之前买的。我最近一直在找钱，你知道吗？我不是也一直逼你开黄金户吗？你孙子就是按兵不动。"张宏伟拿着没理当理说。

"以你代客理财的名义，我再给你拉500万。但你必须保证我所有客户本金的安全，特别是代客理财资金你只能赚、不能赔。如有闪失，我可不认华歌，就找你说话！"方唯一注视着张宏伟，他忙说："我明白你的意思，接着说。"

"另外，代客理财盈利部分和客户依旧五五分账。过去你拿赢利五成的70%，以后你少分20%，上交联众金银。最后，你要投入300万，用于生产实物黄金。"

方唯一话音未落，张宏伟点头如捣蒜："没问题，绝对没问题！唯一，等我把股份收回来，送你华歌10%的股份。"

"谢谢您了，自己留着吧，我受不起。"方唯一说着，脑中却想起那一柳狭长小舟和跌宕摇撼的水面，以及扑面而来的巨浪。

第二十四章

元旦刚过，新年伊始，万象更新。第一天上班的早晨，员工们相互寒暄问候，互相逗笑祈福，乱成了一片。

方唯一今天心情特别好，先监督保洁员将室内边边角角仔细地擦拭一遍，又对贺英吩咐道："把楼道里的绿植给我搬进来。"

"您是说电梯旁边那盆巴西木吧？"

方唯一冲她点了点头。

"那是大厦物业的。"贺英不安地说。

"你别管，叫人快搬，就是一个景，放哪儿看都一样，搬进来就是我的。"方唯一不容置疑地说。

贺英撇着嘴只好照办。两个经纪人弯腰哼哧着，拖拉着硕大的青花瓷盆，将巴西木安放在墙角。

方唯一坐着不坐就歪的椅子，观赏着绿植，忍不住亮起歌喉："贺新年祝新年新年啊年连年，爆竹声声催人想幼年。贺新年祝新年新年啊年连年，岁月悠悠光阴似箭。回首往事如烟痛苦心酸，期望从今万事如愿！"

方唯一突然哑了音，他好像听见了门外经纪人的窃笑声，但是兴奋却无法退去。当几天前陈瓒告诉他，童言今天要介绍客户来买基金，他就默默地期待着。到了昨晚，他居然像第一次相亲的姑娘，煞费苦心地考虑着打不打领带，打哪条领带，这个问题使他在床上辗转反侧。

方唯一和童言最后一次网上笔谈，至今已10月有余，间或也有想起，但也只是瞬间一闪。公司刚起步，就像轨道上一只孤转的独轮，如不禅心竭虑，就会倒地脱轨，使其无暇他顾。即使方唯一偶欲与童言联系，但马上就想到陈瓒，顿时勇气全无，只能作罢。

随着敲门声响起，方唯一立刻平衡座椅，假意于专注电脑，轻声答道："请进。"

"方总，我给巴西木浇点水。"贺英端着水杯走了进来。

方唯一顷刻松弛下来，歪坐在椅子上，朝贺英不耐烦地点了点头。

方唯一看看手表，快十点了。敲门声再次响起，他瞬即向前附身拿起了电话，另一只手搭扶在键盘上，音道里发出磁性而柔和的声音："请进。"

门缝里伸进张宏伟的扁脸。"真他妈败兴，你进屋从不敲门，装什么装？"方唯一骂着。

张宏伟没羞没臊地笑道："我不是怕你屋里有客户吗？唉，听说你今天早晨发情来着，我靠！你怎么把大厦的绿植搬进来了？"

"宏伟，你迟到不是一次两次了，我们当领导的要给下属做榜样，这次就不惩罚你了，你赶紧回去办公，我马上有客户来。"

张宏伟刚要狡辩，贺英已推门走了进来，身后跟着童言和一个高大的男人。

方唯一撇下张宏伟，连忙起身招呼童言。张宏伟留意地看着童言，在贺英示意下，他才走了出去，贺英关上房门，阻断了张宏伟贪婪的目光。

童言笑盈盈地为方唯一介绍："这位是高又大房产公司的公羊老总。"

方唯一显然没有听清，童言再次指着身边颇显伟岸仪表堂堂的男人补充道："我的朋友复姓公羊。"

公羊老总没有理会方唯一的招呼，器宇轩昂在屋里溜达了两步，环视着房间连声叹道："这也算老总办公室？太小、太矮，太不人道，你背后还有一大面玻璃墙，这是风水上最忌讳的，俗称：后背无靠，坠落明朝。"

方唯一直感晦气和无奈，与童言相视，他们脸上不约而同挂上了红晕，两人径自坐下，又都抬头藐视着公羊老总。

"你姓什么？"公羊老总居高临下地看着方唯一问道。

方唯一低下头，翻看着电脑，漫不经心地说："单姓，方。"

"方，买基金能赚钱吗？"公羊老总问。

"能，弄好了，一年之内翻一倍。但要看你具体买什么，什么时候卖。"方唯一仍然头也不抬地说。

"方，把话说透了好吗？"公羊走过来，在童言旁边坐下。

"你们搞房产开发，做的是关系。政府有朋友，就能拿地；银行有朋友，就能贷款。我们这行也一样，基金公司有朋友，证券公司有朋友，政府有朋友，剩下就是发财了。多了也没必要明说，这方面你应该是专家。"方唯一不卑不亢地说完，直视着公羊老总。

"行，方，靠谱！你要一上来，就和我胡诌八咧地分析宏观经济形势，告诉你，我扭头就走，说明你根本不上道。"

"真人面前不说假话，本来就是窗户纸一捅就破的事，何必故弄玄虚。"方唯一笑着说。

"童言，你说我买多少？"公羊笑嘻嘻地问。

"我哪知道，问你夫人去。"童言清脆地说着，起身走到了玻璃幕墙前，看着窗外。

"方，我从来没碰过基金，先买500万，试着玩玩。"公羊说着话，从桌上抽了张纸巾，擦着无名指上硕大的钻头。

"好吧，我派个经理，陪你去证券公司，买什么基金，我会告诉他的。"方唯一说完，冲着外面就是一嗓子，喊来了杨栋，详细地吩咐着。

门猛地开了，两个物业工人挤了进来，看着巴西木大叫："谁把我们绿植搬这来了！"

方唯一羞得满脸通红，张口结舌，"是贺英搬的，她没去和你们经理说啊？"杨栋装傻充愣地打着圆场。

"跟谁说了！"说着话，两个工人已将绿植抬出了门外。

公羊此时捡着乐了，哈哈大笑，冲着童言说："跟我买基金去吧，小心方总把你也偷了。"

方唯一看着童言无言以对，童言也望着他，大方地笑了笑，方唯一握住童言伸出的手，只听她低声说："来日方长。"就已转身随着公羊、杨栋关门而去。

方唯一呆望着搬空的墙角，就像牙齿被拔掉，空留着牙床在隐隐作痛。

第二十五章

昨天的不快，就像水面浮萍，已飘离远去，方唯一转天走进办公室，像以往一样，麻木地从包里拿出笔记本电脑。他突然愣住了，凝视着墙角一株心叶藤青绿茂密，仿佛才被野蛮拔掉的牙齿，如今又完好依旧地长了出来，心头涌动着惊喜。

忍不住近前细看，片片心形翠叶相互重叠，伞形匀布，往复其下，像自然生命的排比，抒发着安好的宁静。

"贺英，贺英！"方唯一冲外大喊。

"什么事？"贺英跑了进来。

"哪来的？"方唯一问。

贺英眼中流露出暧昧，腻笑着默不作声。

方唯一顿时有了不祥的预感，气急败坏地大叫："你买的？谁让你花公司的钱了！"

"不是我买的，送花人说一位小姐订的，不知道名字，只说'来日方长'，您就自然明白。"贺英说完，看着方唯一转怒为喜，不屑地撇撇嘴，又说道："昨天物业搬花，是张老师指的道，他对找花工人朝您这屋努嘴来着。"

方唯一无意理会这些闲事，看着朵朵心叶，好似一只只含笑的眼睛，心中充满爱意。

"你可真成，又偷了一盆？这都快成贼窝了。我们公司现在的口号是：防火！防盗！防方总！"张宏伟立在屋子中间，大大咧咧地说道。

"一位小姐送的，就是昨天让你乱了神的那小姐，送我的！"方唯一歪坐在椅子上悠然地说。他真切地感受到能够满足虚荣心已是乐事，如果再能以此气气张宏伟，那真是乐上加乐。

张宏伟狠狠地"呸"了一声，说："别妄想了！给我也偷一盆，要不然我去物业举报你。"

"明天给你搬块大根雕，既能观赏，又能蹭痒痒，特解闷。"方唯一笑说。

张宏伟却严肃地说："你要管管贺英，和那几个经理，太不像话了！天天在写字间里贼眉鼠眼，见什么拿什么，签字笔、胶棒、曲别针、复印纸整摞整摞地顺。上回郝丽慧刚买了两本会计账册，一扭头就没了，气得她跟我说，方总可以率领工农红军，但不能把华歌当国民党啊！我也说了，上梁不正，下梁歪，别和他们一般见识。"

"你顺过东西没有？"方唯一问。

"没有啊！"张宏伟不知所云地看着方唯一。

"股东都要为公司添砖加瓦，你为什么无所作为？"方唯一理直气壮地质问他。

"去你大爷的！我堂堂经济学家给你偷东西去！再说了，我给联众金银可没少尽力。"张宏伟说着掏出一张纸，扔给他。

"你搞这个变天账什么意思啊？"方唯一将打印着密密麻麻账目的纸扔到桌上，此时，他像一只准备决斗的公鸡，浑身乍起了毛，已经没有了丝毫玩笑的意味。方唯一心里清楚，张宏伟做足了功课，有备而来。但他还是不明白，张宏伟到底要干什么？

张宏伟拿起纸，端详着，字斟句酌地说："昨晚上，郝丽慧发给我一份数据，我仔细看了一遍。从你到这，将近半年，贺英每月1500工资、房租、电费、物业费、饮用水、电话费、你们员工饭票、还有人员招聘费等等，林林总总，我贴给联众金银32万。你知道，我平常稀松惯了，但是谁看见这个帐，都会触目惊心啊！"

方唯一强压怒火，默不作声。他心里明白，这不过是经济学家在制造舆论，排列铺垫，他等着张宏伟掏出最后的结论。

"唯一，联众金银白手起家，确实不易，你和手下平日喜欢占点小便宜，我也理解，但老这么下去谁受得了啊！"张宏伟倍显为难地倾诉苦衷，又冲着他抖了抖手里的账单。

方唯一紧绷着脸，就是死鱼不张嘴，摆出一副愿闻其详的架势。

张宏伟只能接着说："联众金银早是今非昔比，除去每月分掉70%利润，账面上也积累100多万了。唯一，我们以后各项费用分摊，亲兄弟明算账，贺英一半的工资我也不出了，你们员工饭票，让他们自己去餐厅买。"

"你们公司大股东撤资了吗？"方唯一盯着张宏伟，冷冷地问。

"500万给他了，正在办股东变更手续。"张宏伟小声说。

"华歌股份怎么分配？"方唯一继续发问。

"除了张浩，其余两人的股份都归我。但这和我说的是两码事。"张宏伟辩驳道。

"恭喜啊！张老师一分没花，就占有了华歌80%股份。你不感谢我的无息融资，也就算了，还他妈过河拆桥。要没我给你拉了500万代客理财，你有今天吗？我再问你，你给联众金银投过一分钱吗？拉过一个客户，谈过一个客户，卖过一分钱基金吗？联众成立以来，你每月分红累计过百万了吧？别忘了，我股份只比你多10%，咱俩要换个位置，你不觉着冤死了？你这个账单，是当初我们在咖啡厅的约定，忘了你说丧权辱国，我说你是左兜挪右兜，左右逢源，立于不败之地了吧。"

人家都说方唯一是火爆脾气，最不能忍。他自知不是，他是能忍的，只不过是他反应神速，并且轮到他出手时，决不再给对手留有任何生还余地。

"你说话太伤感情，别拿道德鞭子抽我。现在情况和半年前发生了本质的变化，利益要重新摆正，你不能总吃我吧？"张宏伟变得沉痛起来。

"你再出个方案。不过要明白，我能把钱拉进来，也就能拉出去，你的防护能力不会超过合众证券吧？"方唯一使出了杀手锏，直逼张宏伟心脏。

"房子你无偿用到5月31日，日常费用我先担着；但贺英工资、招聘费用我不再付了；每月再负担500元饭票。联众金银的事你让我做什么，我会接着干。另外，我在顶层又租了写字间，华歌黄金下周就全搬上去，这里除了保留一个办公室，其他都给你用。记住了，5月31日之前，你不交租子，房东到点就轰你。怎么样，哥们够意思了吧？"

方唯一用鼻子哼了一声，张宏伟起身，两人勉强笑着，握了握手。张宏伟说了句"操蛋！"就走了。

方唯一望着心叶藤发呆。他不知道，如果童言看见他刚才为了利益，和张宏伟咬得死去活来的嘴脸，又会作何感想，只觉得胸闷惆怅，长长地叹了一口气。

第二十六章

明日复明日，明日何其多。我生待明日，万事成蹉跎。我若终被明日累，不如今日了心魔。

两周后，方唯一经过几次三番思想斗争，又依仗现成借口，拨通了童言电话。听到她悦耳的声音，方唯一心中撞鹿，经历了短暂通话，他像完成了一场短道速滑。

次日下午，方唯一如约来到亚运村咖啡厅，他挑选了一处可以看到门口、临窗而僻静的位置坐下。方唯一仰头对视着窗外冬日西陲的暖阳，禁不住眯上双眼，视网里笼罩着红尘，在迷离炫目间，眼前出现了朦胧素裹的银白，影像渐渐放大清晰，夕阳的余晖在她笑脸上流溢。

笑已经从不施粉黛的脸上逝去，悄悄躲进了双眸，方唯一凝视着童言充满笑意的眼睛。

"别傻看了，不认识啊！"童言被他看得有些不好意思。

方唯一有些发窘，情急之下，摸出一张银行卡，放到她面前。"你帮我介绍客户的佣金，5万元。密码……"

"你知道，我不是为了钱，又何必多此一举。"童言说着，将银行卡推了回去。"请我喝点什么？"

"对不起，想喝什么？"

"韩国蜜柚。"

蜜柚汁在精巧的玻璃杯中散发着香气，童言端起来小口地喝着，掩饰着两人突然相对独处，而带来无言的语障。

"上回那只公羊是你朋友？"方唯一首先打破了沉默。

"我父亲是他法律顾问，他经常去家里找父亲。我知道你讨厌他，不过他很能干，和你差不多大，资产都过亿了。"童言微笑地说。

方唯一感到被蜜柚汁重重地烫了一下，连忙放下杯子，说道："不是养蜂的能干，只怪蜂傻蜜多！"

"你什么意思啊？"童言俏皮地问。

"开发商就像养蜂人，他们盖起一幢幢大楼，单元房好似一个个蜂窝；买房者好比一只只小蜜蜂，从早到晚，不知疲倦地采蜜，成年累月地将劳动果实取三缴七，去供养天价蜂窝；养蜂人贪婪吞食着小蜜蜂的甜蜜，终有一日，蜜蜂觉醒抗争，群起而攻之，会蜇死这些养蜂人。今日所谓的能干，就是明日的孽债；今日掠走的蜜，就是明日挤出的脓。"方唯一说的激动，已是双颊飞红。

童言虽然听得愉快，却不失挖苦地说："你倒像只大马蜂，因妒开悟，披着正义的外衣，怀揣着不予人知的心事，露出刺的锋芒，不惜全力地想蜇死那只公羊。告诉你，他是我表哥。"说完，竟抑制不住地笑了起来。

方唯一被她笑得又热又燥，心中直呼冤枉，一个久经善战的老泡，竟被这个女孩搞得颜面扫地，只怪自己小气，中了她圈套。一翻口舌卖弄，却招来一通奚落，此时只想找块湿乎乎的腻子，贴在脸上为自己补差。

"我这嫉妒的病根，是打小酿造的，老师和爹妈的鞭策是上等酒糟。他们从不表扬你，专爱剔骨挑筋地找出你所有缺点，然后再用排比方式逐一罗列，用张三、李四、王二麻子的优点来刺激你、折磨你，一文一武地帮助你。我当年体能和智商均属弱势，受了大人欺负，无法排解，只能忍受，任由它发酵，酿出一碗高纯度的麻药，就是嫉妒！喝下去，过瘾！品尝着隐秘中的焦躁，焦躁中的愤怒，愤怒中的残忍，残忍中的觊觎。"

"不知曾几何时，酷爱自设战场，自设假想敌，专找比自己强的，自惊自扰，自责自困，自闭自虐。结果还嫌不够劲道，往麻药里又勾兑了超越的渴望、英雄的梦想，自然是旧患未除，再添新疾，染上了愤世嫉俗、感世伤生、悲天悯人的急症。总想耸立于群岳之首，谁知环顾四周早已被群山环抱。风平浪静时，是病菌携带者；稍有风吹草动，特别是听到别人成功啦，发财啦，这类事，立马犯病，怒不可遏，成了活疯子。"

方唯一停止了诉说，咬住嘴唇，盯着童言湿润的目光。她扭头看向窗外，此时黄昏正一头扎进一刻暗似一刻的傍晚，悄悄地黑了下来。玻璃上映衬出童言文静清秀的面庞，是那样生动，他们通过玻璃的折射默默地对视着。

"你永远成不了疯子，你有太多的技巧，你刚才骂公羊也是借题发挥。而疯子是纯粹的，是丧失了自我沟通能力后，信马由缰，想什么说什么，想什么做什么。"

方唯一歪着头，听童言娓娓道来，脸部肌肉开始扭曲，目光直钩呆滞，张开嘴巴微微抽搐着，结结巴巴地说："童，童言，我特想骗财骗色，你帮哥把那只公羊宰了吧！"

童言笑得俯下身，一手捂着肚子，一手指着方唯一说："叔，不许倚疯撒邪，你吓着晚辈了。"

路灯亮起，不知何时飘来了雪花，在慵懒的光芒中翩翩飞舞，"下雪了。"

"下雪了。"方唯一附和着。

"你该回去了。"童言小声说道。方唯一轻轻地应着，他觉着自己不像是要回家，而是要与她分别远行，既不知归期，又再难重逢。

"你下午去哪了？"听到陈瓒询问，方唯一连饭带菜生吞下去，回应道："去京都证券了。现在摊子铺的太大，我要到处视察工作，有事吗？怎不打我手机？"

陈瓒揶揄地一笑说："没事就不能给你打个电话？"

"上班要专心，别老想着偷情，冤假错案都是这么出来的。"方唯一说着，撕下一块鱼肉放入口中。

陈瓒乐道："少贼喊捉贼！今天童言妈妈给我打电话，说童言最近在家老心不在焉；说现在社会上坏人多，脑门上还都刻着善字，担心她被披着羊皮的狼骗了；说遇到合适的，帮她介绍一个。"

方唯一感到嗓子眼奇痒，被鱼刺卡在其中，百般吞咽，不得解脱。恼羞成怒地埋怨着："说过多少回，吃饭时少说话。"

拉链兴奋地叫起来："妈妈！爸爸被鱼刺卡着了！"

陈瓒急忙起身跑进了厨房，方唯一仰头张嘴，等着老婆给他灌醋。

第二十七章

2007年2月18日，大年初一，无论从阳历，还是从阴历算，2006年彻底过去了。

拉链早早地跑进方唯一卧室，轰他起床，方唯一握着她的小手，语重心长地说："爸爸又拿下了一年。"

"今年将是与时俱进、继往开来的一年，将是追求卓越、再造辉煌的一年，一元复始人间美，万象更新锦秀春。"张老师摇头摆尾地发骚。

方唯一冲他连连摆手，"这词太老，说得我蛋疼。要没新鲜的，赶紧回办公室继往开来吧！"

张宏伟走过来，伸出布满黑毛的拳头，神气活现地在方唯一面前来回晃动。

"你过节药酒喝多了，还没醒吧？"方唯一佯怒着问。

拳头突然张开，掌心中一枚圆形方孔的金钱，在窗外阳光的照射下，发出灿灿光芒。

"张老师，不待老这么客气的，都挺大的了，还给什么压岁钱呀！"方唯一话到手到，张宏伟早有准备，"嗖"地将手抽回，两根黑毛飘落下来，手背上留下了一道红红的抓痕。

"我靠，你他妈属狼的，回家怎么和老婆交待？"张宏伟捂着手背，怒斥方唯一。

"别老瞎逗，快给我看看！我保证不要！"方唯一伸着手不停地催促着。

"你发誓！"张宏伟不依不饶地说。

"我以人格发誓，拿金钱不还你，我不是人。"方唯一认真地举掌立誓。

"我忘了，你没人格，用陈瓒起誓！"

"我要不还你金钱，陈瓒不是人。"方唯一说完，抓住了张宏伟手腕。

方唯一端详着金钱，觉着沉甸甸的，很压手。

"全是哥们设计的，圆边方孔，取天圆地方之意。正面有黄金纯度，4个9，还有重量，1盎司；再看看背面。"

方唯一看金钱背面有4个字：华歌黄金。

"怎么样，漂亮吧！这就是我公司今年隆重推出的'华歌黄金钱'，也是我给联众金银增加的新业务——实物黄金销售，以客户购买时的金价，每克加十元费用。"张宏伟说着，将金钱一把抢了回去。

"咱们如何分赃啊？"方唯一问。

张宏伟伸出4个指头，"每克给你提4元。"他看着方唯一顿然无趣、没精打采的样子，大叫道："加工成本就3元，这里含着开模费、铸造费、运输费，你总要让我一克赚3块吧？我还负担着楼上、楼下的一切开销哪！"

"你做了多少？"方唯一问。

"500多盎司，将近三百万的货。唯一，我这可是听你建议做实物黄金，公司的钱都扑上去了，就留了50万周转资金，你可得帮我好好卖，别跟我装孙子。"

"张宏伟，咱都别装。你解释一下，我拉了680万，给你做代客理财，从上次分红到现在，三个多月，黄金从600快涨到700了，这些客户的账户你一笔交易不做！我知道，你现在是华歌大股东，你帮客户赚钱，就等于你少赚钱。但也不能太过分了，680万放贷到股市，少说一年也有68万利息，你这不是人围着利转、苍蝇围着屁转吗？"

"唯一，你要这么说，就没劲了！我是人，不是神，不是所有行情都能看出来。有500万，你是去年12月底给我的，到现在，也就两月。再说了，我只承诺客户本金安全，可没保证过盈利。你要有本事，自己做！别站着说话不腰疼，天天对我诛心，看看杠杆交易是不是你想的那么容易！"

方唯一被他噎得喘不过气来，看着电脑犯愣，思维像灯泡烧断了钨丝，着实让张宏伟给灭了一道，深感自尊心受到了极度损伤。权能压人，钱能压人，本事也能压人，活着真是不易。

张宏伟看着方唯一默不作声，又说："再提醒你一下，这房子5月31日租约到期，到时候你要自己付费用。"

"你要不说，我还忘了。"方唯一缓了神，"从本月起联众金银停止分红。"

"为什么？"张宏伟吃惊地问。

"我决定买个写字间，就在亚运村，新盖的，五A智能写字楼，lof结构，上下两层，各300平方米。房价600万，现在公司账上有将近200万，我想买前再攒够400万。"

"哪有这么便宜的房！一平米1万？"张宏伟半信半疑地问。

"就是上回让你乱了神、后来又送我心叶藤的那女孩给我介绍的，她表哥是这写字楼的开发商。你不知道，这个价钱，是她向表哥连哭带跪求出来的。"方唯一自说自话地为自己刚才的创口疗伤。

"什么时候搬进去？"张宏伟问。

"争取缴房租之前吧！"方唯一说。

"行，孙子够狠，开公司没交过房租的，你是第一人。"

"慢走啊，张老师，不送啦！"方唯一夸张地喊叫着。

张宏伟虽然出去了，但他的话像抛过来的一把匕首，深深扎痛了方唯一。这种痛在反复品味、揉摸中膨胀纠集，他也试图逃避，想通过其他事情分散注意力，抹平心结。就像个瘸子，向前起伏蹦跳，假装健步如飞。但此种努力是徒劳的，简直就是对自己变相的羞辱。允许无能，不容忍自欺，因为那是人格层面上最可耻的事情。

　　方唯一回到家时，他不仅没有消除心里的痛，反而还增添了一份恐惧。他最初设想可以和张宏伟强强联合，张宏伟借用他的销售才能，他依靠张宏伟高超的操盘水平和广泛的社会知名度，双剑合一，行走江湖，打出一番天地。但世间之事，总是称心如意少，节外生枝多。张宏伟至今还死抱着他那毫无战斗力的销售团队不放。每当方唯一劝他解散销售团队时，张宏伟就会大言不惭地说：恰恰相反，我非但不会解散他们，还要再投钱扩充，招兵买马。我搞销售，一不打，二不骂，三不逼。用仁道。你搞销售是用法西斯王道。道不同，不予为谋。我坚信，我的销售终有一天会是红彤彤的面，而你只能做出一个亮晶晶的点。"

　　方唯一从心里蔑视张宏伟对销售的理解，但如果他的销售真成了红彤彤的面，那也将宣告张宏伟对他依赖的结束。而作为一个孤立无助的理财公司，为客户提供及时准确的投资建议，是它存在的价值依据，这项工作能离开张宏伟吗？

　　相互支撑、相濡以沫是一种平衡，但单方面依赖就是倾斜。到那时分庭抗礼、据理力争、讨价还价都将不复存在，而依赖方只能成为独立方的附庸，这让方唯一觉着比死都难受。

　　人最辛苦的事莫过于思考，人最难办的事莫过于选择，人最痛苦的事莫过于对己诛心，人最激动的事莫过于去挑战危险。

　　"宏伟，吃饭了吗？"方唯一拿着电话说。

　　"有事直说，我就讨厌你们北京人的开口词。"张宏伟说。

　　方唯一抹了抹鼻子说："我要用联众金银在你公司开个黄金交易账户。"

　　"欢迎啊！盈利了怎么给我分成？要还是五五开，我可没兴趣。"

　　"我亲自操刀，不给您添麻烦了！"方唯一说着忍不住笑了，他感到精神上的满足。

　　"好事啊！你账户里准备放多少钱？"

　　"你是联众金银二股东，听听你的意见。"

　　张宏伟笑哈哈地说："你把账上200万全放进来，让你手下几个畜生看看，方总是怎么把联众金银的血汗钱输给我的。"

"我就放10万。"

"没问题，白匪军不是一天消灭的，有少不愁多，我就当凑鸡毛攒掸子。每天看你往我的小系统里补保证金，也是乐事。明天来开户打款吧！"

"对，我明天就办，还有……"方唯一停顿了一下说："我决定接受你上午的建议，所有委托你的代客理财户，以后也由我亲自操作，不再麻烦你了。"

随着片刻沉默，张宏伟说："方唯一，你想在盘面上和我对赌啊！够格吗？你除了懂点均线，你懂波浪理论吗？你熟悉指标各种特性吗？你有自己的指标参数吗？你建立得心应手的交易系统了吗？我所说的都是最基本项，往深里再问问你，你懂反向思维的艺术吗？你有逆市操作的勇气吗？你有孤注一掷，不为公共噪音所动的素质吗？你左、右脑都好使吗？"

方唯一被他问傻了，开始怀疑自己决定的草率。

"你记住，是朋友我才和你说这些话，要是别人，钱进来越多越好，我他妈能把你的钱全溶在我这小系统里。学有所长，术有专攻，你就擅长卖，那就老老实实去卖，别有太多非分之想。以为自己挣俩钱，就能拿得起十八般兵器，忘乎所以，那也忒幼稚了。"

"张宏伟，去你妈的，少在我面前装圣人，人只能战死，不能被吓死。今天我就给你补一课，老子跟你赌定了！"方唯一真的被激怒了。

"行，方唯一，我等你放马过来，到时候，赢得你一干二净，你可得认赌服输，别说我不够朋友。"张宏伟咣当一声撂下了电话。

陈瓒一直站在方唯一身旁，此刻说道："你太愚蠢了，会自成笑柄的。"

方唯一不快地说："扮演预言家讨厌，对别人诅咒恶毒，你两样全占了。"

"方唯一，张宏伟本来对代客理财资金保底，现在倒好，你把他责任解除了。如果你要做赔了，钱还都让张宏伟赚走了，你是不是愚蠢？"

方唯一叹着气说："我不做，他也不做，680万拉给他，让他白用，他感恩吗，领情吗？不！他只会认为他比你聪明，他比你有知识，一切都是应该的。再有，你怎么就断定我会出师未捷身先死啊？"

"张宏伟还一直让你无偿用房呢。"陈瓒抢白着说。

"扯淡！他是联众金银股东，做这点事是应该的，人不能干点屁事，两头买好吧！"

"你们之间利益纠缠太乱，我搞不清楚。只想提醒你，别看人家操盘赚钱眼热，他也别看你销售眼馋。其实你们男人心眼小起来，让女人看着都发憷。别忘了，你当初是怎么在股市里赔掉你爸40万的。"

陈瓒说完，转身就往卧室跑，方唯一抛出的打火机还是追上了她的后腰。

方唯一随手拿起《艾略特波动原理三十讲》，脑子却又溜回到黄金杠杆交易上。杠杆交易之所以可怕，是因为将本金放大若干倍。如果资金放大20倍，价格朝不利于自己的方向波动5%，就会爆仓，血本无归。

方唯一放下书，拿出一张白纸，工工整整地写下一行誓言：无论任何原因，账户操作资金放大绝不超过3倍，如有违反，不上麻药，自施宫刑。立誓人：方唯一。

方唯一写完，小心翼翼地贴在书桌上方的墙上。他又在一张纸上，写着自己与张宏伟在盘面操作上的优缺。

本人股龄八年，擅长短线买卖，注重成功率，这样既有手续费赚，客户也能每次小有斩获。主要依靠均线与K线形态判断下单。本金翻倍记录0次；严重亏损70%以上1次。最佳操作记录：2004年，代客理财800万，操作三个月，成交量5亿6千万，佣金收入112万，为客户净赚46万。方唯一正是用这笔佣金提成还清了父亲的钱。

张宏伟技术全面，精通波浪、形态、指标、均线、周期和参数使用的研究，有自己完善的趋势判断系统。股龄十二年，杠杆交易三年，成功率和收益率并重，习惯波段操作。股市最高年收益800%；杠杆交易最高年收益1000%，爆仓一次，由做空所致，所以现在忌做空单。

方唯一看着两人优缺比较，禁不住悲从中来。如果和张宏伟比操作收益率，那是小鸟啄老鹰，可听不可信。而且方唯一非常清楚，从短线买卖，提高到波段操作，对于操盘手来说是血迹斑斑后质的飞跃，这种飞跃的成功概率不足5%。方唯一无心用公司血汗钱，和客户资金去搭建飞跃的阶梯，让陈瓒预言成真，让张宏伟仰天长笑。

他思来想去，办法只有一个，就是继续发挥自己特长，频繁短线操作，赚取手续费和买卖差价。他进行了估算，用3倍杠杆，每日买卖2次，不算盘面盈利，一年大约有140万手续费收入，只当放给张宏伟一个高利贷。

方唯一起身点燃一支烟，嘴里一字一韵，学着湖南湘潭口音，很有伟人气势地吟诵着："敌进我退，敌驻我扰，敌疲我打，敌退我追。张宏伟，我将对你天天性骚扰。"

第二十八章

3月6日，是童言陪方唯一买房的日子。他早晨刚到单位，就催促贺英开好首付款的支票，心中像长满了浮草，充盈着兴奋的期待，不知是为买房，还是因为马上可以见到童言，总之心悦难平。他不时拿出支票看看，总担心贺英开错了，再瞧下手表，反复计算着下午出发的时间。

"嗯"地一声，门猛地推开，郝丽慧气冲冲地闯了进来。方唯一被吓了一跳，不快地问："谁招你了，被马蜂蛰了？"

"还有谁，张宏伟！方唯一，你们两公司的财务我都不想做了。"郝丽慧粗声大气地说。

"别介啊！我又没惹你，你说说怎么回事？"方唯一好奇地问。

郝丽慧从桌上烟盒里抽出支烟，点着了，吸了一口说道："方唯一，我觉着你这人还行，从贺英他们都对你忠心耿耿这一点，就能看出来。原来我还真有点看不起你，觉着你老占张宏伟便宜，后来才知道他也是你公司股东，那就另一回事了，谁知道你们之间有什么腻啊！"

方唯一有些尴尬，笑了笑说道："我们的事你不清楚，以后少为他搞我的黑账。"

"我搞过你什么黑账？你把话说明白了！"郝丽慧咄咄逼人的质问。

"你装什么傻啊！谁年初一笔一笔地统计，算我花了张宏伟32万，不是你啊？谁说防火，防盗，防方总的？"方唯一瞄着郝丽慧笑问。

"防火防盗是我说的，我承认！但黑账的事，绝对不是我，要是我，出门就撞死！你听谁说的？"

"张宏伟说的，他还拿着你做的黑账，密密麻麻一大篇，要和我分摊费用呐！"方唯一越发的煞有介事。

"这王八蛋，血口喷人！十多年前我就认识他。那时，他开个破公司不挣钱，我白给他干了一年多，我想就当是朋友帮忙了。今年春节，你还给我2000过节费，这孙子一分不给。这几个月他赚钱了吧，每月仍给我1500，公司里里外外就耍我一人！现在又做实物黄金，定金、出金都是我的事。上个月还弄来只狐狸精，一来每月就是4000，说是总助，看见我，连眼皮都不眨一下。"

"什么狐狸精，我怎么不知道？"方唯一吃惊地问。

郝丽惠扑哧一声乐了，说道："还不是你给他介绍的？"

"扯淡！我什么时候拉皮条了？"方唯一被问蒙了。

"华歌有人说了，唐晓原来就是你们公司经纪人。"郝丽慧肯定地讲。

方唯一听到这个名字确实耳熟，他抓起电话，"思本，你下面有叫唐晓的吗？"

"有，原来当过财经记者，不过她春节后就不辞而别了。怎么啦，方总？"李思本问。

"孙子从我这挖人，怎么连招呼都不打啊？"方唯一像是在自言自语，心中涌起隐隐的不快。

"你刚才说张宏伟这几个月赚钱了？"方唯一刚才被唐晓的事一打岔，忘了问这个最关心的问题。

郝丽慧也恍然想起什么，说道："我就是来跟你说这事的。从1月初到2月底，他海外炒金挣了1倍多，400多万变成了900万。春节刚过，又把公司客户保证金划到海外黄金账户200万，这几天就赚了100多万。我刚才看海外账户有1300多万，就去找张宏伟，让他拨回来800万，赶快补足挪用的客户保证金。别看现在赚，万一把客户的钱赔进去，那是要坐牢的，弄不好，连我都得跟着倒霉。"郝丽慧气呼呼地说着，又点燃了一支烟。

"他自己翻倍了，可我交给他的代客理财账户，从年初到现在，一分钱都没赚。还说他是人，不是神，说我不要对他诛心。张宏伟就是畜生！不是人！"

方唯一气得脑袋有些发蒙，但又说道："不对呀！12月底时，张宏伟说公司账上有350万；春节后，他做了300万华歌金钱。哪又冒出来了200万，能划到海外去？"方唯一疑惑地问。

"张宏伟说他做了300万黄金钱？"郝丽慧乐了，方唯一看着她点了点头。

郝丽慧冲着他竖起食指，说："他就做了100万的。"

"他说金钱每克制作成本3元。"方唯一快速地说。

"用不了一块五毛。"郝丽慧不假思索地答道。

"一屁俩谎的混蛋!"方唯一骂着,起身出了办公室。

"收起来!就是点心意。"方唯一说着,将一万元簇新的钞票强塞进郝丽慧兜里。

郝丽慧红着脸说:"我来的本意是要告诉你,别再给张宏伟拉炒金客户了。客户一入钱,他就划到海外做杠杆交易,以后他要万一作赔了,咱们谁也跑不了,全进公安局。"

"你怎么能看到张宏伟的操作账户?"方唯一好奇地问。

"当然啦!我有密码,要是看不见,我怎么做账、怎么核账啊?"郝丽慧不无得意地说。

"该避税当然要避税了,我要知道怎么做账,还请你吗?"方唯一看着已推门进屋的张宏伟,急赤白脸地说。

"你怎么说翻脸就翻脸呀?"郝丽慧回头也看见了张宏伟,嘴里咕噜着:"我是做财务的,不是做假账的!"说着,甩手走了。

方唯一看着张宏伟,余怒未消地说:"你介绍的是什么人啊?本事不大,脾气不小!要是这样,我不用她了。"

"你别和女人一般见识好不好?"张宏伟笑嘻嘻地息事宁人。

"她天天就忙乎你公司的事,我的事情,她一点都不上心。"方唯一仍然没完没了,好像受了多大委屈。

"别说她了,没意思,说说你自己。"

"我怎么了?"方唯一不解地问。

"10天了,你在我盘面上,像根搅屎棍子,一会做多,一会做空,瞎忙乎半天,也没看你挣着钱啊?"张宏伟幸灾乐祸地问。

方唯一的脸蹭地红了,狠狠地说:"赚了你6万多元手续费,总比把钱白给孙子用强。"嘴上虽然很硬,但他心里想着张宏伟翻倍的战绩,眼珠子都快流血了。

"你就是瞎做,看不出任何操作思路,像苍蝇似地乱飞,死在我系统里是早早晚晚的事。能一个月不赔钱就算是奇迹。"

张宏伟说着,走到方唯一身后,指着黄金K线图说:"别说我没提醒你,120分钟威廉反向指标已经底部金叉了,短线马上就要大跌。"说完,关切地拍了拍方唯一肩膀，向门口走去。

"我下午两点去买楼，签合同，你去吗？"方唯一问。

"我没时间，下午去电视台做节目。"张宏伟说着，拉门出去了。

方唯一呆呆地盯着黄金K线图，张宏伟的话着实地给他添了一个大堵。他昨天研究了一晚上，断定黄金会涨，于是在凌晨2点多刚下了43手买单。可经张宏伟一说，方唯一怎么看，黄金图形都像是要跌，转眼间，黄金价格已跌了4个美元，恐惧感阵阵袭来。眼看就该走了，方唯一叫进尹远东，吩咐道："把所有客户买单全部平掉。"

远东站着不动，"方总，我觉着没问题，是不是再看看，现在平仓有点草率！"

"交易员不用判断涨跌，只需要执行指令。"方唯一边收拾电脑，边冷冷地说道。远东摇着头，极不情愿地去执行指令。

第二十九章

在售楼处办公桌上，放着几本厚厚的购房合同和各式表格，方唯一在童言协助下，经过两个多小时奋力签署，终于从售楼小姐手中接过了新房钥匙。

方唯一走进新买的写字间，水泥地面异常粗糙，他快步来回踱着，用手奋力敲击着厚重坚实的墙面。站在玻璃幕墙前，他眺望着亚运村方向林立的高楼，大声宣布："我有自己的写字楼啦！以后再也不用寄人篱下了！方唯一从此站起来了！"他兴奋地回过头，童言站在墙边静静地看着他。

"你怎么也不向我表示祝贺？"方唯一问。

童言莞尔一笑说："你买的不是写字楼，只是十六层的一个写字间，写字楼是指整个建筑物。我表哥确实拥有一座写字楼。"

方唯一紧绷着脸，一步一步地朝童言走了过去，嘴里恶狠狠地说："你觉着刺激隐性精神病患者很好玩是吗？"

"我只是纠正你用词不当，看不惯你得意忘形。"童言说着，就往后退。方唯一突然向童言张开了双臂，嘴里大声喊着："你刺激我吧！我犯病了！犯疯病了！"

　　童言的拳头不停地捶打着方唯一前胸，连连笑说着："我再不敢刺激你了，求你收了疯病吧！"

　　当他们吃过晚饭，走出景山前街一家粤菜馆，已是夜幕低垂，街灯闪亮，人车渐少。方唯一和童言都不再说话，只是沿着护城河，慢慢地向前走，不知不觉间看到一片光亮，那是故宫东北角楼的灯光，在四周黑色的静穆中，在夜凉如水的晚上，散发着溶溶暖意。

　　他们选了一张长椅，悄然坐下，与角楼隔河相望，晚风拂过护城河水面，泛起片片涟漪，又如网状般浅浅地蔓延开去。

　　"我一直感觉，这里才是北京。"童言说着和方唯一相视而笑。

　　"你父母不是北京人吧？"方唯一记得陈瓒好像说过，她导师是南方人。

　　"我妈妈是绍兴人，大家闺秀；父亲是上海人，黄包车夫的儿子。1978年，他们大学毕业后，才分配到北京。"

　　"你爸爸很了不起，陈瓒很佩服他。"方唯一说。

　　童言不屑地说："他不是我的生父。"

　　"你说什么？"方唯一怀疑自己听错了。

　　"他不是我亲生爸爸！10岁的时候，有一次他们夜里吵架，我偷偷听见父亲对妈妈嚷：'你不要忘恩负义！要不是我收留你们母女，你有脸活到今天吗？'事后我问妈妈到底是怎么回事？妈妈哭得泣不成声，朝我摆着手说：'你不要问了，如果不是为了你，我早就想死了！'"

　　方唯一对此没有丝毫好奇，只感到沉重。他害怕，害怕童言伤心地哭泣，但她光洁的脸庞苍白而平静，目光清澈如洗，注视着黑暗中模糊的河水，好像在诉说别人的事情。

　　"高中毕业时，父亲坚决反对我学中文。他质问妈妈，是不是还想让女儿走她的老路。妈妈说父亲无理取闹，狗肚鸡肠。我害怕再听到他羞辱妈妈，就说：我学法律，我喜欢学法律！"

　　一行清冷的泪水，顺着童言精巧的鼻翼轻轻滑落。静默，还是静默！没有抽泣，只有一声深重的叹息！方唯一下意识地松开交织紧握的双手。他说不出任何话，他觉着任何无聊的宽慰，都是对童言信任与坦诚的亵渎。他也做不出任何安抚的举动，因为那同样是廉价的轻薄。他只有再次交织着握紧双手。

"我没想到，你有这样的秘密。"方唯一小心翼翼地低声说道。

"我从没跟别人讲过，但特想告诉你，这颗果子太苦了，天天含在嘴里。我恨妈妈，但又可怜她；我更恨我的生父，但又想见到他；我鄙视我的父亲，但我又欠他的。唯一，我太想说出来了。"童言掏出纸巾擦去泪水，对着方唯一露出凄婉的笑容。

"告诉你，你原来提到的那些书，我全读过。上学时，我渴望假期，因为我可以疯狂地看小说，那是我最幸福的时候。"童言扬头望着深邃的夜空。

一个个经典故事，将他们带回到各自的从前，好似昔日重现，仿佛似曾相识。从马格丽太·密希尔的《飘》，到莫泊桑的《俊友》；从遇罗克的反血统论谈到顾城。童言对着夜河轻轻地吟咏：黑夜给了我一双黑色的眼睛，我却用它寻找光明。

方唯一看着童言，看着她那在月光下格外明亮的眸子。

"你看什么？你能感知那个光明是什么吗？"童言问。

"你知道吗？小孩！"方唯一略带藐视地问。

"当然。"童言自信地说。

"你说！"

"你先说！"

"一起说！"

"自由！"

他们再次相视而笑，静静地享受着相知带来的幸福。

"你喜欢诗歌吗？"童言问。

"喜欢，真正的诗是对所谓美好与幸福的背叛，是对久往积累精神的宣泄，是喷薄而出的一个意向。"

"那歌又如何？"童言再问。

"是受到现实刺激后像马一样打了一个响鼻，发出来的是动静。如果有感动也是速效救心丸一类的。"方唯一看看童言。

"太深刻了，月亮都被你羞跑了。"童言不无嘲讽地说。

"你和陈瓒一起赏月吗？"童言平淡地问。

"没有，从来没有。我们交朋友时，把精力都用在找好吃不贵的饭馆上了；现在的兴趣就是俩公母一起挣钱，然后一起坐在炕沿上，搓着脚数钱。"

童言吃吃地笑着，遥视着月光下角楼朦胧的轮廓，轻声说："上大学时，我有过一个男朋友，他总喜欢拉我去河边看月亮。"

方唯一下意识地看了看模糊不清的四周，摸着长椅说："不会就坐在这吧？有些坏怂就会假借浪漫的名义，为耍流氓做情绪上的热身，好像特小资，其实特下流，一点没有想象力。就那块发亮的混凝土，上面除了坑，还是一堆坑。"

方唯一自顾自地解恨，丝毫没有注意童言已经绷起了脸。"你说，俩个人对着一土球，装疯卖傻，伊伊浓浓的，不是情有所急，就是出门没吃药。左面坐着假浪漫，右面坐着真媚俗。唉！没礼貌，走也不打声招呼。"

方唯一拉住快速站起的童言，借着远处路灯和依稀月光，他看见童言气得紧绷的脸。

"说两句泄愤的再走，别憋出毛病来，我这人就是心直口快。"方唯一感到一种泼出脏水后的畅快，自然又多了些怜香惜玉。

"我觉着你对人、对事总带有一种偏见，特别喜欢区分上中下，不停地寻找攻击对象，沉浸在自己玩世不恭的宣泄中。你能感受微风中的斜柳吗？你能享受这温柔造物美好的月光吗？自以为是、批评癖的可怜虫。我有时觉着你说话特讨厌，特伤人。"

方唯一露出坏笑，他发现童言在自己口传心授下，已经浑然不知地完成了由少女向怨妇的转变。

"你别和我一般见识，我就是让嫉妒给闹的。嫉妒得心里都长牙了，嫉妒得头昏脑涨，你不能和一个病人争长论短吧！

方唯一半真半假，口是心非地说着。

"你嫉妒！我还吃着世界上最酸的醋呐，那是一碗没资格吃的醋。你懂吗？"

一句真情告白让方唯一顿时沉默。幸好此时吹来一阵夜风，送来了凉，也带走了因尴尬而生的热。方唯一在木然间感到一阵芬芳，缓缓地拂来，轻轻地压落在他的肩头。

月亮撩开了云的幕纱，从角楼后缓缓闪出，散发着凄迷而无奈的光芒。时间仿佛被这冷光控制，难以前行，在这里停驻。

第三十章

是夜，方唯一掏出钥匙，像入户行窃的盗贼，悄无声息地拧开家门，又摒住呼吸转身将门轻轻锁上。屋内漆黑一片，他蹑手蹑脚地向前走了几步，能隐约听到从卧室里传出来的微弱鼾声，紧张的心随之放松下来。事事弄人，短信提示音突然爆响，方唯一顿然惊诧，用手隔着裤兜死死地按住手机发音孔，心中暗骂：哪个王八蛋发的短信？

少倾，方唯一侧耳听着卧室里微鼾如旧，像听到一首令人放松愉快的乐曲，他慢慢拿出手机查看短信。

"对不起，兄弟！我上午对你的操作建议错了，现在黄金大涨！你为什么把多单都平掉了？why？真替你难过！还是自己心理素质太差！否则，你现在能赚我10多万！战无不胜的张宏伟。"

方唯一此刻好像喝了一斤白酒，只觉得头重脚轻，血往上涌，心里的恨无法排解，一眨眼的功夫，已经用一时能想到的污言秽语默默地咒骂了他十几遍。

屋内浓黑渐渐趋淡，他垫着脚尖走进书房，手机再次大响，方唯一几近崩溃，手里像握着一颗炸开的手雷。

"你到底怎么回事？自己不睡，别人还睡呐！上哪野去了？讨厌。"方唯一听着陈璨的责怨，立刻打开书房的灯，默不作声。

陈璨又没了动静，他低头看着短信，是童言发来的：刚刚给你发了邮件，是《期货交易管理条例》文稿。由我父亲参与起草，两周左右将公布。切勿外传！晚安！

方唯一立刻启动电脑，进入邮箱，打开童言发来的邮件，抑制着兴奋，快速浏览着。当他看到第八章的八十九条，禁不住全神贯注地默读起来："采用以下交易机制或者具备以下交易机制之一的为变相期货交易。即：实行当日无负债结算制度和保证金制度，同时保证金收取比例低于合约标的额20%的……"

他又反复看了两遍。根据这份即将公布的法规，凡是杠杆比例超过5倍的黄金公司，将被定义为变相期货。而华歌黄金现在最大杠杆比例是25倍，一旦过了政府规定的整改期限，将面临非法经营罪的起诉。

方唯一激动地在电脑键盘上反复地敲击着：谢谢你！谢谢你！像是在钢琴上弹奏着心曲。望着满篇的谢谢你，他轻轻地点击邮件回复，给童言发了过去。

时钟指向了凌晨一点半，方唯一起身将房门轻轻关上，拿起电话打给郝丽慧。

"我是方唯一，别睡了！出事啦！"方唯一声音里充满了惊恐。

"怎么了？"郝丽慧尚在半梦半醒之间。

"政府将马上公布《期货交易管理条例》，凡是杠杆比例超过5倍，全属于变相期货，华歌黄金将涉嫌非法经营罪。"

"是吗？天哪！那怎么办啊？"郝丽慧的神智明显清醒，声音比方唯一更加恐怖。

"昨天中午张宏伟去我屋里，不是碰到你了吗？他说黄金看跌，在海外做了大量空单。现在黄金暴涨，我恐怕客户保证金要赔了，你快看看他的账户！"方唯一是故意而为，语气中却透出焦躁不安。

"我住平房，家里没网上，看不见！"郝丽慧也急了。

"你说账号和密码，让我看一眼。"方唯一屏住呼吸听着她的反应，沉默，还是沉默。

"快说啊，我又取不走他的钱，只是看一眼，你怕什么？要真出了事，你是当会计的，我是给他拉钱的，谁也跑不了！"方唯一这回真急了。

"密码是张宏伟的生日加zhw，账号是008633，你先下载香港万福公司交易软件，再输入账号、密码。唉，给我发个短信，告诉我结果。"

方唯一好似得到了通往宝藏的地图，感到了难以名状的兴奋和巨大喜悦。几分钟后，他进入了张宏伟海外黄金操作账户，交易记录明确显示着：就在他向方唯一宣布看空后的一个小时内，以12倍杠杆建仓多单，到目前10多个小时，已经狂赚150多万。方唯一退出账户，嘴里叨唠着："混蛋！臭孙泥！"

被极度喜悦和满腔悲愤交织着的方唯一，将手机调成振动，给郝丽慧发出了短信：他做的是多单，又赚了，放心睡吧。期货条例的事情我自会和张宏伟处理，千万不要再对别人提起。

方唯一全无睡意，将自己操作的所有账户再次建仓3倍多单。然后给张宏伟发去了短信：亲爱的张，我得到了我最想要的，你知道是什么吗？

张宏伟只回复了两字: 狗屎。

方唯一忍不住乐了, 又给他发出一条: 我也得到了你最想要的, 你知道是什么吗?

张宏伟回了过来: 垃圾, 别闹了! 我刚睡下。

方唯一毫不理会, 仍然发着: 我有两周后公布的《期货交易管理条例》。

手机滋滋地振动着, 张宏伟电话打了过来, "唯一, 别开玩笑, 你真有啊?"

方唯一娇滴滴地 "嗯" 了一声。

"快说, 期货和变相期货是怎么界定的!"

"好可怕呦! 你犯非法经营罪了! 赶紧起来, 让你老婆多给你准备几件换洗衣服吧。"

"别闹了, 快点说呀!" 张宏伟恳求着。

"那先谈谈条件好吗?" 方唯一忍不住笑了出来。

"行, 你提吧!" 张宏伟爽快地答应着。

方唯一知道, 从央视曝光黄金投资黑洞至今, 张宏伟一直不敢轻举妄动, 就等待着政策面明朗, 早给憋坏了。

"第一, 写字间要给我无偿用到8月31日; 第二, 金钱销售提成从每克3元涨到6元。我找业内的人打听过, 你的制造成本每克不会超过1块5。你不答应, 我就不给你卖, 你一分也赚不到。"

"他妈的! 算你拿住我了! 我全答应, 但你要说的不准, 我答应的也不算数!"

"没问题, 让我想想, 看看还有什么条件。" 方唯一不紧不慢地说。

"去你大爷的! 犹太人! 快说吧!" 张宏伟疯了。

"最关键的就一条, 杠杆比例超过5倍, 全属于变相期货。政府把你绞肉机的齿轮从合金钢变成木头的了。我明天把具体文稿给你。"

"谢谢, 有法可依好啊! 这法规定的实在是高, 以后客户很难再爆仓了。" 张宏伟挂断了电话。

方唯一点燃一支烟, 他怎么也想不清楚, 这一天是如何过来的。慢慢合上双眼, 看见了新买的写字间, 看见了傍水而立的故宫角楼, 看见了她清秀依稀的笑脸, 童言, 谢谢你!

次日下午, 在星空大厦顶层华歌黄金公司, 张宏伟正对着销售人员训话: "从今天起, 黄金交易系统杠杆比例下调到5倍。我们现在是合法合规的, 你们不要再有任何顾虑。无论是黄金杠杆交易，还是黄金钱销售，所有人必须完成规定业绩，否则滚蛋！底薪从1500降到800，公司配备的笔记本电脑全部收回，免费午餐取消。你们看看联众金银的经纪人，月薪只有500元，还要均摊公司电话费，连客户资料都要自己花钱买，管理上粗暴野蛮。就在这种灭绝人性、令人发指的条件下，他们基金销售月月过亿。你们扪心自问，我对你们怎么样？你们对得起我吗？"

"张老师，他们天天进行业绩评比，周周都有营销技巧、证券知识培训，都是方总亲力亲为，每个月还有业务考试。我们这方面太欠缺了。他们很多经纪人月收入过万，我要能赚那么多钱，也愿意缴电话费。"一个销售员不服气地说。

张宏伟大人有大量，皱了皱眉说道："从这周开始，我会不断到网络、电视上做节目，在报纸上发表文章，宣传黄金投资，宣传华歌金钱。到时候，你们坐在屋里，客户就自己找上门来，他们比得了吗！"

与此同时，在方唯一办公室，他正在严厉训斥着几个经理："我们原来40人，一个月卖1亿基金；现在100人，每个月也就多卖3000万。为什么业绩不能随着团队规模同步提升？问题出在哪？你们想过没有？"

"方总，当前市场竞争太激烈了，银行、证券、基金公司都在搞直销。"蒯国祥解释着。

"只说部分事实，就是隐瞒全部真相！你怎么不说买基金的人也增加了成千上万啊？问题关键在于：新人日常培训不到位，具体业务指导不到位，不能帮助他们快速出业绩，建立自信心。如此下去，我们今天的繁荣，只是虚假繁荣。"

方唯一略作停顿说道："从现在起，实行末尾淘汰制。除了原有考核要求不变，以后每个月，谁的销售团队业绩最差，就取消谁当月团队奖金。连续三个月最后一名，就免除经理职务，降为经纪人。我们是凭能力入股，如果能力不够，最终股份也将受影响。但要记住，这个制度不允许对经纪人使用。"

"方总，团队奖金一个月两三万呐！如果我拼命做，但运气不好，万一当了最后一名，这么多钱就扣了，是不是太狠了？"李思本小声地问。

"你也知道钱多，那就更应该知道，钱多不是好挣的。最后，我要你们在10天之内，再拉进来500万黄金代客理财客户，不对理财资金保底，仍然由我操作。除此之外，华歌黄金钱一概不碰。"

自此以后，方唯一死死盯住黄金杠杆交易，他清楚地意识到：张宏伟在3月6日建仓多单，将1300万本金放大了12倍，交易额达到一亿五千多万，无疑表明了他对黄金短期看涨的判断。

方唯一此时的理财金额达到1200万，分布在30个账户。他分了一半账户给远东，让他帮助自己下单。根据黄金120分钟、180分钟、360分钟分时走势，和各种技术指标的综合研判，方唯一不断地低买高卖，只做多单，不做空单，一日之内可操作两三次，疯狂操作日内超短线行情，成功率达到80%。

方唯一始终坚守自己定下的戒律，资金放大绝不超过3倍。一手标的额50万左右，他所有操作账户，一次下单500多手，单单是手续费，他就可以赚到2万多元。经常一天下来，手续费加账户盈利可以高达10万余元。

一种从未有过的喜悦，让他真切地感到，眼前的电脑就像一台神奇的印钞机，只要一次次按下确认键，钞票就会自动刷刷地流出来，无穷无尽，漫天飞舞。这真是一种可以操纵乾坤的快乐。

黄昏时分，站在办公室窗前，看着满街为衣食挣扎忙碌的人们，他为自己感到骄傲，也为他们感到悲凉，更对张宏伟高深的操盘本领由衷地敬佩，而充满妒意。

4月20日下午，方唯一突然发现张宏伟在680美金平掉了所有多单，盈利900多万。他立刻找来尹远东，吩咐平仓，同时用2倍杠杆反手建仓空单。

"方总，做空单是很危险的。"尹远东说。

"我们日后会多空双打，左右开弓抽死张宏伟。"方唯一自信地说。他心里明白，张宏伟平掉多单，就意味着对黄金开始看跌，他有什么道理不敢做空呢。

"方唯一，你这个混蛋！"张宏伟人没进屋，骂声已经传了过来。而两个公司员工，早已对他们之间的互骂见怪不怪。

张宏伟怒气冲冲地指着方唯一鼻子，气急败坏地说："一个多月，你就从我盘面上挣走350万，你孙子也太狠了吧？"

"这一个多月，黄金从630涨到690，你在海外挣了多少？"方唯一突然意识到，他这么长时间没日没夜拼杀的动力，全是张宏伟给的。

"我赚了900多万。我靠，你能跟我比吗？我凭的是本事，你是毫无章法的瞎做，你真正盈利才130万，220万都是他妈的手续费。方唯一，你好好算算，你一共才给我拉了多少钱？一个多月，你就从我这拿走350万，你放的是天底下最黑的高利贷！"张宏伟气愤填膺地叫嚣着。

"宏伟，咱们当初讲好了愿赌服输。你想杀的我一干二净，我想赢的盆满钵满，一切天做主，看咱俩的命了。而且你赚大头，我只赚小头，130万盈利，还要分给客户一半呐。说实话，我现在特别喜欢你这个小系统，它对我来说，不是碾压白鼠的飞轮，而是印钞机。"方唯一朝着张宏伟眨眨眼，坏笑着说。

张宏伟被气乐了，说道："你刚才下空单了吧？"

方唯一笑着点头。

张宏伟继续诚恳地说："我判断黄金短期还会继续上涨，而股市已经见顶了。你赶紧让客户出基金，来买黄金钱。"

方唯一听完放声狂笑，他看着张宏伟连眼泪都笑出来了。张宏伟也不好意思地大笑起来，嘴里还不停地说着："孙子，我说的是真的，你爱信不信！"。

方唯一努力止住笑，说道："宏伟，智商那玩意不太可靠，迷信过了头，就把自己给废了！"

第三十一章

（一）

女记者相貌平平笑容可掬，方唯一看着她心里美滋滋的，这是他平生第一次接受专访，而且是自己找上门来的——《金融周刊》名记。

"我发现你既虚荣又虚伪，不就是接受采访吗？明明喜不自禁还刻意掩饰。"陈瓒嗔怪地说着，将刚烫熨的西服递给他。

"人家几次三番主动约我，拒绝不了。你知道，我这人最讨厌摆谱。"方唯一说着，自己被自己逗乐了。

"方总，您公司……"女记者问。

"对不起！你说我公司？"方唯一意识到自己走神了。

"是什么时候成立的？"女记者微笑着重复了一遍。

"06年5月份，到现在1年多了。"

"张老师是公司的大股东吗？我是说张宏伟。"女记者问。

"不是，我是大股东。公司初创时，启动资金只有1万元，不到两年，我们销售基金18亿，累计收入3600多万，净利润2000多万。现在这个写字间，就是我们买的。"方唯一自豪地说。

"张老师对公司发展功不可没吧？"女记者问。

"我们大多数股东对公司都是殚精竭虑，宏伟主要精力在他的华歌黄金上。"方唯一感到女记者很势利，心中涌动着不快。

"方总，您是一夜暴富啊？"女记者笑说道。

方唯一不由得皱了皱眉，反问道："我是哪一夜暴富的？我怎么不知道。按这种逻辑，奥运冠军是最典型的暴发户！"

女记者听后尴尬地笑笑，转移了话题，"各大财经网站上，都有联众金银的专栏，尤其最近两天，你们连续发文唱空股市，您能谈谈这方面的看法吗？"

"2005年6月6日，股市见底998点，到今天2007年8月23日，上证指数已站上5000点，涨幅累计400%多。现在股市好比一列高速机车，载满了忘情的欢呼和贪婪的预期，在日后一个没有征兆的日子里，这列疯狂的欲望号机车会越过悬崖，直坠深不可测的谷底。"

"你过于悲观了吧？目前市场专家的主流意见是：股市会冲击万点大关，最保守的专家也认为会到8000点。"女记者说。

"股市里只有赢家和输家。你说的专家，在我眼里就像是赛马场里卖马经的。"方唯一蔑视地说。

"按您的观点，客户下一步该如何投资呢？"女记者好奇地问。

"我们将建议客户抛掉基金和股票，然后去投资黄金。"方唯一肯定地说。

"你们能够影响的客户资金量有多大？"女记者追问。

"近20亿。我们将引领资金，躲避证券熊市灾难，分享黄金未来上涨的成果。我想联众金银会创造奇迹，这场大战役的成功，对我非常有吸引力，那将证明我们公司的社会价值。"方唯一由衷地说。

"张老师对股市也看空吗？"女记者问。

"他怎么看，我不清楚，你可以自己去问。我所说的，是我个人的独立判断。"方唯一说。

"方总，希望您预言成真，到时候，我会对您做一次更深入的专访。"女记者起身说道。

"没问题，我肯定会对的。"方唯一说着，起身相送。

"张老师在您楼上吧？"女记者问。

"是，我们楼上、楼下各300平米，都是联众金银买的，当初房子是LOF结构，隔层是后做的。8月初，我才和宏伟从星空大厦搬过来。"方唯一说。

"我和张老师是老朋友了，我上去看看他。哎呀！不好意思！忘了给您拍照了，我们需要一张您的照片，用在刊物上，摄影师在外面呐。"女记者说着，拉开房门，朝外叫人。

方唯一真想不透，张宏伟那张大扁脸到底有什么魅力，让这个女记者左一个张老师，右一个张老师，神不守舍，居然差点忘了给自己拍照。

听从摄影师吩咐，方唯一不断对着"长枪短炮"站着、坐着，摆着各种造型，装出凝视神情。突然，他觉着自己很好笑，在不知不觉中，他扮演着一个虚荣心极强的傻帽。

（二）

这天傍晚，京都证券营业部三层灯火通明，600平米大厅里，在二十行工位两侧，坐满了联众金银经纪人。方唯一站在众人面前，不停地吸着烟，看到许多熟悉与陌生的面孔，默默注视着他。

方唯一向前两步，从杨栋手中接过麦克风。对着员工们大声说："同志们赚钱辛苦了！"

"方总发财辛苦了！"众人回应道。

"我们要努力为——"方唯一领喊。

"先富裕起来的人民服务！"大家众志成城地山呼海啸。

方唯一开始言归正传："你们认为股市下面是跌是涨？秦重阳，你先说！"

"我认为会涨。像这样，股市再涨一年，我挣的钱就够在北京买房了！"秦重阳嬉皮笑脸地说。

"秦家全，你怎么看？"方唯一面无表情地问。

"我也认为涨。方总，这几周基金都卖疯了！原来我们求客户买，现在客户追着我们买。买基金的钱，又都去买股票，股票自然不会跌，谁说跌，谁不成傻子了！"

"何楠，你说说！"方唯一对这个人心里很讨厌，但脸上仍然保持着笑容。

"方总，股市已经存在很大风险！获利盘丰厚，暴跌随时会发生。公司投资日评、投资周刊让我受益匪浅。"方唯一看着他端正的脸庞，微笑地示意他坐下，心里提醒自己，此人日后要特别留意，他闻到了何楠身上虚伪的气息。

秦重阳露出鄙视的神情，扭头望着窗外。

方唯一收敛笑容，严肃地说："股市孕育了巨大风险，所有人从9月开始，停止基金销售，建议客户卖掉股票、基金，将钱投入实物黄金。理由很简单：股票已经失去投资价值，市盈率平均55倍。秦重阳，什么是市盈率？""股票市场价格除以股票每股年收益。"秦重阳起身答道。

"西方股市平均市盈率是多少？"方唯一问。

"大概是25倍吧。"秦重阳犹豫地说。

"秦重阳，了不起！昨天拿基金当鸡精卖的人，今天都要在北京买房了。你要再不认真学习公司日报、周刊，就让你滚蛋！"秦重阳嘻笑着坐下。

方唯一继续说："你们想想，买一股股票，靠着每年股息，需要55年才能收回成本，每年收益率1.8%，还赶不上银行利息，中间还要承受价格波动风险、企业经营风险、上市公司不分红的风险。我要说，现在谁买股票，谁是傻子！"方唯一看着秦家全，肯定地说。

"方总，我能说两句吗？"一个新入职的大学生自己站了起来。

"当然可以。"方唯一说。

"您一直在讲风险，我是学证券投资专业的，我们老师说：风险越大，收益越大，富贵本是险中求。如果想获得超额暴利，就要敢冒风险，中国股民买股票不是为了股息，中国股市本身就是一个炒的市场。"

大学生说完坐下，众人表情惊愕。方唯一冷冷地说："你们老师在放屁，你在替他散播臭气。仔细听着，我告诉你一些正确理念：风险越大，亏损越大；风险越低，收益越大；没有风险，就得到暴利。无论商业、证券皆是如此。70年代末，造就了中国民间第一批富人，他们从广东进货，到内地倒卖，没有风险，只有几倍以上的利润。2006年5月，股市1000多点，跌无可跌，我们建议客户买基金，至今收益两三倍，没有风险，只有暴利。大家要明白，金融投资绝不是赌博。只要是股市，无论美国还是中国，本质就是投资价值，博傻只是表象。现在黄金相当于2006年的基金，风险低，收益大，你们要坚决建议客户投资黄金，再一次抢占未来暴利的先机。"

散会后，经理们腻腻歪歪地围着方唯一，似是欲言又止。王冬青终于开口说："方总，基金太好卖，客户都抢疯了，根本不用我们费事，现在停是不是可惜呀？"他说完，又看看其他几个人。

蒯国翔说："停了基金销售，每月近300万收入就没了。"

李思本也焦急地补充道："股票真涨到8000点，我们可是鸡飞蛋打，钱没挣着，还得让客户骂死。那时候，您在经纪人和客户心目中的光辉形象可就毁啦！"

方唯一看着他们冷笑道："股市涨到8000点，比05年最低点，就上涨了8倍。我问你们，上市公司业绩能提高8倍吗？上市公司效率能提高8倍吗？上市公司高管素质能提高8倍吗？上市公司市场份额能提高8倍吗？"几个人笑着摇头。

方唯一叹了口气，"说白了，你们就是心疼每月300万收入。我们客户有20亿在股票和基金里，如果股市暴跌，他们将损失惨重。我们为了挣百分之一、二的手续费，让客户冒百分之几十的风险，这就是畜生；相反，让客户逃顶，买入黄金继续赚钱，赢得客户信任，这是无价的，产生的社会影响也是无价的。我们做理财，有了这两样，还怕挣不到钱？损人利己是单赢，是张宏伟的做法，是短视和弱智的表现；我喜欢双赢，它意味着长久。"

"老大目光万里长，20亿买成黄金，也能赚几千万呢！"李思本说完，不好意思地朝大家笑了笑。

（三）

8月27日沪市收盘：5150点，8月31日沪市收盘：5218点，9月6日沪市收盘：5393点，9月28日沪市收盘：5552点。

方唯一对着电脑相面，冲着收盘指数发呆。张宏伟在一旁不停地讥讽着："婊子挣钱，买包包，买口红。你挣了钱，偏偏买个十字架，要做善事，普渡众生，让人敬佩！但不能装神弄鬼，你说股市跌，它就不跌，天天涨，气死你。"

贺英敲了两下门走进来："方总，这月统计报表出来了，在您邮箱里。"

"情况怎么样？"方唯一边问，边打开邮箱。

"9月基金销售2300多万，黄金销售不如上月，只有260盎司。"贺英说。

"基金销售已经停止了，这月怎么还有2300万销售额？"方唯一焦躁地问。

"何楠、秦重阳还有20多人仍在卖基金，经理们假装看不见。这事李思本不让我告诉您，说您做黄金交易不能分心，等到月底，您见到基金手续费就乐了。他还说，这回股市行情您判断错了，又不好意思承认，所以接着卖基金，您不会反对，这是帮领导下台阶。"贺英小声说。

张宏伟饶有兴趣地听着、听着，竟然笑起来，连说："瞧瞧你下面的人，对你多知冷知热。"

"一群混蛋！月初你不是说，客户卖了两亿多股票和基金？为什么不买黄金？"方唯一气急败坏地斥问。

"不知道！"贺英惶恐地摇摇头。

方唯一"嚯"地站了起来，对贺英说："立刻群发手机短信，通知所有员工：公司自9月起，取消基金手续费提成；黄金销售提成，从今日开始，由每克1.5元，调高到2.5元。"

贺英刚出去，几个人已破门而入，为首一个黑胖女人，瞪着一双豹眼，粗声大气地问："谁是方总啊？你们俩谁是啊？"身后一个戴眼镜的白毛瘦老头，指着方唯一说："就是他！"

"你忙吧，我先出去了！"张宏伟看见这阵势，侧着身子，和随后又进屋的三个女人相让着，闪了出去。

"方总，我们今天是来讨说法的！你们让我们卖股票基金，我们倒听话，全卖了！结果卖了以后，股票基金天天涨，我们少赚多少钱啊，这损失你得给个说法吧！"

"对，今天必须给个说法。什么理财顾问，就是一堆臭大粪！因为听你们的，到今天我少赚10多万！张姐，你说有他们这样的吗？"

"还说呐，我股票都套四年了，眼看要解套了，让他们给吓跑了，刚卖完，跟着两个涨停板！我说方总，你们是不是和庄家勾结着，专吭我们散户啊？"几个高高低低胖胖瘦瘦的女人翻着白眼，冲方唯一叫嚷着。

"你们先别吵，听他怎么说。"白毛瘦老头阻止着叽叽喳喳的女人们。

"大家先坐，你们的意思我听明白了，让我也说几句。"方唯一感到胸闷气短，身上不停冒汗，仍然努力地说："各位做股票多长时间了？"

"10年股龄，股市里的事我们都懂。"白毛瘦老头自信地说。

"2001年6月14日，沪市涨到2245点，你们谁逃顶了？都被深套4年多吧？05年跌到最惨时，你们都亏损50%以上吧？"方唯一盯着黑胖女人问。

"你想说什么？别绕圈子！"一个高个女人大声说。

"如果行情可以重来，让你们在2000点出货，你们愿意吗？在1800点出货，你们也求之不得吧？在1600点呢？你们也会愿意，因为赚总比赔好，比套牢好！没人能预测地震发生的时点，最有效的办法就是提前出逃。如果各位卖出基金、股票后，买入黄金，现在也从每盎司660涨到730了。"方唯一看着趋于冷静的人们。

"方总，你让我们卖得太早了吧？报纸、网上都预测涨到8000点，刚到半山腰，你就让我们出货！"黑胖女人说。

"方总，你们卖一克黄金收10元手续费吧？"白毛瘦老头抢过话问。

"不是我收，是黄金公司收，就像做股票，证券公司也收手续费。这10元包含了加工费、运输费……"方唯一说。

"方总，我再问你，卖1克金子，你们能赚多少？"白毛瘦老头又抢过话来。

"我们和黄金公司有保密条款，这不能说。"方唯一觉着室内冷气不足，他抹了一把额头的汗水。

"行啦！小伙子，我做了一辈子政工干部，什么人没见过，你算盘怎么打的我清楚！我们拿着基金，你们赚不到手续费；我们出了基金，买黄金，你们就又可以赚钱了，而且比基金还多。我说的对不对？"白毛瘦老头话未说完，就得意地环视着几个如梦初醒的女人。

"小伙子，做人要老实，别要小聪明。"老头在乘胜追击。方唯一晕了，胸口好像堵住了脏东西，上不来，也下不去。

"真够可以的，买的不如卖的精，这年头！"几个女人又开始活跃起来。

"别说了！我公司从没收过客户一分钱咨询费，你们不要忘了这一点。现在，我和你们对赌：如果股市先涨到8000点，你们股票少赚的钱，总金额在1000万以下，我包赔！如果股市先跌到2500点以下，你们股票多卖的钱，分给我一半。赔率2比1，赌不赌？"方唯一说完，白毛老头和几个女人全傻了眼。

"我说了，方总在谈客户呐！你们干什么呀！"贺英在门外声音已经变了调。

方唯一起身绕过客户，"嗯"地拉开门，看见写字间里站着20多个经纪人，为首的秦重阳、何楠正在和贺英推搡着。

"别拦着！他们要真想过来，就凭你，拦得住吗？"方唯一说着，脸变成了铁青色。

房门再次打开，几个客户鱼贯而出，"方总，我们先走了，你说的事我们考虑考虑。"黑胖女人低声说道，却关注地看了看何楠。

方唯一对客户说了声"好的"，就走到秦重阳面前，厉声质问："找我什么事，说吧！"

"方总，我来公司一年多了，没日没夜地干……"

"少扯淡！直接说，什么事？"方唯一暴躁地打断了秦重阳的低声细语，继续质问。

"我们对手机短信说的话有意见。"秦重阳低下头，咽了口吐沫。

"哪句话有意见？短信上有好几句，哪句，哪句你有意见？"方唯一在刹那间，青春期暴动的自我又重附于体。

"方总，看在我们没日没夜工作的份上，看在我们天天加班的份上，您就把基金提成给我们吧！毕竟没有我们拼死拼活地干，你也发不了财吧！"秦家全低声下气地讲理。

"秦家全，听好了！你在我这学了多少本事？在这一年，你挣了十多万吧？"方唯一压抑着怒火，看着他点头。

"是因为你拼死拼活的干吗？你祖宗八代、你老乡谁没拼死拼活地干？你有今天，是因为我，是你踩着我方唯一十几年的奋斗经验、阅历、头脑在挣钱。没有你秦家全，我方唯一照样发财！你去看看招聘市场的人头攒动！你知道什么是贱民吗？没指望的时候，可以不顾廉耻，跟三孙子似的；一旦还阳，就自比天高。取消基金提成，是因为你们违反了公司指令。如果发放提成，我无法向170多个停止基金销售的员工交代。"

"方总，我们从京都证券过来，是想好好解决问题。股市仍然在涨，您预测也不一定对！而且公司对我们的待遇，有些是违反劳动法的。"何楠插话道。

"我问你了吗？傻逼！说人话，办鬼事的杂种！上班时间，擅自离岗，用他妈人多势众吓唬我，用法律威胁我！"方唯一说着话，已朝前迈步，一个直拳击在他下巴上，何楠瞬即仰身向后倒去，重重地摔在地上，发出一声令人揪心的闷响。

方唯一正要前冲，被飞奔进门的几个经理死死抱住，"方总，冷静点，冷静点！"王冬青不停地劝说着。

方唯一对捂着嘴爬起来的何楠狠狠地说："对付你丫这种坏人，就是以简单对复杂！以后想和我玩，先把命押上，其他的都不配做筹码。"

恍惚了，就在恍惚的一瞬，方唯一透过公司玻璃门，看见了一个洁白熟悉的身影，稍纵即逝。

方唯一拨开惊恐中的众人，跑到暗淡的楼道里，不远处有一抹令人心动的亮色——童言身着素雅白裙，亭亭玉立地站在楼道中间，安静地望着他。

"你怎么来了？"两人坐在楼下的咖啡厅，方唯一兴奋地问。

"来看你的暴行，你就像刚从斗兽场上下来的。"童言笑说。

方唯一揉了揉干涩的眼睛，向她倾吐着事情原委，诉说着愤怒："无知产生贪欲，贪欲滋生侥幸，让理智束之高阁。没人能听懂一个最简单的投资道理，我倒成了左突右冲的堂·吉诃德！做好事比做坏事难多了。张宏伟说我是背着十字架的婊子！"

"他嫉妒你，嫉妒你心中有一个十字架！"童言肯定地说

"牧师高举十字架，享受崇高；婊子放任堕落，享受快乐；而我享受着被人猜忌，和心力交瘁。"方唯一无力地说着，拿出手机接电话。

"方总，秦重阳他们20多人辞职了！说要单干卖基金，方总，他们会拉走不少客户的！"贺英激动地说。

"随便，客户属于市场，他们有选择的权利。"方唯一尽量平静地说，心中却在突突直跳。

"你知道诺亚吗？"童言问。

"《创世纪》中，用歌斐木造方舟的诺亚？"

"滔滔洪水从天而降时，诺亚谁也救不了，只能救赎自己。真理只在少数人手中，这是一个残酷的事实。因为人类是原罪和蒙昧的，人之初，性本善，是孔夫子臆想的错觉。否则，大家个个真知灼见，股市里人人发财，那不就成粥厂了？"

方唯一若有所思地感叹道："先天缺陷，后天又缺乏正确教化，就全成了现在这副嘴脸。你穿白裙子真好看。"

"真乏味，老这么一句话，每次见面都说，你心理肯定有问题。就连我妈都注意到了！"童言说完，嫣然一笑。

方唯一不由得紧张起来，忙说："你妈知道我们的事了？"

"你别慌，我妈是说：只要看我穿白裙子，就知道我晚上不回家吃饭，问我是不

是交男朋友了？还说，千万别找一个恋色狂。"

"你怎么说？"

"我和她开玩笑，说爱上了一个有妇之夫。她一听，勃然大怒，痛骂了我一顿。我有时候觉得，家里像一个隐性精神病院。一个话题，就能牵出别人的隐痛；一句话，就能引发一场灾难。挺没意思的。"童言显得怅然所失。

"你没想找个能结婚的男朋友？"

"想啊，想找一个有个性、有才能、心中有十字架、没有心理疾病的！你帮我介绍介绍。"

"这不是变相要找我吗，直说就完了。"方唯一厚颜无耻地笑了。

"迷失自我了吧？你心里有疾病，你心里长着恨呐，我早看出来了。"童言悠悠地说。

"你想找的是个鬼，只听过，没见过。"方唯一说。

"你可能说对了。"方唯一避开她的目光，隐隐地感到了一丝不寒而栗。

"你假期怎么安排？"童言不经意地轻声问道。

"什么假期？"方唯一也莫名其妙地问。

"十一长假啊，方总！"

方唯一这才想到，该过国庆节了！贺英上周也曾这样问过他。太好了！股市终于可以休市几天！否则，天天上涨的指数快把他逼疯了。

"我带你出去玩吧！去景山？去香山吧，香山高，能爬半天呢！"方唯一兴奋地畅想着。

"真够土的，你把我当拉链啦！早听陈瓒说过，你只会带孩子去地坛和名人故居，还说地坛有个'方泽坛'是你们老方家的，惹得拉链到处去吹牛。"童言挖苦着，脸上却挂着幸福的笑容。

方唯一被说得不好意思，哈哈大笑，突然感到些许悲凉，淡淡地说："像我这样的人，可能只有战场，没有后方。"

"你还是陪陈瓒和拉链好好玩玩吧，别考虑我了。"童言真诚地说。

"你放心，我会把一切安排好的，静候佳音！"方唯一用加倍的真诚，信誓旦旦地许诺着。

晚上，方唯一回到家，看着陈瓒和拉链大放光彩的笑脸，反衬着自己沮丧与疲惫。

"爸爸，我们要给你一个惊喜！"拉链喜不自胜地说。

"不是惊吓，爸爸就阿弥陀佛了！"

"唯一，我全都安排好了，十一去香港旅游，让你好好散散心，放松放松。"陈瓒高兴地宣布了惊喜。

"你和我商量过吗？我只想在家静静待几天，谁让你自作主张了？讨厌！"方唯一大声质问，脸色变得更加晦暗。

"我想让全家出去玩一次，怎么啦？你就想着自己！结婚时你没钱，一辆黄面的就给我拉回来了；十二年了，你带我出去玩过吗？拉链七岁了，连北京都没出去过，她说同学去美国、去迪尼斯，你耳朵聋啦！你当爸的心里不愧疚啊！"陈瓒毫不示弱地叫喊着。

"对，我欠你的！欠拉链的！欠父母的！欠经纪人的！欠客户的！欠张宏伟的！我他妈从一出生，就开始负债。但是，谁欠我的？"方唯一痛苦而疯狂地喊着，他猛然想起落下了一个债主：童言。

陈瓒气愤地呆视着他，他看见了拉链惊恐的目光，勉强拍拍她的头，转身走进书房，泄气地坐在椅子上不能平复。

不久，手机响起了短信提示音，看着看着，他乐了。

方总：采访以后，听信你对股市的判断，我卖掉了所有的股票基金，损失惨重。顺便通知你，下次深度专访取消了。

方唯一苦笑着，又多了一个债主，看着书桌上的《金融周刊》，顺手拿起扔进废纸篓里。

第三十二章

一个聪明的妻子，像是流动的水，在丈夫火光四射时，她会化于无形；而在日后，丈夫成为一块熄灭的火山岩时，她又能将其柔置其中。

当方唯一成了熄灭的火山岩，被陈瓒柔置其中后，他只能跟在娘俩屁股后面，登上了飞往香港的客机。起飞前，方唯一将童言静候中的佳音，写成充满歉意的短信，发了过去。

"祝你们全家旅行愉快！童言。"

在空姐催促的目光中，方唯一删除童言短信，关上手机，闭上眼睛，耳畔是陈瓒和拉链的欢声笑语。

"和我们出来玩不高兴啊？装什么深沉！明天下午我们去澳门，去威尼斯人赌场，给你5000港币赌资，够吗？"陈瓒充满诱惑地说。

"有1000港币，不出半天，那赌场就是咱家的。"方唯一发自内心地笑了，他从没去过赌场，只在很多影视作品中见到过，心中充满好奇和向往。

一座弓型大厦典雅气派，像热情得令你陶醉的怀抱。置身其中，你才知道什么是最奢华、最震撼；什么是金灿煌煌、流光烁烁；什么是富贵逼人，乐不思蜀。

方唯一和妻子约好，陈瓒带拉链去威尼斯商城购物，自己去赌场，3小时后老地方会合。

"唯一，你拿1千去赌吧？"陈瓒显然要失言。

方唯一夺过她手中钱包，抽出5张千元大钞，嘴里不停地说："一身穷气，千万富翁玩1千，你也不怕给大陆同胞丢脸。别担心，几小时后，这就是咱家的，我给他们全轰出去！"

步入赌场，800多张赌台目不能及。每台开盘前，叮钟的清脆声此起彼伏，人声鼎沸、万众同赌的盛况，使方唯一激情澎湃。

方唯一将5千港币，在窗口兑换成花花绿绿的筹码，50、100面值的码子分装在裤兜里。他在烟雾缭绕浩大的赌场里，在每张赌台前停停走走地观察着。方唯一敏感地意识到，这里光线亮度设计精妙，他从明晃晃的露天进入大厦，再到赌场，视觉没有感到任何突兀与不适。抬头四顾探寻光源，无意中发现，这里居然看不到任何显示时间的工具，没有日落月升，只有欲望无休地拼搏。

轮盘赌、百家乐、21点、加勒比海扑克、老虎机、骰宝压大小，赌场提供了赌客们能够想到的、听说过的所有博彩游戏。

"老板精神，一枪过！""三边，三边！""吹啊，吹啊！"从百家乐赌台传出众人忘情的喊叫。

方唯一最后选定了最简单的游戏—骰宝；在各种压法中，他根据输赢概率估算，同样选择最简单玩法—压大小。方唯一站在赌台前，看着"路牌"显示器，上面不断记录着每局结果，已经连出五次"小"了，方唯一将两个100的码子押在"大"上。荷官是个小女孩，向下做出停止下注的手势，按动台案上的开关，三个色子在玻璃色盅里疯狂地旋转起来，顷刻间，色子停止转动，"大"的下面亮起灯光，方唯一赢了两个100的码子。

赚钱也好，赌钱也罢，其实就是一个思路、一种方法。方唯一在各张骰宝赌台前转悠着，照方抓药，不断寻找机会，几乎十次出手，九次斩获。5千赌本，已经变成了两万，其中有15个面值1000的码子是他刚换的。

忽然，眼前一亮，一个"路牌"显示器上连续出现了八次"大"，方唯一兴奋地挤到台前，在"小"上押了1000。片刻间，众人纷纷下注，有押点数的、有押三军的、有押大的、最多的是押小。台面上堆满了各色筹码，色子转动，吸引着众人目光。"他妈的，还是'大'！"，"连出九次'大'！"输的扼腕叹息，赢的喜不自胜。

方唯一将5个1000的码子还押在"小"上，荷官关注地看了他一眼，在中场骰台，这已经算是大注了。一个小伙子也押了3000的"小"，色子在玻璃盅里狂跳，众人屏住呼吸，方唯一不停地默念着"小"，"小"！色盅的躁动戛然而止，客人和荷官同时看见一粒色子斜靠在盅壁上，一个男监场走过来，看了下骰盅，对大家说："此局无效，各位可以撤注。"赌客们纷纷拿回自己的筹码，只有方唯一和那小伙子，相互对视一下，没有撤注。

随着监场的一声"开"，盅里三个色子再次转动碰击，台前一片寂静，大家屏气凝神，观赏着两人与庄家对赌。"1、2、5、小！"方唯一狠狠地晃动了一下拳头，拿回1万筹码，与小伙子不约而同地伸出手臂，激动地相互击掌，身边留下一片赞赏的叹息。

方唯一已是满脸通红，快速巡视着赌台前的"路牌"显示器，不理想，还是不理想！他不停走动着，寻找着战机。终于，目光落在了一个显示器上，心中默数着，不由惊叹："连续十一次'小'。"他粗略估算了一下，再出"小"的概率只有4%左右，而出"大"的概率是"小"的12倍。

他和众人一拥而上，纷纷押"大"，然而灯光亮在"小"上，方唯一输了3千，赌台四周响起骂声。

"我靠，连出十二把'小'，再来！"众人拿出愚公移山的劲头，将重注继续押在"大"上，方唯一又押上6千。更加惊愤的呼叫，"哎呀！见鬼了！十三把

'小'！""我靠，输惨了！输惨了！"赌台周边围观的人，已是里三层，外三层。

荷官面无表情，只是嘴角硬硬地上翘，露出一丝杀机，两个监场围拢过来，站其左右。随着台面灯光亮起，新一轮下注开始了，荷官用目光催促众人，但赌客们只是相互看着，没有一个人再敢下注。

方唯一默默地掏出裤兜里所有的码子——1万6千元，押在"大"上。众人目光投向方唯一，有嫉妒，有羡慕，有佩服。"这哥们够狠，刚才就是他不撤赌，赢着钱了！"有人在议论。

随着"叮"钟声，下注截止，台面上仍然只有方唯一孤零零的一堆彩码。他将头扭向别处，耳边响着骰盅里传出的噪音。方唯一转过头，看见赌台暗暗的，只有"小"下面亮起了灯光。

赌台出奇的静，没有了喧嚣，所有人对他露出了怜悯的目光。方唯一突遭重击，大脑瞬间空白，下意识去摸裤兜，已是空空如也。

双腿此时异常沉重，好似两根水泥柱子，方唯一用意志拖动着它们，走向赌场大门，不敢回头。几小时的奋斗，赢了500%的收益，几分钟就化为乌有。转折之快之疼，深深地刺痛了他。

他木然神伤，眼光直愣，在几个小时里仿佛体验了一生。灵光闪现，方唯一好像看到了自己未来的反转。

"呆子！赢啦？咱们是不是该往外轰人了？"陈瓒和拉链出现在方唯一眼前。

"慢慢的赢，快快的输！慢慢的赢，快快的输！"方唯一对陈瓒反复地说着。

"你爸输了钱，犯神经病了！"陈瓒对拉链笑着说。

方唯一突然搂过陈瓒，在她耳边嘀嘀咕咕地说什么，拉链踮起脚尖，好奇地往上凑，被陈瓒推开。方唯一还在对妻子耳语着，陈瓒惊愕地看着他，问道："你是认真的？"

方唯一对妻子，严肃并使劲地点着头。

第三十三章

长假的最后一天晚上，一家三口回到北京。次日上午，方唯一走进办公室，放下电脑包，就抑制不住地去抓桌上的电话。

"喂，哪位？"童言冷冷的声音。

"我，方唯一。"

"出去玩得挺高兴吧？"

"没什么意思，就一个字一累！"方唯一谦虚地说。

"高兴就是高兴，何必遮遮掩掩的？你仔细听听！"

方唯一听到电话那头陈瓒兴高采烈地声音，"迪斯尼焰火太美了，把拉链乐坏了！方唯一刚上飞机，就开始吹牛，声称要把人家赌场赢过来，结果没几个小时，就输得像只秃尾巴鹌鹑……"

"陈老师从早晨一直说到现在了。出去玩得高兴是好事，你有什么不好意思承认的？"

方唯一此时觉着面部肌肉像被酱汁活生生地焗了一道，滚烫而僵硬。"童言，小心眼啊！我一直以为你是超凡脱俗的灵物呢！"。

"我不是小心眼，我是缺心眼！对不起，我有事了，以后少给我打电话！"

"啪"的一声，方唯一听到了嘟、嘟的忙音。对于女性的这种礼遇，他还是平生第一次领受，心中不由发下狠誓："以后再给你打电话，我就是孙子！"

10月16日，上证指数冲到6124点后，就像一个憋尿举杠铃的武疯子，随即滋出一根根阴线，一头栽倒在地，还不停地抽搐挣扎着。11月28日，股市跌到4803点。

随着股市下跌，基金净值大幅缩水，转眼成了明日黄花。而黄金从每盎司670，冲上800美元关口。方唯一每天从早到晚被客户包围着，电话接连不断地响着。

"方总，太英明了！真后悔没听您的，您说股市还会跌吗？专家说现在还在牛市里是吗？"客户问。

"股市连一半还没跌完呐，继续建议你清仓，最少卖出一半仓位，换成黄金。专家没说错，只要不跌破05年998点，一直都在牛市里。"

方唯一刚挂断电话，坐在对面的中年妇女急不可待地塞给他一张纸，"方总，这上面是我买的股票，快帮我看看，哪些要卖？哪些有潜力，继续拿着？"

方唯一看到纸上密密麻麻地写了30多只股票，忍不住心头起烦。"你在股市有多少钱？"方唯一纳闷地问。

"原来90多万，这一跌，股票市值缩水，还剩70来万。"

"你为什么买这么多股票？"

"还说呐，因为专家多呀！每人都推荐，我就每只都买点，买到最后，我都看不过来了！"客户愤愤地说

"你最好全出了，或者卖掉一半，去买黄金！"方唯一说着，将纸塞还给中年妇女。

"方总，你太不负责任了！因为信任你，才让你看，你对客户太草率了吧！你是不是对所有人就这么一句话啊？"中年妇女叫嚷着，像受了多大委屈。

方唯一被童言挂了电话以后，一直心绪烦乱。白天看着被股市、基金折磨得五迷三道的客户，就感到绝望；夜晚紧张的黄金交易，使他心力交瘁。此时他就想爆发，痛痛快快地宣泄。

"一个多月前，让你们清仓，为什么不听？除了财迷，狗屁不通！长着耳朵、眼睛就是为了受骗的。你买一筐烂股票，还不是怕丢掉每一次赚钱的机会？危巢之下，岂有完卵？股市暴跌，谁知道你那一篮子倒霉蛋，哪个不被砸碎？要地震了，谁知道哪间房不会塌！我他妈又不是跳大绳的！告诉你，我说真话，就是最大限度地负责任！"

方唯一红头涨脸地发泄着，忽然，他看见中年妇女眼圈一红，吧嗒、吧嗒地掉了眼泪。方唯一顿时熄了火，晕菜了！

"方总，您知道吗，我都让股票折磨得血压高了！心里烦透了！我他妈全卖了，买成黄金一放，爱怎么着，怎么着！再也不想这些烂事了！"中年妇女抹着泪水，赌气地说。

"大姐，对不起！我也有以风撒邪之嫌。"方唯一摸着发烫的脑门，叹了一口气。

中年妇女刚走，南壮壮直眉瞪眼地进来了，瓮声瓮气地说："您和张老师谈谈，华歌经纪人又抢走我一客户，现在张老师往死了逼经纪人出业绩，他们就在楼

门口、还有黄金柜台前拦截咱们客户。说咱们是代理商，说直接和他们买有优惠。要老是这样，我准备叫几个人，在外面抽他们丫一顿！"

"华歌一个月才卖200盎司，能偷我们几个客户？"方唯一简直烦透了，只想息事宁人。

"最少一半是偷咱们的！"南壮壮不服气地说。贺英兴奋地推门而入。

"你们越来越没规矩了，我是平易近人，你们也不能得寸进尺呀！进我办公室，都他妈不敲门，是不是全和张宏伟学的？"方唯一看着贺英恶声恶气地问。

贺英根本不理会方唯一的指责，笑着说："刚才张老师气疯了！对经纪人破口大骂，骂他们是只会吃、不会干的笨猪，还在白板上写585比15，然后把笔摔在地上了！"

"585比15，是什么意思？"方唯一明显来了精神。

"就是咱们今天卖了585盎司，他们只卖了15盎司。"

"你怎么知道的？"

"我上楼找郝丽惠，刚好在他们公司门口听到的。"

"以后别到处听贼话，影响多不好。"方唯一忍着笑，装模作样地低下头，轻轻掸了掸裤子，站起来，指着南壮壮又说："我警告你，别胡来！我去和宏伟谈谈这事。"

方唯一进了华歌公司，刚走到张宏伟门前，就被蹿出来的郝丽惠神秘兮兮地拉进了财务室。

"什么事？"方唯一悄声问。

"先别进去，他老婆邵真来了，正和他打架呢！"郝丽惠捏着嗓子小声说。

"为什么？"

"就为唐晓那个狐狸精，活该！"郝丽惠眼里闪烁着光芒，方唯一此时更显精神了。张宏伟办公室就在这屋隔壁，中间隔着整面磨砂玻璃。

"就不给她钱，一分都不给！"邵真怒不可遏地叫声。

"咱不能欺负人啊，有事回家说。"隐隐传出张宏伟低声下气的声音。

方唯一好奇地问："他们说什么钱啊？"

"唐晓拉了个客户，是房地产商，一次就买了6000多万黄金，邵真不让宏伟给唐晓销售提成，40多万呢！"

"你说多少？"方唯一觉着听力出了问题。

"6000多万，300多公斤，正好9800盎司。"

"你没搞错吧？"方唯一怀疑地看着她。

"上周三我亲自和山东定的价，下月初就到货，只不过还没来得及告诉你。"郝丽惠肯定地说。

方唯一像被人迎面拍了一板砖，差点背过气去。张宏伟的成功就是自己的失败，一瞬间，嫉妒虫咬得他差点疼死。郝丽惠好像看穿了他的心事，脸上露出笑意。

"我就这么大声！怎么着！你还知道要脸，你信不信，我现在就出去当众骂她！"邵真更加疯狂地喊着，同时隔壁响起了桌椅的撞击声，俩人好像在相互拉扯，夹杂着零乱的脚步声。

"坏了，动手了！方总，你过去劝劝吧！"郝丽惠急切地说。

"我们一起去吧。"方唯一有些犹豫。

"你们是朋友，我毕竟是下属，老张面子不好看，快去！快去！"郝丽惠说着，把方唯一推了出来。

大开间里，华歌员工正看着他笑，方唯一只能硬着头皮推门进屋。只见张宏伟正将邵真往椅子上按，邵真胡乱地挥舞着爪子。张宏伟看见方唯一，立刻松了手，挢着零乱稀疏的头发，坐回老板台后面的大班椅上，喘着粗气。

"干什么呐！注意点影响，外面听得清清楚楚，有什么事，你们回家谈，别在这里打打闹闹的。"方唯一装腔作势地说着，看到张宏伟的狼狈相，拼命克制着要喷薄而出的大笑。

"方唯一，你少在这装大尾巴狼，数你不是好东西！我们老张全是你给教唆坏的！就是你拉的皮条，唐晓原来是不是你们公司的？是不是你介绍给老张的？"

面对邵真歇斯底里的质问，方唯一一惊愕了，他怒目而视张宏伟，张宏伟向他投来哀求的眼光。

"邵真，老张是典型的青春期不完整，落下了心理亏欠症，你应该理解他，耐心地帮他调整调整。"方唯一仍然试图缓解这场冲突。

"你放屁！"邵真朝方唯一怒骂，失去了理智。

"知己莫如友啊！"老张由衷地哀叹了一声。

"臭不要脸！"邵真说着，抄起台历，飞砸到张宏伟宽大的额头上。方唯一再也看不下去了，夺门而出，身后是员工们压抑的笑声，和老张的怒叫。

第三十四章

十二生肖转一圈，今年又是重头来。2008年2月1日，离中国农历春节还有5天，方唯一站在办公室玻璃幕墙前，望着外面灰蒙蒙的天空，又是一个阴寒欲雪的淡日。

自1月10日起，全国19个省遭遇了一场特大的冰冻雨雪灾害，国道中断、铁路中断、几十万人滞留广州火车站，通信不畅、电网瘫痪、农作物大面积绝收、物价大涨，几千万人受灾，直接损失500多亿。鼠年未到，但鼠霉之气却已扑面而来，方唯一暗叹："开年不利！"

十几天前，他按着合众证券时秉承的传统，早早地给员工放了假。他们个个喜气洋洋，怀揣着丰厚的收入，三群两伙地四处购物，买烤鸭、买果脯、买新衣，订机票、订车票，然后匆匆踏上了远方归家的路途。公司里，除了他和几个股东值班，早已是人去楼空。

昨天约好，张宏伟今日离京，回兰州老家过年，股东们中午在鹅馆为他送行。方唯一看看手表，刚十点十分，时间尚早。他从异常的忙碌中，突然闲暇下来，感到手足无措，人像悬在半空中，坐也不是，站也不是，心中徒添了惆怅与落寞。

最近两周，事情渐少，而对童言的思念日切。方唯一犹豫再三，几欲放弃，又欲罢不能，他最终背叛了发过的狠誓，拨通了童言的手机。

"约时间，见面吧！"方唯一直不楞噔地说。

"不见！"童言小声说。

"你有事？"

"没有！"

"那为什么不见，十一长假的事，是我错了！"方唯一声音小的，直担心童言没听清。

"本来就是一盘残局，无所谓对错，结果是注定的。"童言郁郁寡欢的声音，让方唯一感到窒息，拿着电话无言以对。

"没别的事，我挂了。"

方唯一慢慢放下话筒，点燃一支烟，呆呆地抽着，心情沮丧到了极点。

桌上电话响了，不停地响着，他麻木地拿起话筒，"方唯一吗？"是童言，方唯一为之一振。

"童言，是我！"方唯一立刻答道。

"我和妈妈今晚回绍兴，陪外婆过年，下午要去买些东西。等我回来吧，到时我会有一个答案，是一刀两断或是其他。"

他刚要说什么，电话再次挂断，但方唯一心里竟多了些暖意与期望。

方唯一和几个股东走出写字楼大门，看见张宏伟笑模笑样地站在马路边上，精神大好地叫着："方总，快点过来！"

方唯一眼前一亮，发现他身旁停着一辆大红色越野车，烁烁夺目熠熠生辉。张宏伟手搭车门，洋洋自得地等着方唯一发问，而方唯一左顾右盼佯装看不见，心想：憋死你！

"张老师买新车了！宝马x6！太酷了！"贺英从后面窜到车旁大呼小叫着。

"怎么样？贺英，漂亮吧，一百多万！昨天提的货。赶明儿嫁个好老公，让他也给你买一辆。"张宏伟喜不自禁地说着，在方唯一看来，他活像一只拍着天鹅的癞蛤蟆。

说话间，众人围着大宝马里瞧外看，嘴里发出啧啧的赞叹，一堆爪子胡乱地在红灿灿的车身上抚摸着。

"无匙进入、无匙启动、升降底盘、中央冷气、电暖座椅、倒车影像、导航TV、后DVD！"张宏伟张扬地夸耀着，又看着方唯一嘲笑道："方总，你也买一辆！好歹也是个总，几千万身价，既不学车，也不买车，出门就和人民群众抢占公交资源，你也忒狠了！比贼都狠！"

方唯一并不搭话，伸手拉开后车门，坐了进去，用尽全力"嘭"地一声关上车门，直震得张宏伟心痛。众人知趣地散了，去开各自的座驾。

贺英在张宏伟盛邀下，坐进副驾驶座，小心地卡上安全带。随着张宏伟大声地叫喊："听听这醉人的动静！"宝马像箭一般地射了出去，冲上主路。

"宏伟，这车里够香的！"方唯一耸着鼻子，接着说："这骚味是邵真的？还是唐晓的？"

"瞅瞅你们方总,多下流!"张宏伟对贺英笑着说,而贺英只抿着嘴乐,并不搭腔。

"对坏怂就得这么治他!"张宏伟说着,加大油门,猛地向右侧打把,连并两道,方唯一顿时扑倒在右侧皮椅上。而张宏伟又向左快速打把,车屁股切着后面轿车的车头超了过去,吓得贺英张大嘴发出瘆人的惊叫,前后左右的车拼命地按着喇叭,一张张嘴巴骂着脏话。

"张宏伟我操你大爷!"方唯一破口大骂,边左摇右晃地去抓安全带。"姓方的,一年多了,今天让你知道张爷的厉害!"张宏伟嘿嘿笑着,在主路上疯狂地并道穿行。

七、八分钟后,几个股东才晃进了鹅馆喧嚣的大厅。此时,鹅头、鹅舌、鹅掌及各样配菜摆了一桌,正中一个铜火锅,里面的鹅已被沸水煮得皮开肉绽。众人大赞张老师的车和车技,张宏伟啃着鹅头,看着贺英惊魂未定的黑脸泛着惨白,忍不住发笑。

转眼间,三瓶茅台见了底,人人面前堆起了鹅骨的小山。"方总,再要瓶茅台加只鹅吧!"李思本用纸巾抹着油花花的嘴请示着。

"别要了,张老师吃完饭就开车去兰州,你们也都开车,酒不要了,添只鹅吧!"方唯一说着,看了一眼王冬青等几个股东。

"贺英,快给方总算算,喝一瓶茅台,要卖多少基金才能赚回来?李思本,你就是不懂事,拿茅台当汽水喝啊!"张宏伟说着,将杯中残酒一饮而尽。

方唯一叫来服务员吩咐道:"添只鹅,再来两瓶,二两装的。"

"对不起,我们这茅台最少是半斤装的。"服务员说。

"谁要茅台了!我要二锅头。"方唯一笑了。

"我靠,没辙!"张宏伟无奈地摇着头,众人哄堂大笑。

"张老师,方总挣的是辛苦钱,不像您敲敲电脑就能出钞票。"贺英说着,将一瓶小二递给张宏伟。

"那倒是,方总不易,带着你们二百多人,到处卖!卖完基金,卖黄金,一年下来,利润也就3000万吧?我就一人,一台电脑,海外炒金,年初1000万本钱,现在4000万,净赚3000万。就是公司收入不如你们,不过也有800万赢利!"

张宏伟说到痛快处,深喝了一口小二,看着众人惊异的表情,又情不自禁地咂嗞了一口。

方唯一自从掌握了张宏伟的账号、密码，经常进入他海外账户查看，早知道他的惊人业绩，但此刻听他当众炫耀，仍倍感着愧与尴尬，从脸到耳垂都烧得滚烫。

"张老师，在您公司盘面上，方总代客理财也赚了1000万，还挣了800多万手续费呢！扣除客户分成和经纪人手续费提成，1000万净收入肯定有，加上3000万销售收入，我们总利润是4000万，年终报表我早就给您发过去了。"贺英得理不让人地说。

"没错，你要不说，我还忘了！从去年至今，客户累计入金4000万，你们拉了2000万，我们自己也拉了2000万。我们客户是自己操作，可你们客户多半是方总操刀，只有600多万是客户自己作。所有客户总共赔了800万，你们方总赚走1000万，我他妈倒赔进去200万！要不然我国内也能赢利1000万！人家开赌场挣钱，我还赔钱，幸亏我在海外能赚，否则非让你们方总逼死我不可。服务员，拿瓶茅台！"张宏伟说到最后，看着方唯一扬手要酒。

"方总，明年咱们也去香港做吧！那边杠杆比例大，张老师公司杠杆才5倍，太小了！"李思本说。

方唯一真想一脚踢死他，狠狠地瞪了他一眼。张宏伟听了哈哈大笑，边给自己倒酒边说："思本，玩2、4、8块的麻将和赌100、200、400的麻将是一回事吗？方总在我盘面上交易，资金放大从不超过3倍，连5倍杠杆都不敢用；去香港玩10倍以上的，你们方总当场晕菜，交易水平直线下滑！唯一，我说的对吗？"

"我主业又不是操盘，是销售。"方唯一不快地辩解着。

"不错！你们销售确实厉害，而且方总一直用销售卡我脖子。不过我告诉各位，去年11月份，我一个员工单笔成交6000多万黄金，一次卖出300多公斤！你们那么多人也就卖了一吨多吧！"

张宏伟此言一出，几个股东目目相对，七嘴八舌地议论着："张老师，这人是谁啊？""这一单，挣多少提成啊？"而方唯一脑子里又是"嗡"的一下。

"来，方总，发什么呆啊！走一个！"张宏伟朝方唯一举杯示意，一饮而进。方唯一勉强地抿了一口，只觉着酒往上返，夹起一块酒糟鸭舌，放进嘴里。

"明年在投资交易上，我要做中国的巴菲特！销售上向方总看齐，但我是另一路，专做大客户销售，和全国加盟店。什么是人生境界，就是你想做什么，就做什么！你以为你是谁，你就是谁……"张宏伟演讲还未完，就被走到跟前的一个老头打断了。

"张宏伟，张老师，可见到您真人啦！"老头一双枯手拉住张宏伟不停地摇着。

"你是？"张宏伟起身，装模作样地询问。

"您是大名人，不认识我，我认识您！在电视里看过您讲股票，最近还见您讲黄金，我可喜欢听您说话了！您给我签个名，我是您粉丝啊！"老头说着，在身上乱摸起来。

方唯一看在眼里，厌恶在心头，"扑"地一声，将嘴里嚼得稀烂的鸭舌吐在桌上。张宏伟在小烂本上签完字，异常和蔼地说："老人家，给您拜个早年，祝您大吉大利！"。

老头鸡哆米似地点头哈腰，张宏伟因为当众表演了一把平易近人，而越发的斗志昂扬，满面红光。

"多大岁数啦？还知道粉丝呐！我是张老师粉条，土豆粉！"南壮壮向老头逗笑。

"怎么说话呢？明年我收了联众金银，你可得给我提高素质。"张宏伟话音未落，几个人看着他面面相觑。

"贺英，结账！张老师喝高啦，已经酒后吐真言了。"方唯一大叫着，又对张宏伟说："张老师就别给我签名了，写份遗书吧，回家的路太长，不怕一万就怕万一，把你在联众金银的股份做个交代！"

"去你大爷的！少咒我，明年我就收了联众金银。"张宏伟说着，和众人出了鹅馆。

方唯一告别了所有的人，独自蹲在路边。他不想回家，又不知道去哪，贪婪地看着来来往往的人们，分享他们身上散发的节日喜气，充斥着自己满身的落寞与空虚。方唯一想起张宏伟的话"你以为你是谁，你就是谁，明年我就收了联众金银。"他不禁打了个冷战。

第三十五章

（一）

方唯一除了吃喝拉撒睡，已经在书房里闷了五天，通宵达旦如饥似渴地温故着爱德温.李费佛的《股票作手回忆录》、小罗伯特·鲁格劳特的《艾略特波浪理论》，而手里这本《艾略特波动原理三十讲》是他最钟爱的案头书，几年来不知翻看了多少遍。方唯一喜爱它还有一个原因，就是那黄灿灿的封面封底，黄色是他的幸运色。

书的扉页背面有几行小字：

这是一个星期六的下午，陈瓒和拉链在午睡，外面下着小雨，我去附近书店买股票方面的书，但那里一本都没有。我又去了水碓子图书批发市场，经过一年大熊市，卖股票书的店铺很少，最后终于找到一家，买下这本书。第二天下午，拉链发烧了，我和陈瓒带她去儿童医院。回来的出租车上，拉链在陈瓒怀里熟睡着，外面仍然下着小雨，天色已笼罩在夜幕之中。刚进家门，电话响了，是张宏伟。他兴奋地告诉我，国有股减持将暂停。

转眼半年过去了，我在随之而来的6.24反弹行情中，于相对高点全身而退。多谢此书，让我明白了"平坦型调整波"，并逃过了一劫。

2003年1月5日（写于成功操作之后）

方唯一看完这段文字，五年前的场景历历在目，不由感怀伤情。现如今，从贫穷到富有，没有品尝多少成功的喜悦，反倒不断体验着斤斤计较的怨恨。他感到心胸在渐渐闭合，只留下一道微弱的缝隙，快憋得他透不过气了。

"你还去不去吃年夜饭，再不过去，老太太该急了！"陈瓒面带愠色地说。

"走，马上走！"方唯一伸了个懒腰。

"初二，你陪我回娘家，去年春节你就没去！"

"不去！看你姐夫，我就恶心！还有你姐张嘴就扬俗：'我们家万事不花钱，人多朋友广路路通罗马。'再看你妈你爸，香臭不分，眼见着女儿吃脏饭，不以为耻，反以为荣。一家子都什么人啊！"

"行啦！大过节的，你别找不痛快！就你好，像疯狗似的！不去拉倒，我们家的饭不缺你吃。反正你去了，也是给别人添堵。"

"对嘛，我这几天还要研究黄金走势，来年大战张宏伟，看看我怎么把他扔进马桶里冲了。"方唯一如释重负地说。

"你有没有点新鲜的，天天心里只有张宏伟，他把你魂勾走了？"

方唯一的家和父母家只隔了一条街，听着稀疏的炮声，和陈瓒对他污蔑娘家的声讨，转眼已进了家门。

"你们怎么回事？天都黑了，才过来！"母亲拉下脸说。

"拉链，快给奶奶！"陈瓒将一个厚厚的红信封递给拉链。

母亲接过孙女手里的信封，忍不住乐了："真是财大气粗，给这么多，唯一，不会是不义之财吧？"

方唯一差点没把鼻子气歪了："拿着吧！都是你儿子的血汗钱。"

"陈瓒，快看看，果篮、鲜花，还有油都是我们学校和区工会下午送来的，他们还记着我这个特级教师呐。可惜，就是没人看你爸。"三样东西像展品一样，整齐地摆放在桌子上。

"哎呀！差点忘了，刚才进楼门时，碰上俩市政府人教办的找您，他们说派车接您去春晚。"方唯一大惊小叫地说着。

母亲立刻忙乱紧张起来，"你怎么不早说啊！人呢？请人家进来呀！"母亲说着，已走到门口。

"您干吗去呀！我替您回绝了，说您最近血压高，不易乱窜。"

"谁让你替我做主了，谁说我血压高了！60多岁的人，高压160算高吗？"母亲气急败坏地说。

"妈，他的话您也信，唯一逗您玩呢。"陈瓒赶紧澄清事实，父亲忘形地开怀大笑。

"混蛋！拉链过来，千万别和你爸学，和他学不出好。"母亲搂过拉链遮羞。

全家吃完年夜饭，方唯一陪着父母心不在焉地看了阵春晚，就以老年人适宜早睡早起为借口，轰着二老脱衣上床。然后拉着陈瓒和孩子来到街上。浓呛的火药味扑鼻而来，街旁粗壮的爆竹发出惊天动地的响声，一捆捆烟火将美仑美幻送上夜空，随着五彩缤纷炫目地绽放，随即成了空花炮影。

方唯一刚进家门，又像赶牲口一样，轰着老婆孩子洗洗睡了，背负着陈瓒和拉链的斥责，他一头扎进书房，回到自己的世界。

国际黄金市场并未因中国除夕而停盘，相反交易得异常火爆。方唯一从1960年开始的黄金年K线、季K线、月k线、日K线，反复参照，相互印证，识别着浪级，分析着浪形。黄金价格不再是风中的气球飘忽不定，不再是杂乱无章的运动，艾略特波浪理论像一把智慧的梳子，经它梳理，黄金跌宕起伏的K线走势，变得规律、有序和简单。

K线图上，每个傲人的波峰，每个残酷的深谷，都记录着异乎寻常的事件，记录着世界金融转型的拐点，记录着人们为了利益和金钱你死我活的绞杀。

根据波浪理论的驱动5浪定律、浪形交替原则，及斐波纳奇数列的测算，方唯一激动地发现，每盎司黄金即将发生100美元以上的上涨，涨幅将超过10%。

方唯一无法按捺心中的喜悦，他深深地吸了几口烟，拿起电话，他要马上告诉张宏伟这个发现，让他知道，天底下不是只有他可以以为自己是谁就是谁。

方唯一按了几个号码，又放下电话，在键盘上快速地敲击着，他进入了张宏伟的海外黄金账户。界面上清楚地显示着，就在方唯一和家人吃年夜饭时，张宏伟用15倍杠杆，在每盎司900美元建仓做多，交易标的额高达6亿多港币。

方唯一的激情迅速消退，内心的冲动恢复了平静，取而代之的是痛苦和无望。张宏伟真是不可超越的，这个畜生早就读懂了行情，鹅馆的狂言，绝不是茅台酒后的醉话，而是成竹在胸后不可抑制的喜悦。

方唯一打开交易账户，想以5倍杠杆建仓多单，但一抬头，看见墙上自己写的戒律："无论任何原因，账户操作杠杆不超过3倍，如有违反，不上麻药，自施宫刑。立誓人：方唯一。"

他用3倍杠杆，给所有账户下了多单。方唯一突然想到什么，拿着计算器一通狂按，自言自语地说："孙子，过节的加班费我就向你要了，70万一分不能少！"

方唯一听着窗外稀落的爆竹声，来到客厅打开电视，寻找着春晚重播，独自守岁进入了鼠年。

（二）

"新年伊始，张老师不唱一段了？"春节后刚上班，方唯一就来找张宏伟起腻。

"春节过得很充实吧？"张宏伟说。

"大年初一前，研究黄金走势；初一之后研究外汇走势。不敢松懈啊，张老师的葫芦开着口，等着收我进去呢。"

张宏伟嘿嘿地笑了，漫不经心地说："你看黄金下面怎么走？"

方唯一自信地说："这还用问！下面是明棋，傻子都能看懂。黄金该走5浪5了，涨幅不会低于10%，一个月之内，肯定大涨！"

"不一定吧，过于自信是要出问题的。"张宏伟不阴不阳地说。

"宏伟，咱俩就别演戏了，挑开天窗说亮话。初一凌晨，我下多单，你通过流氓系统早就知道了，现在想了解我的操作思路。明确告诉你，这回下的多单，我要一多到底。"

方唯一边说边观察张宏伟的表情，张宏伟在死死地盯着他，方唯一笑了。

"接着说啊，孙子！"张宏伟催促着。

"宏伟，说实话，我原想下5倍多单，但考虑到咱们兄弟情谊，手就软了！你知道吗？兄弟我下不去手啊！多下两倍买单，至少又赚你260万，没错吧？"方唯一说着，看着自己故意颤抖的双手。

张宏伟由衷地感叹了一声，深有感触地说："我活到四十岁，最佩服两个人。第一是我老婆，从鹅馆去兰州的路上，她一直批评我，不应该说话太张扬刺激你，还说你一过春节就会来收拾我。说得太准了！"

张宏伟喝了口水，真诚而动情地接着说："第二个最佩服你，论聪明、论学习、论悟性，根本就不是一般人尖子能比的。可你难能可贵的是什么？你自己都不知道吧？仁义！爱憎分明，但出杀招，点到为止；取财有道，视不义之财如过眼浮云。唯一，我不如你啊！"

经张宏伟这么一折腾，方唯一还真有些接不住了。他索性脸一抹，用出了身体语言，竖起一个手指头，一直伸到张宏伟鼻子底下。

"什么意思？"张宏伟不解地问。

"两层意思。一是戳破你的捧杀；二是如果我放弃再加2倍杠杆，你得给我100万。"方唯一坏笑地说。

"去你大爷的！有你这么挣钱的吗？"张宏伟像挨宰的猪一般，发出了惨叫。

"你要不愿意谈，我现在就去下单。"方唯一说着就站了起来。

"急什么！你丫先坐下！说实话，我也看黄金会涨，但这只是预测，万一不涨或跌了，你拿我100万，是不是太不仗义了？"

"这里面没有仗义不仗义的事，别瞎扯。你花钱买断我下单权，去追求更大的炒金收益；我卖出下单权，放弃盘面更大赢利，天公地道，公平合理。"方唯一说。

"方唯一，你太坏了！风险全转嫁给我，您拿着钱闪了，其实就我一人在和黄金市场赌。哎！这他妈损招，你是怎么想出来的？"

"这是两厢情愿的事，不愿意做，也没人逼你。我是看着兄弟情谊才和你谈的。"方唯一说。

"行啦！别扯兄弟情谊了！我给你5万。"张宏伟"呼"地张开一个巴掌。

方唯一二话不说，起身就往门外走。

"你丫回来，你再说个数！"张宏伟喊叫着。

"兄弟情谊一口价，20根5盎司的金条，现在交货。再谈就没意思了。"方唯一斩钉截铁地说。

"什么，三公斤多的黄金！疼死我了！方唯一，我记你丫一辈子，方坏人！"张宏伟痛苦地哀嚎着，"啪"的一声，大手拍在桌子上，大叫道："郝丽惠，给我拿20根5盎司的金条来！"

方唯一两手托着沉甸甸的金条，发自肺腑地说："书中自有黄金屋，这句话绝对正确。"

张宏伟在出库单上龙飞凤舞地签上名，郝丽惠诧异地看着俩人，拿着张宏伟力透纸背的签字走了出去。

"刚他妈过完年，就让疯狗咬了一口。滚吧！方坏人！"张宏伟盯着方唯一手里的金子，垂头丧气地说。

方唯一忍不住放声大笑，张宏伟也跟着笑了起来，嘴里不停地骂着："你孙子，太坏了！"

"宏伟，还有件事。你别紧张！只是个小问题。"方唯一的话被止不住的笑带跑了调。

"什么问题？"张宏伟已成了惊弓之鸟。

方唯一努力止住笑，说道："07年人民币升值6%，从去年四季度至今，几乎天天升值。而你的流氓系统每天调汇率时，都会比央行公布的中间价高出1%，严重侵害黄金做多客户利益。仅此一项，我去年的全部多单，就少赚了40万。"

"那你可以做空啊！做空你还赚便宜呢！"张宏伟强词夺理地说。

"宏伟，你这就不讲理了！人的交易天性会自然选择做多，特别是在中国，股市里出来的交易者都习惯做多，还有现在黄金看涨……"

张宏伟武断地一挥手，打断了方唯一的话，蛮横地说："少说没用的！我没犯法，调整汇率是我的权利，你怎么想是你的事。"

方唯一仍然和颜悦色地说："我是考虑兄弟情谊，才和你来沟通的。"

"别再提什么兄弟情谊，汇率的事没的谈。"张宏伟说完，将脸扭向一边，摆出一副爱谁谁的操行。

方唯一轻轻地说了一句："等着接招吧。"托着金条走了出去。

<h2 style="text-align:center">（三）</h2>

这天傍晚，方唯一思前想后，最终给唐晓打了电话。

"方总，真难得，您怎么想起给我打电话了？"唐晓笑嘻嘻地说着，微微欠身，坐在方唯一对面。

方唯一淡淡一笑，开门见山："咱俩合作一把，玩张宏伟一道，好不好？"

唐晓睁大眼睛，嘲讽地说："您没事吧？您觉着我能这么干吗？"

"你太能了！当初你连招呼都不打，就一脚踢开联众金银，投奔了张宏伟。年前你卖了6000多万黄金，40多万提成拿着了吗？"

方唯一说完，唐晓默不作声。过了好一会儿，她才说："您找我，不怕老张看见？"

"我知道他走了，才叫你过来的。"

"您说说怎么玩，让我先听听。"

"华歌每天调整交易系统汇率，这活是你干吧？"

唐晓点点头说："每天九点左右，央行公布当日外汇牌价以后，我就调系统。"

"你每天都在加速人民币的升值吧？"

"您别这么看着我，怪吓人的！这是老张的主意，人民币对美元汇率不变的情况下，我们也不调。"

"废话！这几个月人民币几乎天天升值，你们按中间价每次都再加6厘。如果前一天是900美元一盎司，第二天人民币升值2厘，再加上你们人为升值6厘，一盎司黄金就赔给你们7.2美元，1手10盎司就赔给你们72美元。你们真够操蛋的！"

"我和老张也说过。但他说：'客户可以做空啊！做空还赚钱呢！'"唐晓红着脸，辩解着。

"黄金猛涨，为了汇率做空，不是嘬死吗？张宏伟就是用知识欺负人。"方唯一说。

"那有什么办法，谁让人家聪明的！"唐晓又笑了。

"我有办法。每次你调汇率前，我下1000手空单，你一调完，我立刻平掉空单。就这么简单！"

唐晓眯着眼，思考着方唯一的话，突然说："这事您自己办就成，干嘛找我？"

"多新鲜呀！我怎么知道老张哪天忽然良心发现，不调汇率了？再说了，我下完空单，你必须马上调汇率，姑奶奶要是忘了，或者看见我下1000手大单，告诉老张故意拖延时间，赶上黄金暴涨，我不赔死了。"方唯一说着，想起一句名言：漂亮的女人，脑子都笨。

"我作用这么大，那您给我多少钱呀？"唐晓得意地问。

方唯一眨了下眼，觉着那句名言过于绝对了，"每次，我给你1万。"

"1000手空单，不算盘面赢利，光手续费就赚8万。您给的是不是太少了，看来我的作用还是不大！"

"你想要多少？"方唯一只怪把事情说得太透，真想把舌头咬下来。

"4万。您别忘了，老张要知道这事，我下场可好不了，到时您养我啊！"唐晓说。

方唯一此时只能同意了，但他严肃地提醒唐晓："我每次下单，以你的短信指令为准。切记：人民币升值必须在3厘以上，我才有操作空间；否则，就会亏本。"

"没问题！我们约个暗号：'吃早饭'。您收到这个短信，就下单；汇率调完，盘面上金价会突然降下来，您就立刻获利了结。4万元，我全要现金，一次一结，不在任何单据上签字。方总，没问题吧？"唐晓说完，看着方唯一。

"有问题的是张宏伟，全按你说的办！"方唯一抚摸着额头，略带遗憾地说。

自此以后，方唯一每天早早地坐在老板桌旁，敲开所有交易账户，等着唐晓喂"早饭"。从他们约定的第二天，人民币从7.1619兑1美元，到3月2日已经变成7.0916兑1美元，可谓升势如虹，他每早必有几万元纯利收入囊中。

这天，方唯一平掉全部空单，刚准备算收入，郝丽惠推门而入，将一张支票放在他眼前。

"从春节上班到前天，半个月时间，仅黄金手续费，你就赚了宏伟169万。昨天他在支出凭证上签字的时候，圆脸变驴脸，手都软了。"

方唯一听着，开心地笑了。

郝丽惠又说："你们是不是闹矛盾了？怎么谁也不理谁呀！"

"他现在天天忙什么呐？"方唯一问。

"宏伟晚上熬夜看盘，每天11点多才来，下午出去找人谈事，或到电视台做节目，具体我也不清楚。方总，我想多句嘴，你别对宏伟下手太狠了！"郝丽惠说。

"你什么意思啊？"方唯一满脸无辜地问。

"你非让我说明了！每天九点十分，你所有账户一齐做空，张宏伟那时候睡着，我可醒着呐！"郝丽惠大声说。

"谁让他操纵汇率的，活该！你怎么不告诉他？"方唯一斜着眼问。

"我才不管呢！就他给我那一壶醋钱，我操不了这么多心。不过话说回来，张宏伟办事虽然不讲究，可你们毕竟还是朋友，差不多算了！"郝丽惠摆出一幅烂好人的嘴脸。

"离远点，小心溅身血，我给你的年终奖可不是一壶醋钱。"方唯一面无表情地说着，仔细地欣赏支票。

第二天上午，方唯一照例准备好"吃早饭"。手机一响，方唯一瞥了一眼唐晓的短信，飞快地在键盘上弹奏着，少倾，他结束下单，只等唐晓调完汇率平仓。

2分钟、4分钟过去了，方唯一紧张地盯着盘面，心里暗骂："唐晓你他妈怎么还没调汇率啊！"盘面上金价已经有了上翘的冲动。

桌上电话响了。"张老师来了，催我调汇率，我调以后，你千万先别平仓，否则他会发现的。"唐晓悄声地说着。

"知道了！"方唯一挂了电话。

方唯一清楚，张宏伟的电脑登录交易系统后，华歌公司任何客户下单操作，他电脑右下角会发出"嘀"的提示音，并闪出对话框，显示客户姓名、账号。他眼前浮现出张宏伟睡眼惺忪表情麻木不仁的脸。

方唯一心里狂跳不止，忍不住咧嘴大乐，双手抑制不住地快速敲击键盘，平仓，再平仓！像弹奏着一首疯狂的进行曲，转眼之间，账户全都获利了解。方唯一想象着张宏伟张目结舌又惊又气的样子，不由得在椅子上花枝乱颤，笑成了一团。

"方总，你办事太不地道，老张大怒，拜你所赐，他发配我去做经纪人了，唐晓。"方唯一看着短信中"老张大怒"几个字，更加放声大笑，哆哆嗦嗦地回复道："别忘了，去贺英处拿钱。老张的安排很明智！"

张宏伟连蹦带跳地出现在方唯一面前，脸黑得像锅底，用手不停地拍着桌子，嘴里反复地说着："太操蛋了！你太操蛋了！"

方唯一只是抿着嘴笑，看着他不说话。

张宏伟猛地向后拢了拢头发，大叫道："你丫把钱全给我吐出来！否则咱俩一刀两断！”

“宏伟，冷静！冷静！”

“我冷静不了！你是怎么操蛋，怎么干，你说，你干的是人事吗？”

“我当初想和你谈，你不谈呀！再说了，许你放火，不许我点灯；许你操纵汇率，不许我将计就计。天底下哪有这道理？”

“方唯一，你半个月骗走我169万，你要不退钱，咱们就一刀两断！”

“宏伟，钱一分不退，你说怎么一刀两断吧！”方唯一也来了气，本想教育他一下，也好显示自己的手段，没料到张宏伟真急了眼，不禁也动了气。

张宏伟愣了一下，毫不示弱地说：“我从联众金银退股，你们以后对外不许再打我的旗号，立刻把我照片从联众金银网站上摘下来！”

“宏伟，你要这么说，我告诉你，退股款一分没有。因为当初大家都是能力入股，你没现金投入，而且2007年你也没为联众金银做过什么。至于俩公司的合作，也可以停止，随你便！”方唯一厉声说。

经过片刻沉默，张宏伟平静地说：“咱哥俩好来好散。彼此公司也都长大了，谁也不靠谁了，为了钱伤和气，没什么劲。联众股东我不当了，以后的分红我也不拿了，该怎么合作，还怎么合作。你的客户资金也没必要撤走，‘华歌金钱’该怎么卖，还怎么卖。我知道你私下和中盛黄金公司勾搭上了，多的不说了，咱们还是朋友吧。”

方唯一站起来，两人对视了一下，握住对方伸出的手。张宏伟叹着气扭头走出房门，方唯一独自呆站在那里。

第三十六章

（一）

人这一辈子，会有家庭配偶，很多人还有事业上的配偶。自从张宏伟走出方唯一的办公室，他们这桩事业的婚姻算是离异了。

两个人虽然是楼上楼下，却都刻意回避着对方，免去碰面的尴尬与做作。只有在电视、报纸、网络、旁人嘴里，经常传播着张老师的消息：张宏伟在天津又开分店了；张宏伟成立合伙人公司了，专门投资黄金、石油的对冲基金；张宏伟电视上发表高论了！更有谄媚的记者盛赞张宏伟是中国黄金之父，每到此时都会引起方唯一的极度不快。

而窥探张宏伟海外账户，已经成了方唯一的心理负担。在张宏伟过早平仓、痛失黄金问顶1000美元的情况下，账户金额也从春节时的4000万，变成了6000多万。每回看见一长串钱数，他都被刺得眼前发花，心妒难平，不停地揉巴着双眼。

在方唯一独处时，常像一个备受伤害的怨妇，心里细数着张宏伟的不仁不义和倒行逆施，想到气愤至极，便暗暗地咒骂。可转了一圈，昔日两人的机智对答和欢声笑语又会涌进脑海，这是让方唯一最感泄气的事情。

方唯一更心痛的是，与张宏伟断交，却使他对童言思念日切。明明两个毫不相干的人，两种毫不相同的关系，在他心里形成了此消彼涨。方唯一经常一日几次想起童言，忍不住拨打她的手机，而总是听到一个温柔的声音：

"对不起，机主未开机，请稍后再拨。"

方唯一"啪"地一声摔了电话，对着外面大叫："尹远东！"

"英文'他妈的'怎么说？"方唯一急躁地问。

"我不会，没学过！"远东充满歉意地说。

"你还双硕士呢！连'他妈的'用英文都不会说，现在教育绝对有问题。"方唯一气恼地埋怨着。

"您问问南壮壮，他这方面的词汇比较丰富。"远东在举荐贤人。

南壮壮对着方唯一欲言又止，转而向远东骂道："shit"。

方唯一狠狠地学着骂："射特！"

"方总，您还可以中英文联骂：'真他妈射特'"南壮壮口腔用力过猛，白沫横飞，被方唯一轰了出去。

晚上，方唯一在电脑上输入张宏伟的账号密码，敲了确认键，立刻闪出对话框："密码输入错误，请重新输入！"他又仔细地逐个敲了一遍，还是出现相同提示。方唯一立刻明白了，张宏伟更换了账户密码，嘴里骂着："真他妈射特！"

"唯一，快出来！"陈瓒在客厅里大叫。

方唯一急忙跑过去，陈瓒用手指着电视"快看，张宏伟！"

只见张老师张着大嘴不停地说着，手里还做作地摆弄着一枚"华歌金钱"，旁边坐着小鸟依人的女主持，活像一个捧哏的，不断给张宏伟垫话。

方唯一大骂："真他妈射特"，转身又进了书房。

"你有病啊！哎，唯一，最近你怎么不提张宏伟了？"陈瓒不识趣地大声问。

"自己过自己的日子，没事老提人家干吗！"方唯一不耐烦地说。

"你要真这样想就好了！我头疼，先睡了，你别熬夜了，早点睡吧。"陈瓒说着关了电视，踢踢踏踏的拖鞋声消失在卧室。方唯一忍不住又骂了一声："真他妈射特！"

（二）

方唯一在梦里，一次次闯进现实之中，事件和场景缺乏联系，也毫无逻辑，像一部放纵意识流淌的反情节电影，他无力控制任何片段的演绎，只能随波逐流，任其发展。

手机铃声重复地响着，方唯一感到双手紧握得疲麻，摸索着枕边的电话，努力退去睡意，轻轻地问道："哪位？"

"唯一，还在睡觉？"

"童言，你回来了？"方唯一忽地坐起来。

"我昨天下午到的北京。"

"你去了两个多月！一日不见，如隔三秋，你算算，我想你多少年了，再不回来，我就快入土了！"

"算了吧，没心没肺的，九点多了，你还睡大觉呢！"

"那是睡觉吗？那是想你想得晕过去了，要不是你的电话把我唤醒，差一点我就过去了！"

他们你来我往地说笑着。童言告诉方唯一，她外婆春节里病倒了，在上周刚刚去世，妈妈和她一直轮流守候在病床前，后来又料理了老人的丧事。

"你为什么一直关机？"方唯一不无埋怨地问。

"不愿被人打扰，想忘掉不该记着的。"童言温柔地说。

"结果呢？"

"讨厌，明知故问。"

"人逢喜事精神爽，我真他妈想唱一段。"方唯一忘乎所以了。

"好啊！你现在就给我唱一段。"童言当真了。

"别别！我说着玩呢，嗓子还紧着呐。"

"不行，我现在就要听，快点唱！"童言任性地逼他。

方唯一清清嗓子，悄悄下床，站在地上投入地唱起来："深秋枫又红，秋去留残梦。我心付诸于流水，恰似落叶然飘零。转眼之间，白雪遮晴空，寒风袭严冬，莫待樱花盛开春来，也踏雪寻芳踪。"

"唱得真好，《秋诗篇篇》是刘家昌和夫人结婚后写的，这首歌写完，他就写不出来了。"童言动情地说。

"小孩知道的还真不少。"

"那当然！你赶紧上床吧，小心着凉。"童言禁不住乐了起来。

方唯一立刻红了脸，跳上床拉着被子说："下班前，我给你电话，看看你瘦了没有。"

"讨厌，再见！"童言挂了电话。

方唯一起身冲进卫生间，"哗哗啦啦"地洗着，嘴里仍然陶醉地哼唱着《秋诗篇篇》。关上水龙头，拿着毛巾胡乱擦了身子，光着屁股，跑进大卧室，直奔衣柜，找出内衣内裤，快速穿上，一转身，他惊得差点昏过去。

方唯一看见陈瓒紧裹被子，静静躺在床上，屋内厚重的窗帘，挡住了外面的光线。他有些怀疑自己的视力，又朝前蹭了一步，方唯一清晰地看见陈瓒眼眶里噙满了泪水，禁不住倒吸一口凉气。脑子瞬间停止了转动，出现一片空白，直挺挺地僵硬在那里。

一切好像静止了，方唯一看见她的泪水滚落下来，不由得心中骤紧。又过了一会，他鼓足勇气轻声问道："你怎么没上班啊？"

陈瓒没吭声，只是用手抹去不断流出的眼泪。方唯一仗着胆子，贴着床边坐下，深深地叹息着，突然，腰部被猛地一蹬，方唯一重重摔在了地上。

陈瓒"噌"地坐了起来，开始痛说革命家史，大声哭诉着。从十几年前方唯一穷困潦倒，到自己不离不弃；从他回家后心不在焉，到刚才臭不要脸的情歌；从自己昨天头疼方唯一不闻不问，到他对别人嘘寒问暖。方唯一索性坐在地上，一言不发，耷拉着脑袋听着。

陈瓒哭累了，骂累了，又倒在床上。方唯一起身走了出去。不一会儿，端着一杯热气腾腾的牛奶直奔床前。

"坐起来，喝杯奶，别气坏身子，不值得，问题没你说得那么严重。"方唯一此时清醒过来，虚情假意地劝说着。

陈瓒又猛地坐起来，方唯一赶紧放下奶杯，跳到了安全距离以外，嬉皮笑脸地说："你怎么跟乍尸似的，吓我一跳。"说着，小跑了出去，又拿了一条热毛巾，凑上前强行为陈瓒擦脸，嘴里不停地说着："多漂亮的嫩脸啊，快擦擦！多好看的媚眼啊，快擦擦！"陈瓒张牙舞爪，乱踢乱蹬地反抗，一时间，鼻涕、眼泪、哈喇子抹了一手巾。

已是下午三点，陈瓒终于结束了对方唯一的审讯。方唯一此时只觉得筋疲力尽、心力交瘁，嘴里来来回回地叨唠着："就这么简单，没你想得那么复杂。"

"快下班了，你还不给童言打电话？"陈瓒讥讽地说。

方唯一咋巴着嘴，不知如何是好。最终一狠心，当着陈瓒给童言发了一条短信："相会无缘，永勿联络。"

随着短信在屏幕上闪出，方唯一感到锥心的痛直逼上来。他看到陈瓒眼中一闪而失的怜意，深深低下了头。

第三十七章

五月中旬的一个周末，方唯一又犯了不可饶恕的错误。那天晚上，陈瓒洗浴之后，身穿粉色睡衣，步态轻盈地来到书房门口，倚靠着门框笑吟吟地说："还看行情呐，今天是周末，早点睡吧。"

方唯一抬起头皱皱鼻子，闻到淡淡的香水味，貌似不识风情地说："我要两耳不闻窗外事，一心只读黄金书。"

陈瓒不由分说，上来就关电脑，方唯一拉住她的手，嘴里喊着："童言，别闹！"

方唯一猛然意识到自己说了最"反动"的话，刹那间追悔莫及。陈瓒象突遭电击，目光惊愕地看着他，转瞬用力摔开方唯一的手，扭身跑出书房，他紧跟其后，不停地叫着："陈瓒，陈瓒！"

"滚！少理我！"陈瓒压抑着低声吼道。

方唯一仍想做最后的努力，跟到卧室门前，陈瓒"啪"地关上门，又猛地拉开，大声说："告诉你，星期日不许出去，陪我在家请同事吃饭！"

"何必在家麻烦呐，我请你们出去吃鲍鱼吧。"方唯一极力讨好地说。

"滚开，少烦我！"陈瓒带着怒气重重地关上了房门。

第二天下午，方唯一殷勤地举着单子，站在陈瓒面前，低声下气地问："贵单位同事来几位？"

"两个。"陈瓒看着电视，冷淡地回应道。

"我准备了菜谱，陈主任看看是否可行。"方唯一说着递过去，陈瓒依然头也不抬地说："你念吧！"

方唯一立即装腔作势地念道："首先是四冷盘：手拔笋、四季烤麸、风干鸡丝、莴笋叶粘麻酱，这些都是饭馆的外卖。"

"行啦，你看着办吧！"陈瓒烦躁地说。

"需要准备酒水吗？"方唯一问。

"需要。"

"好的，一瓶红酒够了吧？"

"不要红酒，喝家里的茅台。"陈瓒像和谁赌气。

方唯一这回诧异了，好奇地问："客人是男是女呀？"

"男的怎么了，我就不能来个男客人？"陈瓒站起来，显得很蛮横。

"能，当然能，不会是个白胡子老头吧？可别喝死在我这。"方唯一讥笑地说。

"无聊！拉链，走，妈妈带你玩去。"陈瓒说着，进了大卧室，方唯一听到里面拉链欢天喜地的叫声。

星期日上午，方唯一对着镜子，看见自己身上松松垮垮地圆领背心和大裤衩，忍不住问正在描眉画眼的陈瓒："你看我穿什么好？一会儿你们同事来了，可别嫌我丢人。"

"你穿得再好也是瞎糟蹋，就这样吧！"

方唯一碰了一鼻子灰，用手摸着光腿，感到一丝凉意。

门铃悦耳地响起，方唯一从厨房跑出来，打开房门，一个高大俊郎的男青年微笑着，淡粉色衬衫、米黄色休闲裤映衬着眉宇间的稚气。他身后居然闪出了童言，身穿鲜艳的连衣裙，散发着青春的气息。

"童言，小高吧，快进来！"陈瓒热情地招呼着。

方唯一像被冻僵了似的，僵立在门旁，痴痴地看着童言。她今天画了淡妆，和陈瓒亲热地拉着手，俩人有说有笑、有进有退地相互称赞着对方。

方唯一看在眼里，傻在脸上，心里思忖着，这俩女人真够能装的，不禁想起了直来直去的邵真，暗叹张宏伟比自己命好。

"想什么呢，别傻站着，快给客人倒水去！"陈瓒漫不经心地埋怨着方唯一，像责备一个木讷的下人。

方唯一真想急，但又不好发作，只能忍气吞声的快步走向厨房。

"你也不问问客人喝什么？"陈瓒又埋怨道，并露出一副无可奈何的表情，对小高和童言说："有苹果汁、橙汁和绿茶，你们喝什么？"

方唯一领了圣旨，逃命似的躲进厨房，一心想抽陈瓒两大嘴巴，他算领教了心深似海，明白了最毒莫过妇人心。但想到童言鲜艳的连衣裙，心中不禁懊悔，自己为什么当初总喜欢她穿白色的裙子？

"陈老师，墙上这几幅水墨画真别致。"小高赞叹着。

"那是方唯一附庸风雅，从琉璃厂小摊上捡的。"方唯一听着，禁不住憋气，那都是现代名家真迹。当时三幅斗方挂在墙上，陈瓒还直夸他的品位呢。

"您家书好多！童言不比你家少吧！"他们好像在参观方唯一的书房。

"小高，这哪敢跟我导师比呀！除了我的几本专业书，其它都是方唯一买来装样子的。他没上过大学，全日制教育只读到中专，买书就是为了解亏心的。"陈瓒恶毒地说着，声音虽然变小，可方唯一竖起耳朵还是能听清楚，泡茶的开水浇到手上，他感到一阵锥心的灼痛，疼得皱紧眉头，差点叫出声来，用凉水猛冲。

中午时分，宾主双方在餐桌前纷纷落座。小高对陈瓒谦让地说："大姐，我喝不了白酒，喝点饮料吧！"

方唯一拿着酒瓶和杯子，愣在那，等着陈瓒发话。而眼睛里仿佛藏了一个贼，余光忍不住一次次地扫过童言。

"小高，今天我可是替导师和师母在面试你，是不是童言？会不会都要喝点。"方唯一听着陈瓒装大卖老的俗嗑，看见童言尴尬地浅笑，气得直发蒙。

"快倒酒，傻子似的！给每个人都倒上，你今天也可以喝一点。"陈瓒不住地吩咐着，方唯一差点气极而乐，他想起了日本电影《追捕》，想起了那个被精神阻断药物折磨得痴傻呆孬的横路净二。

"唯一，别就自己喝！也不知道向大家敬敬酒。"看着陈瓒责怨的眼神，他觉着自己像只顾傻吃傻喝不识礼数的孩子。

方唯一被气得迷迷瞪瞪，冲着小高和童言大声说："敬酒！"仰头将杯中酒一饮而尽，小高忍不住在乐。

"你这人真够呛，哪有只说敬酒的，你还应该说点祝愿的话呀。"

方唯一看着喋喋不休的陈瓒，真想怒声大喝：你很操蛋！可当他瞄了一眼低头不语的童言，于是用男主人的腔调问道："小高，做什么工作的？"

"新闻记者。"小高马上谦虚地答道。

方唯一恍然间又找到了方总的感觉，拿起酒杯说："来，小高，祝你成为中国新闻业的法拉利！"酒还没咽下，就听见三个人大笑起来。方唯一刚要翻然悔悟，却为时已晚。

小高笑着说："我就是累吐了血，也跑不过法拉利啊！"，而陈瓒更像只老母鸡，笑得咯咯地，就差倒气了。

"你是说意大利记者法拉奇吧？"童言小声提醒道。

"对对对，是法拉奇。"方唯一不停地在笑声中应承着，此时的他已是红头涨脸大汗淋漓，他知道离和陈瓒翻脸只差一步了。

客人走后，陈瓒立刻变了个人，不停地收拾桌子，刷洗碗筷，抹东擦西。嘴里还说："你累了吧？进去睡一会，晚饭好了，我叫你。"

"一肚子晦气，还吃屁晚饭！"方唯一说着进了小卧室，反手关上门。脑子里童言和陈瓒交替出现，更多的是回想着童言低头不语的样子，想着想着，睡眠悄然而至。

当他醒来时，只觉得口渴难耐，方唯一晕晕沉沉地来到客厅，早已是上灯时分，陈瓒和拉链正在看"汶川地震央视赈灾义演晚会"。

"渴了吧？"陈瓒说着，从茶几上拿起一大杯酸枣汁递给他，方唯一阴沉着脸接过来，大口大口地喝着。

"还不谢谢我，让你见着心上人了！"陈瓒挖苦地说。

"我的形象让你彻底毁了！"方唯一痛苦地说着，在陈瓒丰满的屁股上重重地拍了一巴掌。

陈瓒躲闪着再次打过来的巴掌说："就是不能让你出去招摇撞骗，让她也看看你在家里的真实面目。"

拉链大喊道："你们还看不看！懂不懂上善若水、厚德载物？"

方唯一和陈瓒互相瞪视着，分坐在拉链两侧，感受着大爱无疆的召唤。

第三十八章

5月19日下午14时28分，为悼念汶川地震的遇难同胞，举国同悲，北京上空拉响防空警报，骤然间发出刺耳的鸣叫，街上汽车喇叭也相继按响。所有人停下手中的工作，方唯一率员工原地起立默哀三分钟，张宏伟此时闯进了公司的玻璃门，不屑地看着他。

"好好忏悔，多捐点不义之财，你罪孽深重。"

"别没人性，这叫默哀。"

"别人叫默哀，你就叫忏悔。"

几句低声细气的斗嘴，消除了俩人很多隔膜。

"你捐了多少？"方唯一问。

"五十万，你呢？吸血鬼！"

"你丫管不着！"方唯一本想在他面前抖抖精神，没想到又让这孙子给灭了一道，捐十万大元居然都说不出口。

张宏伟接了一个电话，兴冲冲地跑了。方唯一坐在老板椅上，才想到张宏伟是来向自己炫耀五十万捐款的。他漫不经心地浏览着财经网站，在首页理财频道上，大标题《华歌黄金总裁张宏伟：谈金论道》赫然入目；他又打开一个网站，《张宏伟：黄金成为通货膨胀狙击手，每盎司将直逼2000》。方唯一狠狠地点在叉子上，嘴里自语着："记者就像是苍蝇，总跟着屁哼哼。"保护屏上露出了拉链的笑脸。

方唯一突然乐了，他要来李思本的手机，又打开抽屉，拿出拳击的塑胶护齿戴上，拨通张宏伟电话，短暂的峰音过后，对方有了回应。

153

"喂"方唯一听到张宏伟越来越装腔作势的音调。

"请问是张宏伟先生吗？"方唯一问。

"我是，请问你是？"

"这里是半岛电视台。冒昧地打扰，你关于黄金精辟的见解，已经影响了国际社会，特别受到阿拉伯世界朋友的关注，请问你是否愿意接受我们的采访？"

方唯一嘴里含着一大块橡胶，话音里充满了羊肉串的味道，他听到张宏伟做作的笑声，含混着抑制不住的兴奋。

"没问题，知识的财富属于全人类，我愿意和所有朋友分享，非常愿意接受你们的采访。"张宏伟慷慨而得体地答道。

"谢谢你，明天十一点半，可以吗？"

"没问题。我等你们。"

"我会带摄像和灯光人员一起去。明天见，张宏伟先生。"

方唯一按掉通话键，抠出塑胶护齿，狂乐。他又叫来李思本，吩咐道："明天十一点半以后，在开机状态拔掉电池。"

"为什么？"李思本不解地问。

"打电话的人会认为手机占线。什么时候装上电池，我会告诉你。"方唯一又自顾自地笑了起来。

第二天下午，方唯一和中盛黄金的翟总一前一后走出无名居转门，来到他的丰田佳美前。翟总的车轱辘话还在不停地转着："方总，你奔四十啦，我也四十多啦，听老哥一句，光吃不运动不行！咱们的球还要坚持打，你球技一直没长进啊！等你一过四十就知道了，男人就怕过四十。享了嘴福，就要流汗；越享嘴福，越要流汗。酒得少喝，你看今天，又灌了我一瓶茅台，要不咱俩先打球去，然后再拿个澡，晚上弄口清淡的。"

方唯一连推带搡地把这个无聊之极的酒囊饭袋弄进车，热情洋溢地和翟总挥手告别，极力掩饰着内心的厌烦。

他感到脑袋有些大而沉，但当走进写字楼时突然激动起来，只嫌电梯太慢，飞奔进华歌黄金，喘着粗气，推开了张宏伟的房门。只见张宏伟西装革履，僵尸般挺坐在老板椅上，目光呆滞。看见方唯一，他从蓝条西服的上兜里拿出一把白色小塑料梳子，将几根稀疏干枯的黑毛向后拢着，试图去遮盖肉黄色的秃地。

"为谁酿情哪，小心你老婆过来扇你！"方唯一嬉皮笑脸地说。

"在等采访，哥们要影响国际黄金业了。"张宏伟郑重其事地答道。

"不会是本·拉登要采访你吧？"

"哎，靠谱，差不多，孙泥，往下说。"张宏伟的眼睛突然闪出亮光。

"是为恐怖主义摇旗呐喊的半——半——半岛电视台……"方唯一乐的已经直不起腰来，笑不成声，像是在抽泣。

"我日你大爷的，坏怂！饿劈我了！"张宏伟恼羞成怒气急败坏拍案而起。

方唯一刚跑出华歌大门，张宏伟也紧跟其后追了出来，嘴里悲愤地喊着："坏怂，你大爷的，饿劈我了！"

楼道里来往的人看到这一幕，不知所然忍俊不禁地傻笑着，痴痴地看着这两个癫狂的老总。他们俩在楼道两端，扶着墙喘嘘互视着，都已弯下腰笑抽了。

第三十九章

"红烧小黄鱼8条。"张宏伟余怒未消喘着粗气，贪婪地翻看着菜谱。

"跟你说，我吃过了！你丫要这么多吃的了吗？"方唯一急赤白脸地说。

"手拔笋4盘"张宏伟丝毫不理会方唯一的责问。

"我靠，宏伟要两盘吧，你给熊猫欢欢留两盘。"方唯一哀求着。

"烫两壶黄酒，捡年头最长的拿，别忘了放话梅。"

"30年陈酿成吗？"服务员问。

"公元前的有吗？"方唯一忍不住打岔。

张宏伟利索地拨着笋皮，嘴里咔茬咔茬地嚼着嫩笋。服务员端上长形鱼盘，并列排放着8条小黄鱼，转眼间，经过张宏伟口腔加工，变成了一堆鱼刺。

"宏伟，你这么吃不利于环保，碳排放会超标的！"

张宏伟端起热烫的酒盅一饮而尽，陋意地呼出一口酒气，专注的审视着方唯一，突然说："你偷我密码了。"

"什么密码？你吃撑着了吧？"方唯一立刻虚张声势地问。

"别他妈装，就是我香港黄金交易账户的密码！"张宏伟煞有介事地紧盯着方唯一的眼睛。

"扯淡！谁偷你密码，谁是孙子。"方唯一信誓旦旦，大有用死以证清白的气势。

"确实有个大孙子，潜入我账户，有两次我正要下单，这大孙子一登录，把我踢出来了！不过我已经把密码改了。唯一，我告诉你，做人要有廉耻。"

"你有廉耻啊？掏出来让我看看！你再瞧瞧周围，哪个像有廉耻的，你给我指指。"方唯一装模作样地左顾右盼。

"方唯一，我正正经经地和你谈件事情，这事我也想了好长时间，对你我都有利。你让我把话说完，别打断我。"方唯一看着他点点头。

张宏伟接着说："我出资收购你公司51%的股份，公司仍由你管理，但要成为华歌黄金的子公司，专门负责黄金业务的市场推广和销售。你可以直接对我负责。"

"可以商量，但要看你出什么价。"方唯一说。

"说实话，收你公司股份，也就是买你这个人！我出3千万，你为我全心全意干三年，我每年支付你1千万，怎么样？前提是要完成当年业绩考核。"

"价钱我同意。"方唯一停顿了一下，看着张宏伟充满希望的目光，继续说："但要在公司股权变更之日，一次性付清，同时我拿钱走人。"

张宏伟大笑着说："你拿了钱，带着那帮猢狲跑了，另立门户！我他妈竹篮打水一场空，你想什么呐？"

"挂串胡萝卜让我给你卖命，又是业绩考核，又是对你负责，你想什么呐？"

张宏伟长长地叹了口气，说道："咱们之间就是缺乏信任，老想一争长短，我们为什么不能团结起来，共创江山呢？"

"宏伟，说句实话，我有点干腻了！绞尽脑汁拼死拼活的干，原来是为钱。现在有钱了，我已经找不到再干的理由了。"

"别麻痹我行吗，跟谁打仗呐？早晚收你做偏房。"

"爷有钱了！知道什么是钱吗？钱是说'不'的底气，钱是自由的翅膀。如果问我继续干还有什么乐趣，那就是有朝一日任命你做我集团公司的研发部主任，并亲赐你直接对我负责，而华歌黄金不过是联众金银的子公司。能使其改修正道，造福社会最好；万一改不好，就地掐死，让它断气身亡。"

"孙泥，终于说实话了！咱们走着瞧吧。你丫结账！"张宏伟说着向服务员招手示意。

第二天上午，方唯一再次向郝丽惠探听张宏伟的交易密码。郝丽惠告诉他，自从张宏伟发现唐晓背叛，好像对谁都不信任了，特别是对她，密码早改了，新密码也没有告诉她，公司每月核账，海外的钱数都由张宏伟亲自提供。

方唯一默默地吸着烟，感到一筹莫展。自从他不能再窥探到张宏伟的操作，就像一个沙漠中的独行者，丢失了指南针，交易起来缩手缩脚；特别是下单以后，经常有一种忐忑不安的惊恐折磨着他。他不愿承认，但又无法否认，他在黄金操作上对张宏伟的依赖。这是一种路径依赖，一旦阻断，他便感到无所适从。

此外，方唯一必须监视张宏伟的海外资产，还有一个更重要的原因，自己客户有两千多万放在华歌公司，他随时担负着看护这笔资金的责任。

"不过想拿到密码，也不是一点办法没有，要看你本事了。"郝丽惠说。

"你说说，我听听。"

"我也是无意中发现的，他电脑桌面上有个文件夹，里面全是他交易的帐号和密码。"

"你知道他电脑的开机密码吗？"

"原来他开机时我注意过，就是他生日，现在不知道改了没有。"

郝丽惠望着冥思苦想的方唯一，挖苦道："离了张宏伟你都不会做交易了吧？"

"扯淡，监视他账户，是为了我客户的资金安全。这叫行小恶成大善，你懂吗？"

"行了，别拣好听的说，我先忙去了。发钱时，别忘了我对你的贡献。"

看着郝丽惠的背影，和轻轻关上的房门，方唯一脑子里闪过一个窃取密码的计划。

几天后的一个傍晚，方唯一望着窗外的晚霞，脸上挂着笑意，手里握着鼠标，不由得心跳加速。

门大开了，张宏伟站在面前，"方坏人，我都到地下车库了，你非把我叫上来干吗？"

"天挺热的，你先把西装脱了。"方唯一坏笑着说。

"少废话！你丫又憋着什么坏呢？"

方唯一扫了一眼电脑，故作神秘地说："有点好东西，看了怕你发热！"

"没兴趣！我得回家给邵真过生日，你留着给陈瓒看吧。"张宏伟蔑视地说着，转身欲走。

"知道艳照门吗？有个裸照明星是你偶像吧？太不堪入目啦！"方唯一连连摆手，眉眼挤到了一起。

"你丫这坏怂！真的假的？"张宏伟说着，眼里射出期望的光芒。方唯一看着电脑撇着嘴不住地点头，张宏伟顺手将电脑包放在沙发上，又把西服脱了随手向上一扔，跻身上前，嘴里说着："让我看看！"

方唯一赶紧关了图片，双手护着电脑，嘴里高叫："一共80多张，你想先看哪张？我每张都有编号！"

"随便哪张，你先给我看一张。"张宏伟话音未落，一个全裸当红女星，在浴室劈腿自我抚爱的图片在屏幕上一闪而过，瞬间又消失了。

"你大爷的，我还没看清楚呐！"张宏伟嗷嗷直叫。

突然，杨栋、王冬青、南壮壮蜂拥而入，吓了俩人一大跳，方唯一大声呵斥："什么事？"

"方总，艳照门所有明星照片都被他搞到了！"王冬青指着南壮壮说，而南壮壮嘿嘿地淫笑着，晃了晃手里的U盘。

方唯一迅速推过笔记本电脑，南壮壮熟练地插上U盘，众人围拢着一张张点击，嘴里不时发出"啧啧"的声音。

"王冬青，你客户来了！"贺英在外面喊了一声。

"真讨厌！"王冬青叨唠着，

"快去，快去，要不然贺英该进来了！"杨栋说着话，挤走了王冬青，"快看这张，超级爽哎！"南壮壮惊呼道。

方唯一抻出一张纸巾，递给张宏伟，说道："张老师，擦擦嘴角，流下来了。"

张宏伟将纸巾摔在方唯一脸上，红头涨脸的说："你自己擦擦吧，都滴哒到地上了！"几个人哄然大笑。

南壮壮将张宏伟的偶像艳照点击放大，女星坐在马桶盖上，双唇微启，手托丰乳，目光闪烁迷离，情欲四射。

"张老师，她好像盯着你看呐！"方唯一看看照片，又瞧瞧张宏伟，杨栋和南壮壮也发现了角度的巧合，不由咯咯地乐起来。

"去你大爷的！南壮壮，把盘拔出来，借我拷一下。"张宏伟说。

"不用了，这盘一会儿送给您，我还有备份。张老师，您看看我的偶像，方总那儿没有！"南壮壮说着，又打开一个文件夹。

"我塞！瞧瞧，魔鬼身材、山高水阔，比张老师的偶像强多了！"南壮壮自豪地说。

"但你丫这偶像气质太差！张老师那偶像一看就属于会说英文的，有股洋味。"杨栋说完看看张宏伟，张老师得意地哈哈大笑。

"你们说什么呢？"王冬青悄无声息地又溜进来，站在杨栋身后伸着头说。

"全是他妈骚味，让张老师回家自己慢慢闻去吧！"方唯一说着，站起来伸了个懒腰。

艳照欣赏散场后，方唯一看着王冬青问："得手了？"王冬青笑道："全在里面，他开机密码没变，解码器没用上。"说着递过来一个红色小U盘，方唯一攥在手心里说："这就叫四过一，国足要请我当教练，连太阳系都冲出去了。"

回到家，方唯一打开U盘里的文件，着实吃了一惊，上面记录了50多个账号和密码。除了他熟知的华歌黄金几个账号，还有很多陌生的姓名和户头，分别开在香港多家黄金交易公司；张宏伟几个月前成立的对冲基金，开户在上海黄金交易所。

张宏伟代客理财的规模早已今非昔比，"望尘莫及啊！"方唯一不由得自言自语。他数了数张宏伟新设置的密码，被气乐了。一共18位，并且是数字和字母相互交错，心想这样的密码能把解码软件给累瘫了。

方唯一输完密码，眼睛觉着发花，暗骂张宏伟变态。忽然一个闪过念头，他立刻拿起电话。

"宏伟，欣赏照片了吗？"

"别捣乱，我正为老婆过生日呢！"张宏伟不耐烦地说。

"替我祝你夫人生日快乐，别忘了给她拍几张生日照！"

"滚！方坏人。"

张宏伟挂了电话，方唯一随即进入了他香港的交易户头，账号里显示空仓，资金有6000多万。方唯一查阅了近两个多月的交易记录，黄金从3月17日每盎司1032美元下跌以来，张宏伟几乎没有操作过。方唯一知道他只做涨、不做跌的操作戒律，可他更关心张宏伟对黄金后市的看法，但这又是绝对不能问的。黄金价格不停变化着，现在跌到了875美元，方唯一盯着黄金K线图陷入了沉思。

半个月过去了，张宏伟仍然没有任何操作，方唯一每日在盘面上寻找战机，只做短线，快进快出，小有得利。他暗笑自己做贼心虚，刻意避免和张宏伟操作雷同，以免引起他的怀疑。6月13日（星期五），黄金终于有了企稳迹象，日线收出了"十字星"。

周一中午，方唯一确认张宏伟不在电脑旁后，马上登录他香港的黄金帐户。1000手多单赫然在目，建仓价位每盎司890美元，资金杠杆放大10倍，交易标的额6亿多港元。

十多天后，张宏伟在950美元平掉全部多单，账户金额突破亿元大关。在此期间，方唯一没做过一笔交易，他被一种前所未有的恐惧笼罩着，多少次鼓足勇气打开账户欲要下单，但看着快速上涨的金价，又悄然关闭。方唯一整宿地坐在电脑前，像在和谁赌气，暗暗诅咒旭日如升的金价，诅咒张宏伟账户市值的飞速攀升。在和张宏伟长期的瑕瑜互见中，深深感受到自己的懦弱与卑危。书房里烟雾弥漫，方唯一经常面赤耳热汗水淋淋，自惭形秽。

"唯一，好好看看我！"张宏伟站在方唯一面前，双手造作地张于胸前，就地转了两圈。

"看什么？"方唯一木然地问。

"看看亿万富翁的风采，看看我是如何拥抱财富的！"张宏伟张着双手，欲要再转，方唯一拿起早餐吃剩的肉包子抛了过去。

第四十章

7月18日下午，张宏伟再次以1亿本金放大6倍建仓做多，建仓成本价每盎司940美元。

方唯一唯恐自己看错了，又反复看了两遍，才退出账户。以往对张宏伟的操作，方唯一都能充分理解或读懂，比如前一波张宏伟做多，那是做黄金1032下跌后的B浪反弹。而今日，方唯一认为黄金将马上走出C浪下跌，那是惊心动魄的主跌浪，而张宏伟此时做多，究竟是怎么想的呢？

方唯一不停地吸烟，盯着黄金走势图，心中一遍一遍提醒自己：上一个回合，张宏伟狂赚4000万，身价过亿，自己由于莫名的恐惧，无力自拔，居然颗粒无收；这次不会又因为学艺不精，再痛失良机吧？

脑子被乱七八糟的想法困扰着，注意力无法集中于盘面，方唯一抑制着内心的焦虑，仰面靠在老板椅上，用力揉着干涩的眼睛。他现在能够确定的是，张宏伟此次采用的杠杆比例是有史以来最小的，说明他对做多并没有充足的信心。张宏伟会看错黄金走势吗？难道是我对他错了吗？这可能吗？方唯一陷入了极度的兴奋和不安。

如果交易双方对行情走势判断相反，并且使用资金杠杆进行下注，就像以重武器对垒的两支军队，结果一定有一方非死即伤，而另一方会大获全胜。

对别人的迷信一旦建立，就变成对自己的压力。方唯一又重新从黄金的均线、浪型、指标、时间周期、形态逐一分析，然而结论还是他对，张宏伟错，黄金将进入一轮深幅下跌。

"远东，你怎么看黄金下面的走势？"方唯一问。

"我认为黄金会继续上涨。您怎么看？"

"我看大跌，你先说你看涨的理由。"方唯一严肃地说。

"自从美国第五大投行贝尔斯登被摩根大通收购以后，听说美国第四大投行雷曼兄弟也出问题了。还有，7月9日，美联储公开承认金融危机有进一步恶化的可能；7月11日，加利福尼亚印地麦克银行被政府接管。最可怕的是连房地美、房利美都是穷态毕现，小布什14日宣布了救助方案，它们可是美国最大的住房抵押贷款公司……"

"你想说明什么？"方唯一打断了远东的话，烦躁地问。

"我的意思是：由美国次级债引起的金融危机将会四处蔓延，导致众多金融机构资金链断裂，从而引起它们接二连三的破产。届时，美元将遭到前所未有的抛售，必然走弱，而大量国际避险资金会追捧黄金，所以我判断黄金将大涨。"

远东对黄金后市看涨，有基本面分析做支撑，事实清楚推理严谨，并且和张宏伟的操作相一致；而方唯一对黄金后市看跌，也有技术面的分析依据。

方唯一在百般无奈之下，走进了张宏伟的办公室，坐在他对面，点燃一支烟，默默地吸着。

张宏伟从电脑上移开目光注视着他，问道："什么事？愁眉苦脸的？"

"我想暂时停止华歌实物黄金销售。"方唯一说。

"为什么？"

"我看黄金要大跌。"

"扯淡！你凭什么这样讲？"

"从黄金盘面的技术分析。"

张宏伟"噌"地将笔记本电脑推向方唯一，对黄金走势图指指点点地说："黄金从1032美元跌到845，完成了A、B、C三浪调整，5月2日开始就在走新的上升浪了。你凭什么说要跌啊？还要停止黄金销售！天天疑神疑鬼的！"

方唯一看着盘面，心中一颤，原来张宏伟把B浪反弹，当做了新一轮上涨行情，并误打误撞地挣了4000万。他犹豫再三，还是说："你所说的从1032跌到845，其实是A浪，这波上涨才是B浪反弹，马上将走出C浪下跌。"

张宏伟摸了摸脑门，沉吟地说："原来我也考虑过这种走势，但现在这种走势出现的概率不大，因为基本面发生了本质变化。美国将无法避免地爆发金融危机，美元必走弱，黄金必逞强。实话告诉你，我有确切消息，十几个小时后，美国证交会将发布为期30天的股票卖空禁令，范围包括房地美、房利美、雷曼兄弟在内的19只金融股，只能做多，不能做空！"

张宏伟继续微笑着说："好好想想，是什么样的危机出现，能让美国政府干出这么愚蠢的事情，破坏它自由市场经济的形象？你再想想，卖空禁令真能阻止股票下跌吗？我们都明白，那是不可能的！因为市场特别是金融市场都有自身效率，都有自身方向性，任何强制性禁令或人为干预政策，都无法改变其最终走向。结论就是这19支金融股会继续暴跌直到崩盘破产，美国金融业将遭受空前重创，人们对美元也会失去信心。而追求安全的资金必躲进黄金的避风港，货币之王将重新散发出耀眼光芒，日益受到人们追捧，价格也会扶摇直上，一飞冲天！"

张宏伟越说越亢奋，沉醉在对未来的神往中。突然间，方唯一感到恍如隔世。2001年6月初，上证指数出现2245点大顶前夕，就在顺风酒楼，方唯一向他说出对股市的担忧，张宏伟当时也是这么一副慷慨激昂的操腔，引经据典、庞征博引、口若悬河，批得方唯一体无完肤。最终导致交给他的400万代客理财资金，变成了120万。

方唯一愣愣地看着张宏伟余情未尽的演说，耳畔回响起曾哥的话："唯一，以后和那姓张的打交道，你可要醒着点！"张宏伟还在滔滔不绝地说着"方唯一，你心理素质太差，就像老娘们，一天到晚神经兮兮。我看你也别瞎操心了，尽早让我把你收了完事，省得哪天把你吓死！"

7年前的情景挥之不去。顺风酒楼快关门了，张宏伟仍向服务员要来纸笔，不停地说着、画着，展望着中国股市将如何从2000点到达3000点。遗憾的是4年以后，股市跌到了998点。现在7年过去了，方唯一看着眼前已变成亿万富翁的张宏伟，心中暗想：你丫不会7年一反转吧？

"孙子，肯定是你想下多单又不敢，找我做心理按摩来了！"张宏伟恍然大悟地说。

"我这就下去，建仓一倍多单，谢谢张老师的教诲。"方唯一无耻地说着，眼前却闪现出更加绚丽迷人的幻景。这让他不顾一切，无视周围的存在，飞奔下楼，冲进了自己的办公室。

方唯一快速地勾画着，就在张宏伟办公室，他看见了一道炫目的彩虹，一个令人兴奋震颤的设想，他害怕这诱人的灵感稍纵即逝。方唯一在纸上疯狂疾书，边写边整理思路，最后不由脱口而出："这不是妄想，绝对可行！这就是我等待的机会，老天帮忙！张宏伟，看看咱们谁把谁收了！"

"方总，找我什么事？"郝丽惠说着话，从桌上烟盒里抽出一支点上。

"郝副总！想和你谈谈联众金银收购华歌黄金的事情。"方唯一特别在称呼上加重了语气。

"你没事吧？我可不是副总，青天白日怎么满嘴说胡话啊？"郝丽惠虽然面上不乐意，却掩饰不住开心的笑容。

"咱们认识两年了，我什么时候说过胡话？什么时候对人对己说话没兑现过？"方唯一不依不饶地问。

郝丽惠眨眨眼，略做思考地说："你别说，还真没有过！你真要收购华歌黄金？你有那么多钱吗？华歌现在自有资金过亿，你知道吗？"

"谁规定收购方必须有钱了？谁规定收购方必须比被收购方有钱了！我空手夺刀行不行？人民解放军从无到有、以少胜多的战例还少吗？"

"你想明抢啊？犯法的事你可别找我。"

"别高估自己，我问你几个问题。截止到今日，联众金银客户有2000多盎司黄金存在华歌，如果他们突然一起提取，华歌公司怎么办？"

"我们在上海金交所做了套期保值，真有那么一天，华歌公司给金交所补足全款提货，再给客户不就完了？记住，华歌账上有钱。"郝丽惠满不在乎地说。

"截止到今天，联众金银客户还有2000多万资金在华歌做杠杆交易，如果他们也同时提款呢？"方唯一紧盯着她，郝丽惠已经变得严肃起来，沉思着说："那样的话，国内资金头寸就紧张了。不过也没问题，宏伟可以从海外回拨资金，香港黄金账户上资金过亿了。"方唯一看着她笑了。

"你别胡思乱想了！张宏伟现在是亿万身价，对付这种危局是小意思。跟你说实话，他还成天想着吃掉你呐！"郝丽惠也笑了。

方唯一仰头轻轻吐出一口烟雾，漫不经心地说："如果华歌海外的钱调不回来呢？"

"不可能！张宏伟的资金通道现在很畅通，你也太小看他了吧？"

方唯一摇摇头，捻灭了烟说："我的意思是，倘若他海外操作失利，资金被深套其中，同时国内再发生客户挤兑，你告诉我，张宏伟会怎么办？"

郝丽惠傻了，眼睛瞪得大大的，"你说他会怎么办？"

方唯一不由放声大笑，"他只有三条路：其一就是死抗，拖延时机，等行情好转，反败为胜。而对客户是欠钱不给、欠金子不还，公安必然介入，他很难得逞，而且会声名狼藉。同时还不排除黄金行情继续恶化的可能，所以这条路是死路。

其二，他挥泪断臂平掉香港账户仓位，用剩下的钱归还国内客户债务。但这样一来，他这几年算是白干，立刻打回原形，最多就是做了一场黄金梦而已。其三……"方唯一有意停顿下来，随手拿起桌上的金石貔貅，细细地把玩着。

"方坏人，你接着说啊！急死我了！"郝丽惠大叫起来。

"其三，我压根就可以不让挤兑发生，但他必须在完全可以发生这一危险的时点上，无偿给我华歌黄金51%的股份。"

"你休想！张宏伟不会答应你的。"郝丽惠说。

"没关系，那他就选择前面两条路吧。你要明白：当所有的可能性变成不可能，那么最不可能的就成为了可能。我要51%的股份是为了掌控经营决策权；在分红上，我仍然可以让他拿大头；公司名义董事长和总经理还可以是他。当然这些都是后话。现在你还敢说，张宏伟宁可身败名裂，宁可倾家荡产也不答应我吗？"

屋里突然安静下来，郝丽惠在沉思默想。

"你又偷他密码了？"郝丽惠似乎想起了什么。

"怎么能说'偷'啊！我堂堂北京排名前三甲的理财公司老总能'偷'吗？那叫'获取'好吗！"

"你别抠字眼了，张宏伟现在做的是什么单子？"

"多单，用了6倍杠杆，940的建仓成本。"方唯一说。

"做多单就对了！我看黄金也会涨，而且他这次用的杠杆比例不大。张宏伟两年多从1千万，做到1个亿，说明他不是草鸡，我劝你别痴心妄想了。"

"对于这次能否一举吃掉他，我确实没100%的把握。但有一点，他从来不取账号里挣的钱。直到今天，他也没归还前两年挪用的客户保证金吧？"

"没有，就这半年多，他又划出去800万！我每次拦他，他都说：'让资金闲置，就是犯罪！'"郝丽惠怨恨地说。

"张宏伟不停地压榨资金，他把每一分钱都当成奴隶，以获取更高收益。贪婪和骄傲让他忘记了投机风险！就凭这一点，他早晚会走进危局，而我不过是这个危局的利用者。你听好了，如果我真能收他，那将是他的大幸，是所有客户的大幸，也是你们公司员工的大幸。"

"但我觉着这种可能性太小了。"

方唯一没有搭理郝丽惠的废话，直接说："这件事需要你帮助。你要及时、准确地将华歌公司的资产净值、资产负债告诉我，我就会找到张宏伟危机四伏的那个时点。收购计划一旦成功，我无偿送你华歌黄金10%的股份，并升任副总。"

郝丽惠眼睛放出亮光，指着方唯一说："你是只狼，一只黄鼠狼。"

方唯一接话道："张宏伟是只鸭，一只想吃掉黄鼠狼的病鸭；而你郝丽惠就是只狐。"两个人哈哈大笑。

方唯一忽然正色道："郝副总，说点我感兴趣的事吧！"

就在郝丽惠正和方唯一嘀嘀咕咕的时候，张宏伟破门而入，用探询的目光看着两人，大声呵道："你们干吗呐？郝丽惠，脸为什么这么红啊？方总要有什么不雅之举，你就揭发他。"

"放你的狗臭屁！别跟你大姐开这种玩笑！"郝丽惠笑骂着，可是脸变得更红了。

"跟我走吧！"张宏伟神气活现地对方唯一说。

"去哪啊？"

"去金融街，我看中了一处写字楼，想买半层，有600平方米，帮我参谋参谋。"

"没时间，我有事。"方唯一觉着自己的脸也变得更红了。

"那你有时间看看这个。"张宏伟说着，将一份文件递给他，又冷冷地看了郝丽惠一眼，转身走了出去。

《关于对北京联众金银投资理财公司的收购计划》，方唯一只看了题目，立刻将其狠狠地撕成碎片，揉成一团，弯腰扔进了废纸篓。

"什么东西啊？"郝丽惠好奇地问。

"没什么，张宏伟在网上搜集的黄色段子，太下流！无聊得很。"方唯一轻描淡写地说着，又把话题扯到张宏伟买写字楼的事上去了。

第四十一章

"唯一，醒醒！"

在陈瓒推揉下，方唯一睁开惺忪的睡眼，感到腰酸臂麻，发觉这一夜自己是靠在椅子上睡的。他立刻俯身晃动鼠标，电脑屏幕亮了，黄金最新成交价960，日线图上，一根红色K线拔地而起。他觉着有些头晕目眩。

"你希望黄金下跌？"

方唯一点点头，看着穿戴整齐的陈瓒问："你怎么知道我希望黄金跌？"

"你梦里老喊'下跌，跌'，我还不知道？"

方唯一愣了片刻，刚才确实做了一个黄金狂跌不止的梦，他在梦中激动得手舞足蹈。记得不知谁说过，星期一、星期三的梦是正的，而其他日子做反梦。他妈的！今天是星期二，果然是反梦。

"唯一，上床睡吧。早饭在桌上，我上班去了。"陈瓒说。

方唯一忽然注意到陈瓒穿着一件鲜红的皱褶短衫，一股怒气直冲上来，恶声恶气地说："多大岁数了还穿这么艳！知不知道什么叫寒碜呀？"

"你看错了行情朝我撒什么邪火！嫌我岁数大，嫌我难看，你心里不是装着年轻漂亮的吗，找去呀！"

方唯一自知理亏，看着又气又怒的陈瓒更加严厉地说："谁说你难看了！谁说你难看了！最次你也是罗敷她表姐，男人见你都得捋髭须；但主席说的好，俏也不争春。你懂不懂，做人要内敛。"

陈瓒无法把持自己，"噗哧"乐了。方唯一心里充满了蔑视：看看多浅薄！

"就怕等我报完春，待到山花烂漫时，还指不定谁在丛中笑呐！"

"你又把简单的问题复杂化！我盼黄金跌，喜欢绿色成不成？"方唯一说着话收拾起电脑，听到楼下两声汽车喇叭，拎起包向门口跑去。

"你还没洗脸呐？"陈瓒在后面喊。

"不要脸了！换件绿衣服！"方唯一没好气地丢下一句。

这天傍晚，方唯一依旧呆坐在老板椅上，了然无趣地盯着黄金价格的变化，973.5、974、974.5、976。整整一天，黄金又上涨了15美元，其热烈的涨势，快把他烤干了。方唯一鼓足最后的勇气登陆张宏伟交易网站，像一个有窥阴僻的变态者爬上了女厕所的墙头，朝着窗户伸出脑袋。他看见账号的赢亏栏下显示着23……，方唯一没有勇气细看，模糊的意识告诉他，张宏伟又赚了2300多万。

一瞬间，方唯一没有了欲望、没有了嫉妒、没有了怒火、也没有了兴奋和激动。他蜷缩在宽大的皮椅上，慢慢闭上双眼，暗暗地想：要是连知觉都没有了，该多好啊！

方唯一站在黄昏的马路上，嘴里叼着香烟，百无聊赖地看着来来往往的人车。就在转眼之间，他看到童言和一个高大俊朗的男孩，两人手挽着手，亲昵地微笑着，男孩还不停地说着什么，正朝他走来。他唯恐躲之不及，转身朝前漫无目的地奔走。

当他快速回身，想再看童言一眼时，放目所及，处处是灯火阑珊，人车如织，唯独不见童言。方唯一顿感悲从中来。

平坦的马路，像跑步机滚动的橡胶板带，拓展延伸永无停歇。方唯一好似一个气吹的塑料人形，在夜幕中毫无意识懵懵懂懂地前行。

水气渐浓渐重，引起了他的注意。方唯一驻足侧目，故宫角楼在护城河的暗水中倒影如画，角楼寂寞的灯光在水面上斑驳微荡，散发出诡异的气息。

在熟悉的长椅前，方唯一心跳骤急，那闲淑的坐姿，亦真亦幻，"童言，是你吗？"他听到了自己微颤的声音。

"唯一，是我，你怎么老了？还这么憔悴！"童言轻声地问候，让方唯一无地自容。

"被欲望折磨的。"

"你想要的太多了！"

"童言，你说我是好人？还是坏人？"

"你是缺乏爱，但很自我的人。"

"我们文化传承里没有爱，我熟知的是借东风草船借箭、卧薪尝胆、忍辱负重、以假乱真、借鸡下蛋、偷天换日、声东击西、丢驹保帅；还有木秀于林，风必摧之；还有非我族类，其心必诛；还有好死不如癞活着；还有墙头草，两头倒；还有自扫门前雪，不管他人瓦上霜；还有什么来着？心底无私天地宽算吗？也算文化传承吧？多牛逼的话啊！可惜说这话的哥们后来失音了。"

"还有好多更积极、更富于哲理和智慧的，你怎么不说啊？"

"是吗？你知道呀！人民群众都知道吗？存在和记忆，就像筲箩和沙子，随着时间的晃动，不管好坏，留在筲箩里的才是大个的，筛出去就是个零。人民群众不知道的，你偏说你知道，那叫臭显摆，那叫卖弄。"

"方唯一，你是不是又受刺激了，和谁较劲呐？"

"你真了解我。"

"你这种人私欲不畅，必泻公愤。别老拿人民群众当幌子，要说就说你自己，不说我走了。"

"别走，我坦白！"方唯一紧紧拉住童言的手，向她全盘勾吐着事情经过与自己的焦虑和恐惧。

"在黄金走势上，我从没和张宏伟如此相悖过，而这几天事实证明，我错了。"方唯一说完，低下了头。

"唯一，直觉告诉我，这回肯定是张宏伟错了。"童言目光坚定地说。

"为什么？"方唯一满怀希望地问。

"张宏伟因为贪婪与骄傲降低了智商，说白了也是人性使然。我看过他一些文章，虽有真材实料，但张扬有余，自醒不足，所以他才会好了伤疤忘了疼，堕落到和大众同流合污的地步。这么讲吧，现在所有黄金看涨的人，就和上回认为股票能涨到8000点的人一样，最终会体尝到贪婪的苦果。"

"你对人性的分析我赞同。但现在困扰我的是：张宏伟对黄金的基本面分析从推理到结论都无懈可击，并且客观情况正朝着他所预料的方向发展；而我技术分析的结论却偏偏告诉我黄金要大跌，可我在基本面上找不到黄金下跌的理由。"方唯一皱紧眉头，痛苦地说着。

童言在沉思中注视着方唯一，忽然将手伸到他面前，"你看看，我手上有没有裂缝。"

方唯一握着童言的手，放到嘴边，不怀好意地说："让我好好看看，细嫩绵软，尖尖如笋。"

"讨厌，和你说正经的呐！"童言猛地抽回手。

"没裂缝，倒有股香味。"

"我告诉你，眼睛看见的、或看不见的一切物质都有裂缝，包括时间，这就是霍金提出的蠹洞理论。"

"你的意思是？"方唯一快速地思索着，仿佛得到了某种启示。

"张宏伟的逻辑推理再无懈可击、环环相扣，里面也会有裂缝。你通过技术分析发现了这个虫洞，却又找不到它形成的原因，再加上受到好胜和贪婪的折磨，就变成了老态龙钟的模样，不要再寻根问底了。"

"为什么？"

"因为那是上帝的智慧，是上帝眨动的眼睛，是他在嘲笑自以为是、贪婪的人们，是他的幽默所在。"

方唯一静静享受着童言的聪慧，感受着自己的藐小，在快乐与痛苦间徘徊。

过了许久，童言轻声问："唯一，你现在幸福吗？"

方唯一默默地摇摇头说："我越来越感到精神的愿望和现实的努力在慢慢脱节，它们仿佛是驶向两个方向的列车，现实中的成功在精神里找不到立足之地，我不断怀疑自己所做的一切为了什么，到底值不值得？你知道那种被撕成碎片的感觉吗？撕得粉碎，抛向空中，难以复原。"

"你为什么不能自我解脱？还是终难舍弃吧？"

方唯一苦笑着说："你听说过房奴、车奴、卡奴，但你听说过心奴吗，那种披挂着英雄的外衣，背负着十字架，胸中怀揣着畸形的渴望，不能自拔，我就是那样的心奴。"

恍惚间,方唯一感到一只温润的手轻轻掠过他的发际、掠过他的脸颊,他再也无法控制地说:"傍晚时候,我看见你和一个男的。"

"你觉着他怎么样?"童言表情古怪地问。

"像根上好的洋蜡,断奶了吗?"

"别那么刻薄,唯一,每个人都是自己的心奴,有时换换心牢,说不定能得到片刻的解脱。"

"你跟他来真的?"方唯一像个犯人,等待童言的宣判。

"下周,我就要和他结婚了。来这里,是和你告别的,没想到,在这居然见到了你。"

方唯一无论如何,无法说出祝你幸福!童言好像还在等待他的祝福。他继续努力着,然而嘴里只是反复咕噜着:"是吗?是吗?"

当他在长椅上醒来时,已是孤身一人,童言已经离去,好像下雨了,但他只摸到了脸上的泪水。

电话铃声一遍遍地响着,方唯一惊醒过来,却不知身在何处。电脑在运行中发出嗡嗡的响声,他明白了,刚才经历了一场虚幻,是梦境中与童言的神交,只有横溢入耳的泪水才是真的。

"唯一,怎么还在办公室?快回家吧!"陈瓒关切的声音,使他变得更加清醒。

方唯一挂断电话,一瞬间他被惊呆了,屏幕上闪动着黄金价格:946元,分时图上,黄金价格像决堤洪水狂泻不止!方唯一愣怔片刻,突然狂呼起来:"童言,你说对了!裂缝!是上帝眨动的眼睛!"。

第四十二章

后来的事实印证了张宏伟的预言,房地美和房利美两大公司并没有因美国证交会的卖空禁令止跌回升,相反阴跌不止。在7月28日当天,房利美暴跌11%,房地美跌幅6.7%,双双创出金融危机以来的新低。7月30日,小布什签署3000亿美元的住房市场援助法案，但收效甚微。8月6日，美国联邦住房金融局的资料显示：房地美、房利美已处于破产边缘，大量房屋按揭者无力还款，选择信用掉期。美国房地产市场遭到连锁重创，房产价格应声落地，金融危机进入全面爆发的高潮。

"宏伟，佩服啊！又让你说准了！"

"什么说准了？"张宏伟没有抬头，目光聚焦在黄金盘面上。

"美国金融危机全面爆发、两美股票暴跌呀！"

"少他妈做铺垫，把你的脏包袄抖出来。"张宏伟仍然盯着电脑屏幕，冷淡地说。

"美国金融危机爆发，并没有导致美元必然走弱，和黄金必然走强，并且情况是截然相反。美元指数从7月15日到今天……"方唯一故意翻着桌上的日历牌说："今天是8月8日，已经从71涨到76，黄金也从988跌到870，尊敬的张老师，您的判断和现实状况如此南辕北辙，请您为电视机前的广大观众解释一下。"方唯一逼尖了嗓子说着，摸出一根迷你电棒，伸到张宏伟嘴前，一按开关，"吱吱啦啦"地吐射出一条条蓝色电流的弧光。

"我靠！"张宏伟惊叫着，身子猛地向后仰去，方唯一哈哈大笑，收起了电棒。

"你大爷方唯一！你他妈就是一小人！"张宏伟脸红脖子粗地怒骂着。

"宏伟，不逗了。我确实想知道，黄金为什么会下跌，这太不合乎情理了！上次听你的，我才做了1倍多单。"

"没有为什么，涨涨跌跌很正常！你丫要是玩不起，趁早别玩，让我收了你完事。"张宏伟黑着脸说。

方唯一禁不住暗暗冷笑，中午时，他刚窥探了张宏伟的账户，原先2300多万赢利早已荡然无存，取而代之的是4000多万的亏损。

张宏伟不再搭理方唯一，目光仍然凝视着黄金盘面，忽然他重重地拍了一下桌面，不知是自言自语，还是说给方唯一听，"今夜黄金大涨！"

"今夜黄金大跌！今夜黄金大跌！"方唯一在回家路上，嘴里不停默念着咒语。人在极端渴望或绝望的情境下，就会不自觉地变成一个心灵战士，希望能依附于某种神奇的力量，克敌制胜或转危为安。

到了家，方唯一心不在焉地应承着拉链，看着她手里的福娃。"你知道它的名字吗？"拉链举起了一个黑色的，方唯一摇摇头。"它叫晶晶。"方唯一笑笑。

"你知道它的名字吗？"拉链又举起了一个蓝色的。

方唯一只能接着摇头。

"它叫贝贝。你知道今天是什么日子吗？"

"今天将是张宏伟崩溃的日子！"方唯一对着拉链翻着白眼，吐出舌头，露出狰狞的表情。

"你就知道张宏伟！今天是奥运会开幕的日子，我看你都快着魔了！拉链，洗手吃饭。"陈瓒极为不快地说着，和孩子去了卫生间，方唯一瞬间感到自己和这个世界好像脱节了。

"今夜星光灿烂，8月的中国洋溢着如火的热情，诚邀八方来客，广纳四海宾朋……"母女俩坐在沙发上兴奋而专注地看着奥运会开幕式。

方唯一走进书房，关上屋门，启动电脑，心跳加快，嘴里又不停地默念着："今夜黄金大跌、今夜黄金大跌！"

金价仍然在870美元附近波澜不惊地徘徊着，方唯一点燃一支烟，透过弥散的烟雾，他看见了张宏伟紧盯盘面的双眼。

过了许久，金价仍然没有变化，并且成交更加稀少，交易明显清淡，方唯一起身来到客厅，电视里一个穿着红裙子的小女孩在唱歌"五星红旗迎风飘扬……"声音清澈甜美。

方唯一看看脸颊通红、表情严肃的拉链，对她逗笑道："你看她唱得好不好？"

"这歌我也会唱，我唱的也好！干吗不让我去呀？"

陈瓒和方唯一相视而笑，拉链毫无察觉，继续目不转睛地看着电视。

"你也踏踏实实看吧！大洋彼岸那边也看奥运会开幕式呐，谁还做黄金交易呀？"方唯一觉着妻子的话不无道理，便在沙发上坐了下来。

"我和你，在一起，同住地球……"刘欢的歌声刚刚响起，书房的电话也急促地响了。

方唯一跑进书房，抓起电话。"看黄金了吗？你孙子还有心看奥运会呐？"张宏伟痛心疾首地嚎叫，使方唯一赶紧带上房门，探头看着电脑屏幕，860！心中为之一震，从盘口显示，空头抛单砸得多头喘不过气来，金价在快速走低。

"看见了吗？"张宏伟嘶哑的声音。

"看见了！860破了，858、857了！"方唯一尽量塑造着哀丧的音调，极力压抑着心中的狂喜，他稳稳地拿着电话，却渴望着像狼一样的引颈长嘶。

"你从短线上看，会跌破上个低点845吗？"张宏伟的声音显得虚弱而缥缈。"这是在问我吗？"方唯一自问着，汗水流了下来。

"如果今天晚上能够快速止跌回升，并且出现较大涨幅，拉出一根实体阳线，就不会破845，否则凶多吉少。"方唯一咽了口吐沫，感觉自己说了一堆没用的废话，张宏伟也提了个非常无聊低级的问题。

电话那端是无声的静默，还是静默，盘面上空方对多方残酷的戮杀好像停了下来，金价开始缓慢而犹豫地向上微幅攀升。方唯一残忍地拿起计算器，悄无声息地按着数字键，计算张宏伟那一危机四伏的时点。850！就在黄金跌到850上下时，方唯一会像狼一样扑上去，痛下杀手，咬断张宏伟的喉咙，将华歌黄金公司收归旗下。电话那头终于响起了"嘟嘟"的忙音，方唯一也如释重负地放下了电话。

奥运会开幕式仍在如火如荼地进行着。就在数以吨计的烟花射向夜空、亮如白昼的时候，就在人们激动的欢呼声响彻云霄的时候，黄金空方对多方新一轮的绞杀又开始了。

方唯一再次拿起电话，听到张宏伟"嘤嘤"的哭泣声，"我完了！"三个字说出了他全部的绝望，黄金价格重重地摔在850上。

绵长的夏夜让狂热的人们渐渐睡去，方唯一在金价的多空搏杀中，体验着自己人性中善恶的较量。张宏伟失态的表现大大出乎意料，最多也就是打回原形，又何至于如此哭泣？方唯一不断地自我纠结着，思考着明日该如何面对他。

华歌黄金公司的大门敞开着，大开间里空无一人。方唯一并没有急于走进张宏伟的办公室，而是细细地环顾四周。奢华的装修、高档的办公家具都曾经让他嗤之以鼻，但此刻一想到，张宏伟这家已经颇有名气的黄金公司马上唾手可得，他禁不住开心地笑了。

方唯一坚决地收敛笑容，推开房门，看见张宏伟像只抽筋剔骨的扒鸡，软塌塌地瘫坐在老板椅上。昔日的意气风发早已荡然无存，取而代之的是心理崩溃后的眼神在布满胡茬的脸上折射出死人般的灰暗，让方唯一瞬间感受到张宏伟所散发出的寒冷与哀凉，痛苦和绝望。更让他吃惊的是，张宏伟的意志力竟是如此脆弱和不堪一击。

"决不能手软！机会不是把把有，该出手时就出手！"方唯一在心里提醒自己，隔着宽大的老板台，坐了下来。

"给我支烟。"张宏伟笨拙地点着，只抽了几口，便干咳起来。

"不会抽就别抽了。"方唯一说。

"你看黄金下面怎么走？"张宏伟问。

"现在走C浪下跌，你原来认为出现概率不大的走势，现在走出来了。"

张宏伟看着盘面，默默地点点头，两行浑浊的泪水夺眶而出。方唯一赶紧低下头，狠狠地吸着烟，躲避这尴尬而令人揪心的一幕。

然而他又抬起头，看着张宏伟用两个掌心抹擦流淌的泪水，毅然说道："A浪下跌了187个美元，这将是C浪的最小跌幅，本轮黄金调整，每盎司黄金最少要跌到800美元。"

方唯一知道，这番话无疑宣判了张宏伟的死刑，因为黄金真要是跌到800，张宏伟香港账户会全部爆仓，亿万身价将成为对昨日的美好记忆。但方唯一为了收购计划的实现，必须斩断张宏伟对后市行情的幻想。

张宏伟重重地叹着气，哀伤地说："我这次可能挺不过去了，万一进去了，看在兄弟一场的份上，帮我照顾好老婆孩子……"话还未说完，眼泪又流了下来。

方唯一同情地看着他，感到深深的惊愕。一时间，乘人之危、落井下石、巧取豪夺这些词汇在方唯一的脑子里翻腾着，折磨得他皱紧了双眉。方唯一最后把心一横，说出了在心里已经排练了一千遍的话："事情没你想的那么糟，我有一个办法。"

面对张宏伟信任而依赖的目光，方唯一缓缓地说："星期一，你立刻平掉香港帐户上的全部仓位，把剩余的3000多万调拨回来，同时把华歌黄金51%的股份无偿转让给我，一切危机就全部化解了。"方唯一快速地说完，居然还摊开双手，夸张地耸了耸肩，他心中暗暗称奇，自己怎么会做出这么"二"的举动。

张宏伟收敛了目光，看着电脑屏幕上的黄金盘面，沉默了半响，问道："你是怎么又偷到我密码的？"

"无可奉告，但与赌徒合作这是必须的！"方唯一加重语气，他知道最后的攻坚战开始了。

"你还知道什么？"

"我对你公司各项财务数据了如指掌。"方唯一说完这句话，真想给自己发个奖杯。

"你和郝丽惠勾结，我早看出来了，但没当回事，我觉着你们不会害我。"

"你说的对，但我们如果不惊醒着点，有可能被你误伤。"

"有一点我想不明白，为什么要无偿给你51%的股份？为什么给你股份就没事了？"在张宏伟的问话里，方唯一闻到了战斗的气息。

"如果我的客户现在提取存在你这的黄金、提取存在交易账户里的资金，你怎么办？"

方唯一此时的愉悦之情超过了对他的同情，看着一直想吃掉自己的张宏伟，现在是如何被自己生吞活剥的，实在是件快事。方唯一想笑，他太想笑了，以至由于努力克制，嘴角神经有了痉挛的感觉。

"我把香港剩下的钱调回来，给他们就完了，你还能怎么样？"张宏伟说。

方唯一点燃一支烟，大口大口地吸着，他知道，举起的枪，已经瞄准了很长时间，该扣动扳机了。

"宏伟，如果我的客户发生集中挤兑，你们公司的客户闻讯后，也闹着要挤兑怎么办？你公司资本金够吗？据我所知，大概有400多万缺口吧？当然了，你卖车、卖房、拿出你全部家底，我想问题不大。但又何苦把自己逼到这个份上呐？那是一败涂地、声名狼藉。只要你给我51%的股份，平掉香港帐户仓位，抽回资金，一切就会风平浪静，一切可以从头再来。难道我们这个行业赚钱还不够快吗？"

方唯一看着沉思中的张宏伟，知道这番话已经打动了他，继续说道："而且我保证，只要华歌公司的经营决策权，利润你仍然拿大头。关键是你不适合当元帅，你没有掌控全局的能力，但你是个很好的将军，这样我们兄弟的合作就会天衣无缝。可你如果非要干自己不擅长的事，其结果一定是尴尬和难堪。这个罪还是让我来替你受吧？"

张宏伟突然诈尸般的放声狂笑，笑得暗黄的脸上泛出了红晕，笑得浑身乱颤，笑得方唯一头皮发麻、不知所措，最后连方唯一也跟着笑起来，而且发出更响亮的朗声大笑，屋里展开了一场笑的竞赛。

两个人终于笑累了，纷纷咧着嘴，擦拭着流出的眼泪。

"你丫就是一个阴谋家！"

"我是个战略家！"

"我真没想到，你丫还憋着这个坏呐！"

　　"我确实策划一段时间了，其实我也不想干了，是真的！但同志们又离不开我，矛盾啊！这也是痛苦。"

　　张宏伟又笑了起来，

　　"别他妈傻笑了！咱们就这么说定了。宏伟，每一次挫折，都是我们前进的动力，都会促使我们迈向更大的成功。"方唯一说着站起来，向张宏伟真诚地伸出右手。

　　"我不能再与你合作了。"此时张宏伟将头转向了巨大的玻璃幕墙，方唯一观察不到他的表情。

　　"为什么？你有什么条件提出来，我们可以商量。"方唯一准备做一些让步。

　　"我代客理财赔了1000万。"

　　"那又怎么样？这些账号我早看见了，你怕他们找你麻烦吗？我可以帮你摆平。"

　　"我和他们签的是保本的理财协议，客户本金我是要全额包赔的。"

　　"以谁的名义签的？"

　　"用华歌黄金签的。"

　　"干我们这行，做保本协议等于自杀，你他妈不知道吗？你公司有这个经营范围吗？"方唯一气急败坏地骂着。

　　"只有保本，才能分到日后赢利的八成。"

　　"我们穷的时候都不做保本，你要那么多钱干什么？你丫就是一只贪婪的猪。"

　　方唯一破口大骂，但张宏伟的脸始终没有扭过来。

　　"你对我公司真的了如指掌吗？"张宏伟仍然背对着方唯一。

　　方唯一无言以对。过了很久，他才说："我可以借你500万，用你全部身家做抵押，调整好心态，只要做好了，很快可以打回来。"

　　"打不回来了，全完了！唯一，哥们连累你了。"张宏伟转过脸痛苦地说。

　　"宏伟，没关系，我们一起想办法，可以解决的。"方唯一被自己的仗义打动了，他和张宏伟已经很久没有这种相濡以沫的感觉了。

　　张宏伟摇着头说："你知道，年初有个大户从我这买了6000多万的黄金，他没提货，也存在我这了……我，我私自把他金子卖了，拿钱去做杠杆交易，这次也赔了4000多万。"

　　张宏伟的话说完了，仿佛耗尽了他所有的力气，唯有涌出的泪水不停地滑落。屋里死一样的静，方唯一呆若木鸡地坐在椅子上一动不动。

乌云遮蔽了太阳，室内忽然暗下来。方唯一想起了郝丽惠，为什么她从来没有告诉过自己？当他起身想出去给郝丽惠打电话时，又听到了张宏伟的声音："郝丽惠不知道这事。黄金当初存在我个人的银行保管箱里，炒金账号是我私下开的。我早知道她是你的卧底，你要想求证，我可以打开账户让你看。"张宏伟边说，边在电脑上操作着。

"客户手里有存单吗？"

"有，盖着公司章呢！"

"张浩知道这件事吗？"

"我昨晚告诉他了。"

"他说什么？"

"当场就晕菜了，约下午见面谈。"

当方唯一看完4000多万巨亏的展示，万念俱灰地仰靠在椅子上。他看见天空中的乌云裂开了一道缝隙，耀眼的阳光直射出来，方唯一指着窗外，苦笑地对张宏伟说："你看天上，那是上帝向我们眨动的眼睛。"

第四十三章

乌云再次挡住阳光，房间里忽地暗了下来，然而不一会儿，阳光又突破了乌云的围堵，屋内骤然明亮异常。在室内忽明忽暗的反复交替中，方唯一看着眼前扒拉了几口的盒饭，咋吧着嘴里污浊的油腻味，再看张宏伟埋着头风卷残羹的样子，忍不住问道："你多长时间没吃饭了？"

"记不清，前几天牙床子全肿了，光喝稀的了。"

"眼泪拌着大鼻涕。"方唯一说着，忍不住笑了。

"张浩这回也让我害惨了。"张宏伟伸手拿过方唯一的剩盒饭，大嚼大咽。

"是啊，无端背上1000万的债！原想贴上你这个操盘天才，捞把黄灿灿的金子，谁承想，捞了一把黄灿灿的屎。"

方唯一说完，俩人大笑起来，忽然，他们听到了外间急促的脚步声，笑声也随着戛然而止。

"你和方总说了吗?"张浩进屋直奔主题。

张宏伟听到张浩的问话,又重新坠入了痛苦的深渊,满脸哀痛地点着头。

"方总,这次华歌遇到了困难,咱们得同心协力,共渡难关。"张浩握着方唯一的手,真诚地说。

张浩满脸都写着南方人的精明,方唯一颇感沉重地答道:"同舟共济吧!"

"宏伟,我想好了,请方总,还有咱们自己的销售团队,快速拉些客户进来,凑上几千万,只要保住海外盘不爆仓,行情一旦反转,我们就熬过来了。"张浩镜片后聪慧的双眼眨了眨,盯着低头不语的张宏伟。

"方总,你看好不好?"张浩扭过脸又看着方唯一。

"你最好说清楚,到底需要几千万?"方唯一说。

"3000万!有3000万,海外盘就不会爆仓,除非黄金跌破760美元,但我昨天晚上分析了,根本没有这种可能,黄金不是砖头啊!"

"张浩,3000万够吗?万一真跌破了760怎么办?"方唯一认真地问。

"方总,我的意思是最少3000万,如果能多一些当然最好,我们就更安全了。"张浩立刻答道。

方唯一仰起头,看着天花板,心中暗叹:这俩孙子可能昨晚商量好了,拉我今天上拆东墙、补西墙的贼船,幸亏刚才用收购方案逼张宏伟说出了实情。而张宏伟又忘了,或者还没来得及告诉张浩情况的变化,结果让张浩进门就跳了一场裸舞。

"张浩,别说了,都是我连累了大家,我现在真他妈的想跳下去!"张宏伟说着走到窗前,拍打着窗棂。

"宏伟你别这么说,我正和方总商量办法呢!你先坐回来。"

张宏伟像大象排出的粪便,噗嗒一声跌坐在老板椅上,颓然地说:"唯一对我们的情况很了解,包括保本理财和挪用大客户6000万黄金的事。"

方唯一侧着脸,默默吸着烟,他不敢看张浩难堪的表情,生怕自己也无辜地难堪起来。

"张宏伟,你真够操蛋的!把我害死了!"张浩发出了愤恨地尖叫。

"如果我不说,这孙子就要趁火打劫,无偿收购公司;不答应他,就以星期一煽动客户集中挤兑、提款提金相威胁!你他妈知道吗?"张宏伟盯着张浩怒吼着。

张浩扭过头，惊愕而困惑地看着方唯一。

"这孙子偷了我海外账户密码，郝丽惠还把公司账目都告诉他了，他知道咱们资金周转不灵，还想着捞稻草呢！"张宏伟说着，又走到窗前，"我他妈真想跳下去！"

方唯一这回真的尴尬起来了，他不看张浩，只对张宏伟狠狠地说："你丫这次要不跳下去，我真看不起你了！"

当阳光又一次穿透乌云，夺目四射时，张宏伟猛地拉了下白色的珠链，厚重的卷帘"唰"地直落下来。光线被瞬间切断，屋内随之归于幽暗，三个人立刻不由自主的相互重新审视着。

"唯一，我能一跑了之吗？祸是我闯的，等我跑了，你们把所有的事往我身上推。"

方唯一还未答话，张浩已经连说带骂起来："你跑了，留下我给你顶罪啊！华歌就咱们俩股东，张宏伟你可别不靠谱！"

"张浩，丫这是裤裆里拉胡琴，你听他扯淡呢！他兜里除了张港澳通行证，还有别国签证吗？跑到香港算跑吗？再说了，就凭他这副昭之天下的嘴脸，公安连通缉令都省得发了！要不然，宏伟，就照张浩的模样，拖个坯子，做一整容手术，备不住能逃回老家去。"

张浩在冷笑，张宏伟怅然地说："他妈的，我无所谓了，大不了进监狱！你们哥俩自己看着办吧。"

"张宏伟，你这叫什么话？你吃牢饭去了，叫我在外面替你还债，我冤不冤呀！"张浩沉不住气了。

"那你们说，现在怎么办？"张宏伟也提高了嗓门。

"只有一个办法，就是请方总帮帮忙，多拉些客户资金，保住海外盘和挪用的6000万不爆仓，我们就有回旋余地，就能够反败为胜。黄金从1032跌到昨天850，每盎司已经快跌200美元了，还能跌到哪儿去？"

张浩说完，和张宏伟期待地看着方唯一，而此时的方唯一只是不停地吸烟，一言不发。

张宏伟终于失去了耐心，拍着桌子，痛心疾首地说："算了，我还是去监狱吧！唯一，我先跟你说声对不起！因为我只要宣布破产，工商、税务、甚至公安经侦马上会介入，冻结所有银行账号，封存全部账本，进行财产保全。到那时，你拉进来的2000多万也就泡汤了，那些客户只能找你要钱！我最担心的就是把你扯进去，这两年你从华歌拿走的交易手续费可有六、七百万呐！"

"最麻烦的是，咱们这种黄金公司到现在也没有合法地位，一直被外界称为灰色地带、地下炒金，到时候政府还不知道怎么认定呢！"张浩也补充道。

"唉，进监狱吧！我把朋友都给害惨了！"张宏伟仰天长叹。

方唯一捻灭烟，坦坦地说道："张宏伟，你既害怕进监狱，又害怕死，更没能力逃跑。所以从现在开始，别在我面前耍三青子！那不是你的特长。"

张宏伟彻底熄了火，悄悄低下头，看着眼前的桌面发呆。

长时间的沉默之后，张浩说："方总，你有什么办法？"张宏伟此刻也抬眼看着方唯一。

"主动清盘！"方唯一轻声说道。

"你说什么？"两个人异口同声地问。

"按照星期五的黄金收盘价格，计算我所有客户权益，然后给我这笔钱，我来帮你们，也是帮我自己，给这些客户清盘！"方唯一阴沉着脸，一字一句地说。

"不可能！"张浩像被马蜂蜇了，异常决断地说："要是这么干，华歌现在5000万的黑洞立刻就会曝光！我占华歌20%的股份，就得凭空背上1000万债务。"

张宏伟突然睁大眼，激动地说："张浩，咱们是有限责任公司，按注册资金，我们最高赔偿额不超过500万！"

方唯一听了此话，知道张宏伟脑子已经彻底乱了。张浩大叫着："你他妈背着客户，擅自挪用人家存放的巨额黄金，是刑事犯罪！适用刑法，不适用公司法！"

"噢！对了。"张宏伟眼中的光亮，顿时消退，眼圈一红，更加黯然神伤。

"方总！无论如何，帮帮忙吧！你能影响十几亿的资金，凭你的能力，凭你在客户中的信誉，拉进来几千万没问题！我们也会竭尽全力拉钱。"张浩近乎绝望地请求着。

"唯一，咱们兄弟一场，什么条件都好谈，只要你能解了燃眉之急。"张宏伟也动情地说。

方唯一此时成了他们的救命稻草，他无法面对那乞求的目光，因为他感到自己在怦然心动，在不自觉中，已经在考虑实施援手的可能性和风险性。

方唯一迅速起身，来到窗前，拉起卷帘，乌云早已散尽，只有阳光肆虐地照耀着，一刹那，从玻璃的反光中，他看见身后张浩和张宏伟对视交流的目光。方唯一暗暗告诫自己：上船容易，下船难！现在只要走错一步，回头就没岸了！

方唯一走回老板台前，看着他们两人，坚定地说道："我选择清盘！"

"不可能！按照国家清偿规定，第一是税款、第二是贷款、第三是员工的工资福利，且轮不着你客户拿钱呢！办法只有一个，就是赶快往里拉钱。"张浩同样不容置疑地说。

"张浩，对不起，我忘记你是法学硕士了！我问你：在明知公司违法操作、出现巨额亏损、严重资不抵债的情况下，故意对社会大众隐瞒真相，继续大量吸纳社会资金，是经济诈骗吗？我劝你慎言，小心日后成为呈堂证供。"

面对方唯一严厉的质问，张浩面色赤红的将头扭向一旁，嘴里仍然说着："反正我不同意清盘。"

"唯一，现在正开奥运会，万一清盘，客户炸了锅，造成不良社会影响，我们可是要吃不了兜着走！到时候，公安不问青红皂白，先把我们全收进去，那可就惨了。"张宏伟忧心忡忡地说，张浩也侧过脸看着方唯一。

"宏伟，别拿奥运会说事，你们听好了，钱我不会再往进拉一分！黄金跌到800，你们海外盘和挪用6000万的账户就会爆仓，到那时候，你们公司的客户可没爆仓，他们户头里有大量资金，如果建仓多单，黄金再一反弹，张宏伟你敢想象后果吗？你负债可就过亿了。钱已经赌输了，你还想把自由也赌进去？对不起，恕我不能奉陪！"

"宏伟！别听他吓唬你，我说了，要想清盘，就要按照国家有关规定，你慢慢等着吧！"张浩红头涨脸地喊着。

"张浩，咱们打交道不多，但我怎么觉着你丫给脸不要脸啊！我现在给你两个选择：一是清盘，二是我打110报警，你自己挑！"方唯一怒不可遏地逼视着张浩。

张浩愤而起身，只丢下了两句话："宏伟，你考虑清楚！现在每一分钱都很重要，可别瞎给！咱俩的帐改天再算。"就摔门而去了。

"唯一，我真的只剩下清盘这条路了吗？"

"缴枪不杀，是你唯一的活路。"

"我太不甘心了！短短十九个交易日，我从亿万身价，变成负债5000万！从毕业到现在，奋斗二十年，才有了今天的地位和财富，一夜之间灰飞烟灭。上个月，我参加同学聚会时，还是当中的佼佼者，今天就……他妈的，多年心血，换来的是身败名裂！可怜我妈，白养了我这个儿子。你知道吗，这么多年，每隔两年春节，我才回去看看她，而我妈最挂念的就是我，我一直是她的骄傲。去年春节回去，我看见她老多了，心里特难受！唯一，你他妈知道吗？我在输不起的年龄，输得太惨了！"

张宏伟说着说着泣不成声，伏案痛哭。方唯一垂下头，眼眶发热，胸口似有一团东西纠集缠绕，并且变得越来越重。

坠坠夕阳拖拽着余晖缓缓滑落到远处楼宇后面，房间内变得越发昏暗，大厦冷气机组在夸张的嗡嗡作响之后，顷刻间平息下来。方唯一知道已经六点半了，他一动不动地坐在那里，呆视着不胜疲惫熟睡过去的张宏伟，感受着室内温度在快速升高，闷热逼开了身上的毛孔，渐渐地身上渗出了汗水。

"清盘吧！"张宏伟仍然趴在老板台上，发出了苍弱而清晰的声音。

方唯一尚在恍惚之中，搞不清是不是他的梦话，张宏伟已经抬起头，平静地说道："给郝丽惠打电话，叫她马上过来，核算你公司客户权益，星期一给你打款、清盘！"

郝丽惠上气不接下气地跑进来，看见张宏伟和方唯一时，已顿然失色。待方唯一将情况向她细说后，郝丽惠泪眼巴碴地说："张宏伟，你把我害死了！好多公司都是老总和财务一起抓的，我可什么都没干啊！"

"你别哭啊！有事我扛着，和你没关系。"张宏伟急忙安抚道。

"你说没关系就没关系，人家公安局听你的？去香港的钱都是我经手办的！"郝丽惠的哭声越发响亮。

"闭嘴！叫你过来，就是处理后事的，再嚎丧，就连挖坑的时间都没了！"方唯一恶狠狠地对郝丽惠说。

郝丽惠真的止住了哭声，抽泣着说："我可不做犯法的事，我还想看着儿子娶媳妇呢！"

办公室灯火通明，三个人紧张地商讨着，最终决定：立刻回笼华歌现有资金，全部用于偿还所有散户；把购买6000万黄金的大户拖到最后。

"宏伟，只要我们能把散户都清偿了，留下那个大户再想办法吧！说不定你和他好好谈谈，他也不会起诉你，因为毕竟他最终想要的是钱。"

张宏伟使劲拍着方唯一肩膀说："兄弟，拜托了！你清盘时，一定做到风平浪静，千万不能走漏风声。你的客户占了总客户数的一半，你一做完，剩下的客户由我来清。但是，你要清盘炸了锅，那个大户知道了……"

"他会立刻申请财产保全，银行一封账号，我就一分钱也划不出去了，到那时，几百个散户就全成了张宏伟的原告。"郝丽惠抢过话头，快速地说。

"你们放心吧！我会全力以赴的。"

"唯一，你清盘需要几天？"张宏伟仍不放心地问。

"你希望几天？"

"150多个客户，我给你三天，怎么样？"

方唯一想了想说："一天之内。星期一你别来，回避一下。"

"牛逼！哥们，拜托了！"张宏伟紧紧握住方唯一的手，久久没有松开。

方唯一疲惫不堪地走出写字楼，像爬出一座坟墓。已是午夜，街上空旷寂静，他感到自己的肉身和灵魂已经分离了，一副皮囊机械地移到路边，而意识飘逸着如影随形。

一辆黄色的出租停在身边，司机侧头看着他，露出探询的目光，方唯一打开车门坐进去，关门时他犹豫了一下，好像自己的意识还没有跟上，恐怕被关在了外面。

"哥们，你是挣大钱的吧！"

方唯一竟神智不清地"嗯"了一声。

"一看就知道！"出租司机透过反光镜笑望着他。

"你怎么看出来的？"方唯一淡淡地说。

"星期六深夜，才从大厦里走出来，一般都是挣大钱的，这是经验。"

"凡事都有例外，我是他妈挣大急的！"方唯一说完，和出租司机一起乐起来。

第四十四章

星期日凌晨，陈瓒递给他一份刚刚起草好的《客户清盘退金协议》，简短的一百多字，方唯一却反复斟酌着，从各个角度对其提出质疑。

"除了清盘，没有别的办法了？"陈瓒低声问。

方唯一摇摇头，专注地思考着清盘细节，陈瓒无奈地走出书房。

六小时以后，方唯一已经坐在公司会议室里，面对召集而来的经理和业务骨干，宣布了华歌黄金清盘决定。

短暂沉寂之后，众人的震惊、责怨、恐惧像开锅的热水，沸腾起来。

"变得太快，太险恶了！真是一夜之间乾坤倒转！"

"老张要是完了，咱们每月三十几万的黄金手续费也就没了。"李思本痛心疾首地说。

"你还想钱呐？就这俩月，上海世纪黄金、北京伦亞黄金的老总和下属抓进去好几个！"南壮壮说。

"方总，我们不会有事吧？"李思本急了。

方唯一看着众人紧张而凝重的目光说："这个问题，我回答不了。但有一点，客户清盘，好比拆弹，稍有不慎，就会弹炸人亡。"

贺英将复印好的《客户清盘退金协议》发给众人，方唯一又把连夜起草的《华歌公司风险告知书》交给她，吩咐道："复印50份。"

"我们将清盘客户分为四类：账面赢利的、账面亏损5%以内的、亏损20%以内的、亏损超过20%的，按照这个顺序进行清盘，把亏损大、矛盾大的客户，留到最后消化掉。"

方唯一看着众人，接着说："分类完成后，立刻给前两类客户打电话，通知他们来清盘；然后再通知第三类、第四类客户，依此办理。"

"我们怎么和客户讲啊？"杨栋疑惑地问。

"就说华歌黄金发生了严重的资不抵债，为了保证其个人资金安全，速来办理清盘手续；即使这样，也只能争取周二前给他们网银划款。记住，一定要强调'争取'二字！以增强客户的危机感。同时告诉他们，消息绝不能外传，否则一旦泄露，华歌会被封账，损失自负。"

"如果客户来了，不签《清盘协议》怎么办？"

"那就让他签《风险告知书》！你们再问问客户，联众金银什么时候欺骗过他们？对于纠缠不清的客户直接交给我。"

"方总，您和张宏伟约好星期一清盘，怎么现在就开始啊？"

"我改主意了! 就这么简单。"

"万一下周黄金大涨,张宏伟咸鱼翻身,又挺过来了,到那时,今天清盘的客户,特别是目前亏损严重的客户,等于被强制平仓,盘面浮亏变成实亏,我们就成散布谣言的罪魁祸首了,客户会来公司闹事的!"一直没说话的蒯国翔此时说出忧虑,众人跟着纷纷点头。

"老大,黄金本月跌幅巨大,随时会大幅反弹,您可要三思啊!"

"方总,还是清盘吧! 我们不能有这种侥幸心理。"远东坚定地说。

其实,蒯国翔说出了方唯一最大的隐忧。几小时前,他为这个问题,一直苦苦挣扎着;即使现在,他也仍然感到疑虑和徘徊。

"到时候,张宏伟会不会出面澄清事实,替我们和客户解释?"杨栋说。

"想得美! 到时候他又会得意的一塌糊涂,去电视台吹牛逼还来不及呐! 他会管我们?"南壮壮不屑地说。

"都别说了!"方唯一粗鲁地一挥手,毅然说道:"下午1点30分开始清盘,我和你们六个人15分钟做一个客户,争取7小时内全部完成。你们几个业务骨干负责接待客户,要不停地和他们聊天,防止客户之间相互交流。"

方唯一说完,看着依旧心存疑虑的众人开导说:"相信我! 斩断侥幸,就是拒绝和魔鬼握手。"

那天下午,方唯一和兄弟们不知道时间是怎么过去的,天是怎么黑下来的,只是不停地和客户说着对不起;只是不停地将两份协议书递给客户,进行着说明;只是将一套车轱辘话不断地重复着。其间,也确实有些难缠的客户,提出了刁难和补偿要求,被方唯一软硬兼施地给化解了。可让方唯一难受的是,很多客户向他投来同情的目光,关切地说:"方总,多保重,投资有风险,我能理解。"

最让他动容的是,一个消瘦的老头在大开间里高声喊着:"方总是好人! 他让我们5000多点卖基金、股票,买黄金,他是好人! 现在赔点钱,我心甘情愿。他今天有麻烦了,我们不能难为他!"

方唯一只在门口一瞥,快速关上了房门。他认出来了,这就是当初和几个女人对他进行质疑的,做了一辈子行政工作、无所不知的老人。

当送走最后一个客户,大家相对而视,贺英拿着统计表对方唯一说:"已清盘148人;未清盘8人,其中3人在外地,同意清盘,明天发传真确认;还有3人,今天有事无法过来，明天办理；另有2人，对我们表示不信任，认为张宏伟不可能出问题，是我们在谣言惑众。"

话音未落，张宏伟打来电话，"方唯一，谁让你现在清盘了？"

"我们昨天说好的呀！"方唯一无力地说。

"我们说的是星期一清盘对吗？是现在吗？"

"我早点清完，不是对你更有利吗？你清盘的时间不就更充裕吗？"

"扯淡！那是你的想法，不代表我的意思。我本想告诉你看看情况再定，没料到，刚才就接到你客户的询问电话。我和你讲，你的行为，日后你自己负责！"

"去你妈的张宏伟！你等着死吧！"方唯一疯狂地喊着，将手机"啪"地摔到桌上，望着大家惊愕的目光无言以对。

方唯一像钉在电脑前的一块木桩，神情麻木，倍感心力衰竭。黄金周一开盘后，走出了极为罕见的大幅波动，在多空双方殊死争夺中，当日创出最高865、最低817的巨大振幅，此时盘面上留下一根长长的阴线，无情地宣告了空方的胜利。

"唯一，快睡吧！都2点了。"陈瓒说着走到近前，看着电脑屏幕，松了口气，庆幸地说："这活真不是人干的！张宏伟这下惨了！"

"他不惨，我就成王八蛋了！再跌17个美元，就让他爆仓！"方唯一说着，拿起电话。

"这么晚了，你给谁打呀？"

"张宏伟！他早就不分昼夜了。"

短暂等待之后，传来邵真冰冷的声音，"什么事？"

"邵真，让宏伟接电话！"

"他刚睡，方唯一，你就饶了他吧！钱和黄金不是都给你了吗？"电话挂断了，方唯一尴尬地抬头看看陈瓒，她显然把邵真的话听得一清二楚，讥讽地说："这下踏实了吧？快睡觉，饶了人家，也放过你自己吧！"

"做多时，疯狂地盼涨；做空时，拼命地盼跌，我都快分裂了！跌到800，让王八蛋爆仓，我就解脱了！"方唯一自顾自地说着。

"你们就是一群动物。"陈瓒说完，直接按了电脑开关，屏幕一闪黑了下来。

转眼两天过去了，黄金多次快速下探801、805，之后又迅速拉起。就像一把阴冷的寒刀，眼看就要刺破张宏伟的胸膛，但刀锋一转，又化险为夷；张宏伟睁开紧闭的双眼，慢慢松开死攥的双拳，已是大汗淋漓。

第三天中午，黄金回升到835。清盘的客户不停地打方唯一和几个经理的电话，向他们提出质疑和警告：为什么华歌还不出事？为什么华歌依然运转正常？你们要是进行欺骗，等黄金涨起来，联众金银必须包赔全部损失！方唯一疲于应对，被折磨得狼狈不堪。

"方总，快看华歌公司网站！"王冬青跑进来，大声喊着："华歌清盘了！快看清盘公告！"

"本公司经过慎重评估，充分考虑国内的政策风险，和黄金价格目前剧烈波动的风险，决定终止公司的网上黄金杠杆交易，并于今日对客户进行清盘。请各位予以谅解，并积极配合。"

方唯一说了声"不好"，即飞奔上楼，刚进华歌公司，就与出门的郝丽惠撞了个满怀。"我正找你呢！快去看看吧，张宏伟发疯病了！"郝丽惠焦急地说着，后面站着不知所措的邵真。

"郝丽惠！郝丽惠！"张宏伟声嘶力竭的喊叫，从他办公室里传出来。大开间里站满了面露茫然的员工，方唯一从他们中间穿过，三步并做两步进了张宏伟办公室，郝丽惠紧跟其后，也跑了进来。

"全完了！唯一，全完了！"张宏伟像一只惊恐万状的狼，在老板台后面狭窄的空间里疯狂地来回踱着。

"你说清楚，到底怎么了？"

"你装什么傻啊！你没看见啊！"张宏伟大喊着。

方唯一似乎醒悟过来，猛然拉转笔记本电脑，就在20分钟前，黄金价格突然大幅跳水，瞬间击穿800美元整数关口。方唯一倒吸一口凉气，他明白了，就在他刚才被客户纠缠得晕头转向的时候，黄金完成了惊心动魄的一跌。

"你爆仓了？"

"代客理财的账户全爆掉了！"张宏伟颓然地坐下。

"华歌公司的账户呢？"

"今天上午，我实在、实在抗不住，幸亏给平仓了，才保住1000多万！一个多亿，就剩下1000多万！"张宏伟痛苦地摆着手，接着说道："那个大户的6000万也爆掉了。"

方唯一跌坐在椅子上,一时间,震惊、恐惧、后怕一起向他袭来。就在几十分钟前,他还为黄金不能击破800,而深受煎熬;而此时,他却没有得到丝毫解脱。他仿佛站在悬崖峭壁旁,亲眼看着一个好友在绝望的惊呼中落崖,一道急坠的光影,一声瘆人的惨响,让人不寒而栗。隔着老板台,看着张宏伟死人般呆滞的目光,方唯一感到周身发冷。

"你还站着干吗?快去给客户划款啊!"张宏伟冲着郝丽惠狂叫。

"客户没同意清盘,他就让我直接给人家划款!方总,你说这成吗?"郝丽惠也急了,看着方唯一大声问。

"我再说一遍,马上把公司所有的钱,按照客户现有账户资产值划给他们;告诉交易部,把划了钱的账户立刻在系统中注销。"

"只能如此了,否则那个大户闻讯而来,一切就都晚了。"方唯一看着郝丽惠轻声说。

"都是他自找的!清盘公告你要不贴出来,现在有这么被动吗?"郝丽惠此时也声嘶力竭地质问张宏伟。

"不发清盘公告,怎么清盘?你还指望像方唯一那么搞?你做梦吧!我有那么多得力的人手吗?我们恩惠过那些客户吗?做你的白日梦吧!赶快去啊!"张宏伟不顾一切地疯喊着。

"我他妈不干了!"郝丽惠眼圈一红,摔手冲出办公室。方唯一紧追出来,顾不上众人惊异的目光,好说歹说才安抚了郝丽惠,转头又进了张宏伟的屋子。

"我和您讲,这次黄金暴跌是二十多年一遇,我确实没有料到,对、对,我理解……"张宏伟拿着电话,对方唯一做出一副苦态,汗水顺着他的额头悄然流下。"对于赔偿您的损失,需要我统计了所有债权债务以后再谈,对、对,是这样的,您给我一个星期时间,我肯定给您一个答复。"

张宏伟挂断电话,好似卸下一个力所不及的重物,深深地呼出一口气,说道:"香港黄金交易公司通知这些代客理财客户爆仓了,客户全急了!"话音刚落,"哈喽,摩托……"手机强烈的音乐再次急促地响起。张宏伟的手微微颤抖一下,皱紧了眉头。

"我现在清盘,就是对你们最大的负责!嗯,嗯,你不理解,我也没有办法!"张宏伟拿着电话,依靠在墙上,呼吸变得越来越重,突然他异常狂躁地喊道:"你这是敲诈！多一分钱我也不给，你他妈的爱找谁找谁！"

电话虽然挂断了，但张宏伟恶气难消，连续不断地大骂着："混蛋！操他妈的！你们问问，一个负债8000万的人，还有什么可怕的？"他眼中燃烧着怒火，但顷刻又被一汪泪水给熄灭了。

手机和桌上电话此起彼伏地响着，连续猛烈地抽打着张宏伟本已脆弱的神经，他在由衷的歇斯底里与刻意装扮的和蔼中，体验着自己酿造的苦痛。

方唯一颓丧地出了房门，走过低声啜泣的邵真，走过忙乱一团的郝丽惠，走过低声私语的华歌员工，走进自己公司的大门，走进了会议室。几个经理神情严肃，齐刷刷地问："方总，张老师怎么样了？"

"张宏伟的反转开始了。"他对大家低沉地说道，转身走了出去。

方唯一守着一片混乱的思绪，独自坐在办公室里。天在不知不觉中黑暗下来，他没有开灯，临近商厦和楼宇霓虹灯的光亮散乱地投射进来，照得屋内五彩斑斓。他忽然觉着周围的一切是那样虚幻和不真，方唯一久久注视着墙上晃动的光影，仿佛时光倒流，一个个错乱的画面在脑子里交替、冲撞着出现，转瞬间又一闪而过。他看见了合众证券章中道常挂的笑脸；看见了东大证券营业部里基金热销的场面；看见了在星空大厦办公室里，张宏伟向他炫耀第一枚华歌金钱。突响的电话铃声，让方唯一的昔日重现断了片，他看见幽蓝的液晶屏上，显示着张宏伟手机号码。

"宏伟，还没走？"

"唯一，有俩蜂针网的记者刚从我这走，来了解华歌清盘和我爆仓的事，可能要出乱子！"张宏伟声音紧张，方唯一的心骤然缩紧。

"他们怎么闻着味的？"方唯一问。

"说是我们公司客户反映的。"

"客户知道你在海外爆仓吗？"

"不知道！我怀疑公司里有内奸。"

"你拒绝采访了吗？"

"没有，不过我和他们有口头协议，在清盘完成前，暂不对外披露有关华歌的任何信息。"

"你到底和他们说什么了？"

"给他们介绍了一下公司情况。"

"你他妈当名人有瘾哪？"方唯一狠毒地骂着，但转而又缓和了口气，平淡地说："算了，从你野蛮清盘开始，很多事就注定要发生。当务之急，是把清盘立刻完成。"

"香港资金明天早上到账，家里黄金卖了，存款也全取了，钱已基本凑齐，明天下班前，清盘就能结束。"

"不成！切记，明天九点半之前，清盘必须完成！"

"你怕记者背弃口头协议。"

"你要不怕，为什么给我打电话？"

"靠！不会吧？记者怎么也算文化人，红口白牙的承诺，就当放屁了？"张宏伟仍不甘心地说。

"周瑜就是让文化人气死的！诸葛亮尚且如此操蛋，何况当下披着文化外衣的下流坏了。"

"比你还下流？"

"我靠，和他们比，我就是一节藕！"

"那我呢？"

"藕眼里的渍泥！"

"去你大爷的！"张宏伟说着，俩人咯咯地笑起来，但只是瞬间，笑声就止住了，凝重的气氛重又笼罩着他们。方唯一知道，此时的笑对张宏伟是如何的弥足珍贵。

转天上午，张宏伟来到方唯一办公室，将手机调成震动，放在老板台上，他们合计着后事。方唯一不时地刷新蜂针网页面，扫上一眼，手机永不停歇地"吱吱"响着，方唯一忍无可忍，将它扔到沙发上。

"全清完了！"郝丽惠推门闯入，大声说。

"太好了！"张宏伟心里一块石头落了地。

"讨伐你的檄文也出来了。"方唯一面露讥笑地说。

"你丫别瞎逗了！我要出了事，非拉你做垫背！"

"张宏伟黄金期货爆仓，数百投资者损失逾千万。"方唯一字正腔圆地读着标题，一抬头，看见张宏伟蜡黄的脸已变成铁青色，郝丽惠也张目结舌地成了稻草人。

三双眼睛贪婪地扫视着这篇千把字的文章，文中"蓄意误导客户"、"诱导客户"、"散布虚假信息，威逼客户清盘"、"挪用客户保证金，海外爆仓损失过亿"、"非法经营期货，从事地下炒金"、"客户控诉张宏伟交易系统捣鬼，吞吃客户资金"像根根钢针，刺得张宏伟双目险些失明，方唯一已能听到他怦怦的心跳。

张宏伟仰天怒吼："操他妈的！下流记者！真是下流坏！诬蔑！全他妈是诬蔑！谁非法经营期货？他妈的懂法吗？一群傻逼，他们怎么能替行政主管部门下定义！客户亏损千万是因为我爆仓吗？那是因为他们自己操作水平差，做得臭！这不是故意煽动客户闹事吗？这帮唯恐天下不乱的混蛋！"

"方总！方总！巨浪网、大潮网、酷当网，还有好多网站全转载蜂针网的文章了！"远东探头说完，关上房门。方唯一意识到，此时两公司的员工和众多客户都在阅读这篇大作。

张宏伟拼命在网上搜索着，一条条套红、套绿、套蓝的醒目标题，刺激着他的双眼，他最后疲惫地坐在沙发上，不住地喘息，嘴里含混不清地乱骂着。

一直未吭声的郝丽惠阴沉地说："宏伟，能做的我全做了，我有些胸闷，先回去了。"

"你这就回家了？"张宏伟极为不满地问，郝丽惠只"嗯"了一声，头也不回地走了。

"这回我是死透了！成他妈公共汽车人人坐了！"张宏伟沮丧地说，拿起手机浏览着短信。

"宏伟，你要立刻在社会上出声，对蜂针网回击，否则会让一边倒的舆论闷死。"方唯一说。

张宏伟想了想，马上拨通了大潮网财经栏目主管的电话，当即敲定下午两点直播访谈。利用剩余时间，两个人紧张地磋商着张宏伟对外的谈话内容。

网络直播准时开始，方唯一看见屏幕中张宏伟面容憔悴，他极力控制着自己愤怒和悲伤的情绪。主持人简短的开场白过后，张宏伟侃侃而谈："最近本公司出现了一些问题，只是一个小公司的小问题，但被某些不负责任的媒体恶意夸大和歪曲，用一些不完整的信息进行渲染，形成了一个巨大的社会事件。我说的就是蜂针网，他们扮演了极不光彩的角色！"

方唯一将电脑视频调成全屏，外面大开间里也传来张宏伟的声音。"我公司的黄金电子盘交易，资金杠杆放大不超过5倍，所以不是期货交易，根据是2007年4月15日国务院颁布的《期货管理暂行条例》。"

节目进行到最后，张宏伟的演讲渐入佳境。"投资是勇敢者的游戏，无论是股票、黄金、基金都有巨大的风险，如果你输不起，就不要进入这个领域。至于风险提示，在我们公司网站的首页一直是24小时滚动播出。最后我声明一点：从现在起，我不再接受任何媒体采访，因为下面我将有太多的事情需要面对。"

仅仅两小时以后，蜂针网针对张宏伟的网络直播进行了反击，在直播大厅里，坐着四位金融界位高权重的嘉宾。主持人单刀直入，对座位居中的一个长者首先发问："刘主任，您是黄金界的前辈，也是典型的学者型官员，我的第一个问题是：张宏伟搞的黄金交易品种是否违法？"

刘主任接过话筒中气十足地说："交易品种没有什么合法不合法的问题，黄金市场只要有需求，就会有供给。现在出了问题，说投资者在不合法的市场亏了钱，难道你在合法的市场里就不亏钱了？你亏的也是一塌糊涂！说明什么问题，这个概念本身就是一个谬论。如果谈问题，我们要从投资者的切实需求出发，而不能从商业垄断的角度来划分合法不合法。"

"刘主任太有水平了！蜂针网的反击可耻地失败了！"看着直播的张宏伟义愤填膺地说道。

"蜂针网成功了，他们成功地进行了一次商业炒作，披着社会良知的外衣，执着正义的鞭子，既赚了名声，又赚了点击率。"方唯一淡淡地说。

"这帮孙子真下流！肮脏！"张宏伟已经找不到合适的词解恨了。

"平心而论，蜂针网说的很多也是事实啊！比如说……"

"行啦！别扯淡了，你看下面的形势会怎么发展？"

"更多的负面报道会像板砖一样，向你迎面拍来；政府会很快启动对你的调查，但整个事件的核心在于有没有成功的原告。"方唯一思索地说，就在他们相互对视的刹那，都想到了那个被挪用6000万黄金的大户。

"你立即主动找他坦白！还有，快速召集那些因代客理财爆仓的客户，肯定地告诉他们，虽然你现在负债累累，但你赚钱的本事还在！只要人在，债就不死！一年还不上，两年还；两年还不上，三年还！你放心，没有一个债主，想把你送进监狱，因为那样债就真的死了。"张宏伟倍感沉重地点着头，脸色也变得更加暗淡。

以后的几天里，报纸、网络上关于张宏伟的揭、批文章铺天盖地。若干化名客户、若干化名员工纷纷隐形发言，揭露他的丑恶行径；若干的所谓专家、若干的资深律师，也趁机露面打黑拳，混个脸熟，拓展业务，大捞好处。

　　张宏伟一个倒栽葱，大头朝下，从知名学者转眼间变成了人神共愤的狗屎。而记者们挖掘素材，掏脏剪辑的本领也发挥到炉火纯青的地步。一篇篇稿件极尽煽动蛊惑之能事，甚至不惜捕风捉影，假借化名证人，任意揣测，个个都像是得了郝斯特黄色新闻的真传。

　　张宏伟成了看字狂人，不分昼夜从各种媒体上搜集、浏览着关于他的文字，特别是论坛上发的帖子，更是肆无忌惮、脏话连篇。"张宏伟是个大骗子！""枪毙张宏伟，以谢民愤！""砸烂张宏伟的狗头！"

　　"唯一，我是不是真触犯刑法了？"张宏伟忧心忡忡地问。方唯一望着他干枯倦怠的双眼高声说："宏伟，不要再看那些无聊的东西了，只要那个大户和代客理财的客户不告你，其他的都是扯淡！这些记者半夜抢铲子，全是瞎炒。"

　　"我老婆这几天把房子、车子、首饰，连她的名牌包全卖了，都抵债了。今天我就准备搬走，每天找上门的记者和客户快把我逼疯了。"张宏伟绝望痛苦地说着。

　　方唯一心烦意乱地翻着桌上的报纸，《死多头张宏伟国外炒金爆仓》《地下炒金——张宏伟骗术大揭秘》《"黄金之父"的猝死》《数十客户集体诉讼华歌，已掌握后台造假证据》……

　　"别他妈瞎翻啦！"随着张宏伟神经质的怒喝，桌上报纸被他横臂一挥，扫落了满地，"我充分感受到了人性之恶！"张宏伟说完，靠在椅背上紧闭双眼。

　　这天晚上，趁着夜幕，张宏伟收拾好家当，准备离去。他站在写字楼的停车场，紧握着方唯一的双手说："哥们走啦！"

　　"宏伟，多保重！天无绝人之路。"方唯一看着搬家的货车渐行渐远，通红的尾灯弱化成了一个亮点。

　　方唯一转身回到楼上，贺英正带着人铲去"华歌黄金"几个镏金大字，他站在那里木然地看着。忽然，手机响了，他从裤兜里掏出来接听电话。

　　"唯一，你还好吗？"一个久违的声音。

　　"童言，你都知道了？"方唯一说着，避开众人，走向楼道深处。

　　"今天有些报道提到你和你的公司了，你不会扯进去吧？"

"应该不会，你放心吧！前一阵子，我梦见你了，在故宫角楼的护城河边上，你告诉我要结婚了，有这事吗？"

静默之后，又听到了童言的低声细语："从你家出来，我就和他分手了。"

方唯一压制住窃喜，气恼地问："三个月了，你为什么一直没给我打电话？"

"这也是我的问题。"

"我不是怕影响你新生活的开始吗？"

"你怕，我就不怕，你的旧生活不是也要维持和继续吗？"

"你理解我，我体贴你，俩好人凑一块不容易。"

"方唯一，少来。你比张宏伟坏一百倍！我真希望这回倒霉的是你，最好把你抓起来。"

"不禁夸是吧？"

"这样我还能经常看见你。"

"什么意思？"

"明知故问，有胆量你问陈瓒去。"童言带着哭音挂断了电话，方唯一刚有的窃喜早已溜之大吉，此刻胸腔里塞满了内疚和忐忑。当他走过华歌黄金门前，只见一把U型钢锁紧扣门环。

半月以后，新闻代替了旧闻，讨伐张宏伟的声音渐渐远去，远的连回音也迷失了。

在一个浓阴飘雨的上午，方唯一来到海淀山后，那有一片肮脏的外地民工聚集区，他按图索骥地找到一座破败的院门前，伸头探望，正看见张宏伟从里面出来。他面容显得苍老和疲态，一件灰蓝色衬衫贴伏在身上，及至近前，方唯一才注意到他手中端着一个硕大的白瓷尿盆，让他稍感松弛的是上面扣着蓝盖。

俩人短暂的对视，"你在这等着，我马上来。"说话间，他已朝着不远处的公厕匆匆走去。

"附近有茶馆吗？"他对再次从院里出来的张宏伟问道。

"不喝茶，快打车去饭馆，吃红烧小黄鱼、手拨笋。"张宏伟嗷嗷的叫着，眼里有了亮光，方唯一无奈地笑了。

他们刚进饭馆坐定，张宏伟就拿出一沓厚厚的交割单递给方唯一。"看看我这半个多月的战绩！"

方唯一仔细地看着，张宏伟狼吞虎咽地吃着。

"你这么长时间就没睡觉？"交割单上记录的时间，不分昼夜，早晚兼有，这让方唯一大为震惊。

"起始入金10万，你再看看现在的账户金额。"张宏伟头也不抬地说。

"56万！我靠，你半个多月就翻了5倍！"

"牛逼吗？"

"你简直就是活畜类！"

"唯一，10万太少，那是我妈帮我还债的，我得还给她。你帮我找几百万，上千万最好，等我还清了债，咱俩还一块干，你当老大。"张宏伟已经停下筷子，注视着他。

"你的事完了吗？"方唯一岔开话题。

"哪有个完啊！其他的政府全查清了没问题，关键是将近8000万的债务。我和每一个债主签定了偿还协议，所以才没人告我。但我以后的日子，就剩下还债了！不甘心啊！唯一，帮我找点钱吧。"

"宏伟，我帮不了你，我要走了。"

"你说什么？"

"我要移民了，16号去加拿大，今天是来和你告别的。"

"今儿是几号？"

"9月10号。"方唯一说完，两人不约而同地将头转向了窗外。雨后初晴，阳光格外灿烂。

"你丫不是个战士，就是一胆小鬼，是不是让我的事给你吓着了？"张宏伟转过脸僵硬地说。

"2007年10月，我去了澳门赌场，几个小时我在里面翻了5倍，几分钟就连本带利输了个精光。在赌场门口，我就决定让陈瓒去办投资移民了。"方唯一说。

"你的公司呢？"

"股份已经半送半卖，给手下的兄弟们了。"

"咱俩一起干了两年，我完蛋了，你要走了，没想到会是这样。唯一，跟我说句实话，好好的公司，你为什么不干了？"

"怎么说呢？从小我就渴望成为一个英雄，在哪都是最牛逼的，不可战胜的，我崇拜斗争。就像我们之间的较量、算计，是只为了钱吗？还不是想一争长短。快到不惑之年了，在这个英雄的迷局里，我感到累了，腻了，我想出局了。你丫一个人在这里转悠吧。"

方唯一说完，盯着沉默不语的张宏伟不再说话。突然看见邵真走到桌前，阴沉着脸，扔下一把车钥匙，速速地离去了。

"你老婆怎么来了？"

"我昨天告诉她的，今和你在这吃饭，让她办完事，把车给我送过来。"

"你的车不是抵债了吗？"

"这是原来那辆老捷达，债主发善心，让我留着代步用。我现在发现什么都是老的好。"张宏伟说着举起酒杯，"来，唯一，干了，算我为你送行！去过你淡静的生活吧，我被巨额外债判的是无期的刑期。"两个人豪爽地一饮而尽，却都感到了一种难以名状的心酸。

"你去哪？我送你。"张宏伟说着，两人来到路边，坐进那辆白色的老捷达。

张宏伟打开录音机，一首熟悉的老歌回响在狭小的空间里，他轻轻合唱着："那一段骑机车的往事，享受着速度享受着友情，享受创作享受共同的未来，生活是如此的自由。"

"听过吧？"张宏伟直视前方，面无表情地问。

"马兆骏的，《那年我们十九岁》。"

"一盘带子，就这一首。不知道怎么了，现在就喜欢听这歌，一听就进去。"

"那一段骑机车的往事，随着周遭一直在改变。你对未来还要祈求些什么？将来有天我们会变老。"方唯一和张宏伟一人一段忘乎所以地唱着。

"渡过高山和海洋，岁月就此流过在眼前。还记得我们偷偷摸摸学抽烟，那年我们十九岁。"

"经过风霜和磨炼，如今谁也无法再改变。还记得我们一起许下心愿，那年我们十九岁。"

他们摇下车窗，眼中空无一物，肆无忌惮声嘶力竭地嘶喊着，仿佛想用高亢的喊声去劈开时间的缝隙，回到从前，回到十九岁。

"随着时间的变迁，是否应该勇敢地面对。别再用一些安慰自己的谎言，再次欺骗你……"方唯一突然感到了鼻酸眼热，声音也哽噎住了，侧目宏伟早已是任泪流淌。

第四十五章

一脚刹车，老捷达停在路边，方唯一揉着眼睛下了车。"真美！北京还有这地界？"顺着张宏伟的视线望去，夕阳正欲隐退，故宫角楼映嵌在天边重重的酡红中，分外庄重辉煌。

等方唯一回过头，老捷达已绝尘而去流入车河。他朝着张宏伟大声喊着："土鳖，这里才是北京！"然而，不再有任何回音，几个擦肩而过的外地游客投来愤怒的目光。他朝着他们傻笑着，面露歉意，心里叨唠着：宏伟，这就算告别了！

方唯一向前走了几步，看见在护城河低矮的墙垛前，童言身着素雅白裙，正沐浴在残照之中。她静静凝视着角楼，在迷离即失的黄昏中，更显忧伤和恬静。

还没等方唯一叫她，童言径直朝前走去，他在后面默默地跟着。天色近晚，护城河畔的柳林里微风习习，不知不觉，童言走到了那张熟悉的长椅旁，它好像一直在守候着他们的到来。在方唯一眼中，此时景色与从前并无两样，仿佛是一胎多生，不同的是，看着近前无语的童言，顿时涌起相见时难、别亦难的感伤与惆怅。

"和张宏伟告别完，该轮到我了？"童言终于开口了。

"陈瓒和你说了？"

"就在你给我唱《秋诗篇篇》的第二天。"

"我也想说，但总想再等等，结果阴差阳错。"

"你骗了我。"

"我从没有想过骗你。"

"隐瞒事实，就是欺骗。我一直在等着你告诉我，直到今天。"方唯一不敢看童言，不敢看她冰冷的面容。角楼对面的民房低矮而坚固，像一段久远的往事，陈迹依稀，向东的河道无尽延伸，然而一切都已浸泡在夜色之中。

那天晚上，童言沉浸在纠结的悲伤之中。她提到了她的妈妈，说她和妈妈好像是相同的宿命，她想逃，逃不过；她想躲，躲不开。方唯一领略到这暗示里深深的指责，听着童言伤心欲绝的饮泣声，他不敢去想，不敢去触碰那心悸的痛。

童言克制着哭泣，闪动着晶莹的泪眼，断断续续地说："你连一滴眼泪都没有吗？"

方唯一咬紧双唇，注视着她无话可答。

"我看见你下车时在擦眼泪。"

"那是让一首歌给带进去了。"

"我也有一首歌送给你，在过几天的邮件里。"

方唯一贪婪地凝视着童言流满泪水的脸，想记的刻骨铭心，想念的终生不忘，忽然童言笑了，含泪的笑是那样凄美，他紧紧抱住童言剧烈抽泣抖动的双肩，久久不放。

童言坚决地推开他，温柔而不容置疑地说："唯一，你先走吧。"方唯一一时间无法应对，呆呆地看着她。

童言柔软的手在推着他的臂膀，"你走吧，让我静静。"

方唯一朝前缓慢地走着，他浑身绷紧留意着身后的声音，"唯一"他转过身，看见了童言挥动的手臂。

他迷茫地走到街上，站在亮如白昼的灯下，他猛然警醒，不顾一切地向回奔跑。原地早已人去椅空，方唯一颓然地站了很久。

以后的几天里，方唯一在陈瓒的指挥下，片刻不歇地收拾着行装，他不敢让自己有丝毫松懈，害怕稍有放松，就会去想童言。偶然间，看到陈瓒投来要洞穿他心机的目光，方唯一立刻虚张声势地抱怨道："一个箱子只允许装23公斤，这么多东西怎么装的下？"

临行前一天，方唯一领着拉链来到大佛寺，那里记载着他的童年往事。向右转，是大取灯胡同，有三个车道宽，原来两侧的灰墙，早已被扒开，开成了一个个门脸房，街道里异常嘈杂，在胡同尽头出现了左右岔道。

"拉链，向左转。"方唯一看着东张西望的女儿急切地说。

他们走进了闹中取静狭长的小取灯胡同。须臾间，时光倒流，方唯一饥渴地搜寻着眼前的砖墙壁瓦，启动脑盘封存的记忆，旧事重温仿佛依稀再现。

他在拉链面前手舞足蹈地比划着："爸爸原来就住这门，这个院。"看着女儿失望的表情，却挡不住他的兴奋，情不自禁给拉链介绍着儿时的游戏。

"你知道欻瓷片吗？"拉链摇摇头。

"搧三角呢？"拉链还是摇头。

"玩弹球知道吗？"方唯一苦笑着，看得拉链也笑了。

方唯一走到一根石灰的电线杆前，仰望着一线天空，此情此景恰如昔日重现。

二十多年前，一个少年站在昏黄的路灯下，感受着冬天傍晚凄清的冷，抬头仰望黑幕般的天空，早已是寒星烁烁，弯月高悬，低头踢着脚边的残雪，嘴里念着顾城的诗句："黑夜给了我一双黑色的眼睛，我却用他寻找光明。"

一次次感到鼻子的酸楚、一次次感到眼眶发热、一次次握紧拉链的小手，压抑着自己，控制着自己的失态。

晚上，方唯一将孩子送到父母那里，回到家，屋里一片黑暗，地上堆满了影影绰绰的箱子。他拨通了陈瓒的电话，陈瓒异常的声音："童言自杀了。你来吗？"电话里传来女人撕心裂肺般哽咽的抽泣，"说话啊，混蛋！"方唯一被惊呆了，他一时间茫然无措，不知所答。

方唯一心如死灰般坐在黑暗中，直到陈瓒回来打开灯，在一片光亮之中，他才魂归附体。看着陈瓒哭红的双眼，方唯一低着头问道："童言是怎么走的？"

"昨天晚上，服安眠药了……她走前化了淡妆，穿着白色的裙子，像是睡着了，她……"陈瓒已经泣不成声，哭着跑进卧室。

方唯一走进书房，机械地打开电脑，进入邮箱。瞬间，他像被雷击中了似的，全身一抖，战栗地点击童言的邮件，画面缓缓展开，在浩瀚的夜空中，点缀着烁烁星光，伴随着一首圣乐的回响，浮现出一行行娟秀的字体：

我一直躲藏在我的世界里，你是照进我阴霾里的一缕阳光，你是我心中的自由意志。每当想起你，我就会感到生命抗争的力量。你是一个刚刚站在来路，又转向去路的人，随着你的离去，那一缕自由的阳光也将消失，我的世界也随之闭合，重归于黑暗。我很幸运，我找到了，因为我站在芸芸众生的背面，看到了他们苦苦寻觅的幸福背影。唯一，祝愿你宁静地活着，这是我能给予的、最后的真诚祝愿。永别了，我无权爱也无权在一起的人，我从来没有送过你一份礼物，这封信和圣乐《主里安睡》就算我留给你的一个纪念吧。我困了，我的眼前是一片大海，是蓝色的，温暖的海洋，你为我流泪了吗？恨你爱你的人。

泪水，夺眶而出的泪水，模糊了方唯一的视线，耳畔重复回响着圣乐：

"主里安睡，主里安睡，何甜美，何安慰，

再无累赘，再无疲惫，再无伤悲，再无泪水。

暂时离别，暂时离别，非永灭，非永绝。

不像花谢，不像月缺，乃是过夜，乃是安歇。

待到天使来提接，主前相会不再别。"

方唯一无法止住眼泪，断断续续敲着给童言的回复：

"及时采撷你的花蕊，旧时光一去不回。昨天尚在微笑的花朵，今日便在风中枯萎。"

发往天国的邮件像一束灵光，迷失在天宇，穿过夕阳的尽头，去追赶冥界中飞舞的亡灵。

方唯一走进卫生间，没有开灯，拧开水龙头，冲洗着泪脸，抬头注视着镜中恍惚的自己，童年的影像纷至沓来。镜中的小孩因要憋住抽泣而紧紧捂住嘴巴，泪水仍在不听话地流淌；他扭转身胡乱的抹着眼泪和鼻涕，生怕爸爸看见；小人在黑暗中柔和地说："英雄是不会哭的，你成不了英雄。"

他压抑不住内心的抽搐，再次泪如雨下，耳侧仍然回响着圣乐："主里安睡，何甜美，何安慰……"眼前是她泪流满面凄美的笑容，和告别时挥动的手臂。

第四十六章

第二天下午，几辆轿车稳稳地停在方唯一楼下，杨栋和兄弟们搬运着行李。他和陈瓒带着拉链告别了父母，他不敢再看父亲那因隐忍着悲伤而扭曲的脸，他不敢再看母亲哽咽中颤动的双唇，直至轿车驶出小区，片刻间，他才获得了痛苦的解脱。

方唯一透过身旁的舷窗，望着宽阔的停机坪。古都又是晚霞消失的时候，最后一抹狭长的残红辉映在天边，像是一只布满血丝久睏不睡的眼睛。方唯一丝毫没有即将远行的兴奋与期盼，静望着那一抹残红，乱哄哄的机舱仿佛离他很远很远。飞机缓缓滑进跑道，发出阵阵轰鸣，呼啸着向前冲刺。

方唯一知道顷刻之后，他将去拥抱美好自由的天空，而告别爱之恨之的大地。心中默唱着：安睡在这温暖的土地上，朝露夕阳花木自芬芳。再见，北京！

2011年3月30日完稿于加拿大